KB138347

내가 떨어지면
나를 잡아 줘

할아버지의 애정을 듬뿍 담아,
사랑하는 손녀 에벌린 로즈 러츠에게

내가 떨어지면
나를 잡아 줘

Catch Me
If I Fall

배리 존스버그 지음
천미나 옮김

나무생각

차례

6년 전

폭풍우에 또다시 전기가 끊겼다. 에이든과 나는 침대에 누워 있었고, 엄마는 촛불을 밝히고 우리에게 동화책을 읽어 주었다. 전깃불보다는 촛불이 제격이라고 생각했던 기억이 난다. 불꽃의 흔들림을 따라 엄마의 얼굴 위로 빛과 그림자가 일렁일렁 춤을 추었다. 움직이는 엄마의 얼굴마저 동화의 한 장면 같았다. 이야기 속 낱말들이 엄마 몸속의 스위치를 건드려 켜고 끄기를 반복하기라도 하듯, 낱말이 바뀌면 엄마의 표정도 함께 바뀌었다.

에이든은 침대보를 눈까지 끌어 올리고 누워 있었다. 휘둥그렇게 뜬 눈은 깜빡이지도 않고 엄마에게서 떨어질 줄을 몰랐다. 양초 불빛에 하얀 베갯잇 위로 나와 똑같은 에이든의 검은 곱슬머리가 파르르 떨렸다. 꼭 가느다란 벌레들이 머리 위를 꿈틀거리며 기어가는 것 같아서 키득키득 웃음이 나오다가도 금세 무섭다는 생각이 들었다.

양초와 불빛과 벌레 생각에 빠져 나는 무슨 이야기였는지는 잘 생각도 나지 않았지만, 에이든은 낱말 하나하나에 귀를 곤두세운 채 넋을 놓고 듣고 있었다.

엄마가 책을 덮자, 우리가 한목소리로 외쳤다.

"하나만 더요! 네?"

하지만 엄마는 조른다고 더 읽어 줄 사람이 아니었다. 아침에 학교에 가려면 이제 잠자리에 들 시간이었다.(물론 전기가 들어오지 않으면 학교에 갈 일도 없다는 건 다 아는 사실이었다.) 엄마를 괴롭힐 수는 없었다. 잠자리 동화는 무조건 하나였다. 왜냐하면… *원래 그런 거니까.* 이제 자야지. 꿀잠 자렴. 안 되는 줄 알면서도 우리는 졸랐다. 왜냐하면… 원래 그런 거니까.

"촛불 켜 놓고 자면 안 돼요?"

에이든은 어둠을 무서워했다. 나는 아니었다. 난 에이든보다 용감하니까. 내가 누나니까. 엄마 말로는 3분 차이라지만, 그게 모든 설명을 대신했다. 항상 모든 결정을 내가 하는 이유도, 내가 대장인 이유도. 에이든은 불공평하다고 한 번도 따져 묻지 않았다. 3분 차이라고 해도 내가 누나라는 건 사실이었고, 사실이란 따져 물을 수 있는 일이 아닐뿐더러, 설령 마음에 들지 않는다고 한들 간단히 바뀌는 것도 아니기 때문이다.

그래도 에이든은 아주 영리한 아이였다.

엄마가 말했다.

"애슐리, 동생한테 촛불을 켜 놓고 자면 왜 안 되는지 말해 줘."

나는 침대에 똑바로 앉아 한껏 숨을 들이쉬었다.

"왜냐하면 위험하니까. 만약 우리 중 하나, 보나 마나 에이든 너겠지. 왜냐하면 넌 덜렁이잖아. 만약 누구 하나라도 밤에 양초를 쓰러뜨리면 침대에 불이 붙어서 집을 몽땅 태우고 온 가족이 불에 타서 죽을 수도 있잖아. 그러니까 밤에 전깃불만 켜지. 그런데 지금은 못 켜. 왜냐하면 전기가 나갔으니까. 왜냐하면 폭풍우가 치니까. 또 전지도 다 닳아서 없고."

나는 다시 한번 크게 숨을 들이쉬어야만 했다. 단숨에 그 많은 말을 쏟아 냈더니 폐 속에 숨이 하나도 남아 있질 않았다. 엄마가 빙긋 웃었다.

"훌륭한 답이구나, 애슐리."

내가 활짝 웃자 엄마가 한 마디를 더했다.

"좀 우쭐해하는 면이 없진 않지만."

무슨 말인지는 몰라도 칭찬일 것 같았다. 엄마가 에이든에게로 돌아서서 에이든의 침대 시트를 매만졌다.

"너희 중 누구라도 사고를 당하는 일이 생길 수도 있어. 에이든만이 아니라 애슐리도. 설마 그런 일이 생길까 생각하기 어려운 일이긴 하지. 그런 일이 없게 우리가 너희를 지켜 줘야 할 거고. 우리 귀염둥이들을 말이야."

에이든이 고개를 끄덕였고, 그와 동시에 가까운 곳에서 다시 한번 요란한 천둥소리가 들려왔다. 그 바람에 내 침대 옆에 놓인 물잔이 찰랑거렸다. 꼭 에이든이 고개를 끄덕여서 천둥이 친 것 같아서 조금 신기했다.

엄마가 말을 이었다.

"그건 그렇고, 이런 폭풍이 계속되면 따로 불빛 같은 건 없어도 되겠는걸. 앞으로도 바깥 날씨는 지겨울 정도로 변덕스러울 거야. 이 정도 천둥엔 잘 잘 수 있지, 꼬맹이들?"

한두 시간 만에 그칠 비바람이 아니라는 것쯤은 우리도 알고 있었다. 아침을 준비할 때까지도 전기는 들어오지 않을 것 같았다. 흔히 있는 일이었다. 천둥 때문에 잠을 설칠 일이 없다는 것도 잘 알고 있었다. 사이클론*이 몰아쳐도 세상모르게 자는 우리였다. 이 정도쯤이야.

에이든이 대답했다.

"네, 엄마."

나도 대답했다.

"당연하죠."

엄마가 다시 내 침대에 앉았다. 이건 좀 이상했다. 확실히 평소와는 달랐다.

"이제 너희가 이런 말을 해 줘도 될 만큼 큰 것 같아서 하는 말이니까, 엄마 말 잘 들어."

우리 둘 다 침대에 똑바로 앉았다. 아까는 안 된다고 했지만, 동화책을 하나 더 읽어 주려는 걸까? 뭔지는 몰라도 기대가 됐다.

"너희는 일란성 쌍둥이야."

그건 우리도 아는 사실이었다. 우리 둘을 희귀하면서도 매우 특별

---

* 벵골만과 아라비아해에서 발생하는 열대성 저기압.

한 존재로 만들어 주는 게 바로 그 점이었으니까. 하지만 우리는 아무 말도 하지 않고 엄마의 다음 말을 기다렸다.

"떼려야 뗄 수 없는 인연의 끈으로 이어진 남매…. 그건 아주 굉장한 거야. 세상 그 무엇보다도."

나는 하품을 삼켰다. 피곤한 데다 이건 재미도 없고 신나지도 않은 이야기였다. 음, 지금까지는. 당연히 우리는 특별했다. 그건 나도 옛날부터 잘 아는 사실이었다.

"그런데 거기엔 너희가 서로에 대한 책임이 있다는 의미도 있어. 책임이란 상대방을 도와주고 또 지켜 주기 위해 내가 원하지 않는 일을 해야만 할 때가 있다는 말이야. 엄마 말 알겠어?"

우리는 고개를 끄덕이긴 했지만, 둘 다 확실히 이해를 했는지는 모르겠다. 엄마가 예를 들어 설명을 한 것도 그래서였던 것 같다.

"이를테면 엄마가 여기에 초를 두고 나갔는데 애슐리가 자다가 그 초를 쓰러뜨렸다고 치자…."

내가 항의하려고 입을 벌렸지만, 엄마가 손을 들고 내 말을 막았다.

"에이든, 넌 잠이 깼는데 방에 불이 붙은 걸 봤다고 치자. 그럼 제일 먼저 어떻게 할래?"

"애슐리를 깨워서 방에서 내보낼 거예요."

"그래, 잘했어. 왜?"

"애슐리는 내 누나고 나는 누나를 지켜야 하니까요."

엄마가 활짝 웃고는 옆으로 다가와 에이든의 뺨을 쓰다듬었다.

순간 샘이 나서 몸이 움찔했다. 나도 똑같은 대답을 할 수 있었는데…. 내 몫이 되어야 할 엄마의 애정 어린 손길을 에이든에게 빼앗겼다고 생각하자 너무 속이 상했다.

엄마가 말했다.

"남매란 그런 거야. 가족이란 그런 거고. 얘들아, 옛말에 이런 말이 있어. 형제자매란 넘어지면 서로 붙잡아 주기 위해 있는 거라고. 혹시라도 무슨 일이 생기면 말이야. 반드시 화재처럼 거창한 사건이 아니어도 괜찮아. 그냥 한 사람이 슬픈 마음이 들 수도 있고 아니면 조금 힘든 시간을 보낼 수도 있잖아. 그럴 땐 다른 한 사람이 언제든 옆에서 도와줘야 하는 거야. 언제든! 엄마가 말한 책임이라는 게 바로 그런 거야. 에이든, 넌 애슐리가 넘어지면 붙잡아 줄 수 있게 언제든 애슐리 옆을 지켜야 해."

에이든이 고개를 끄덕였다.

내가 말했다.

"나도 에이든을 잡아 줄 거예요. 에이든은 툭하면 넘어지니까."

에이든은 진짜 덜렁이거든요. 마지막 말은 속으로만 생각했다.

엄마가 당부했다.

"그래. 너희는 언제든 서로를 돌봐주겠다고 엄마한테 약속할 수 있지?"

우리는 여섯 살배기가 가질 수 있는 모든 진지함을 발휘해 엄마와 굳게 약속했다.

엄마가 그만 자라며 촛불을 끄고 나가자, 옆 침대에 누운 에이든이 어둠 속에서 손을 내밀어 내 손을 잡았다. 에이든은 정말 어린애 같은 구석이 있었다. 엄마를 '마마'라고 부르는 것만 봐도 그랬다.

검은 하늘에 번개가 은빛으로 번쩍이고 천둥이 드럼처럼 우리 방 창문을 두드려 대던 그 밤, 우리는 손을 꼭 잡고 잠이 들었다.

현재

1
등교 첫날

에이든은 내 손을 잡으려고 했지만, 동생하고 손잡고 다닐 나이는 지났다. 당연히 에이든도 마찬가지였다. 내가 발을 툭 차자 에이든이 손을 놓긴 했지만 이미 모두에게 들킨 뒤였다. 등교 첫날부터 꼭 이럴 필요까지야. 에이든이 잡았던 손을 내 원피스에 문질러 닦고 등 뒤로 깍지를 끼었다. 얼굴이 화끈거렸고 그런 생각을 하면 할수록 얼굴은 점점 더 달아올랐다. 잘한다, 잘해.

메레디스 선생님이 우리 뒤에 서서 한 손은 내 어깨에, 다른 한 손은 에이든의 어깨에 올렸다.

우리 둘의 머리 위에서 선생님이 말했다.

"우리는 참 운이 좋죠, 여러분?"

아무도 반응이 없었지만, 생각해 보니 대답이 필요 없는 질문이었다.

"오늘 우리 반에 새 친구가 한 명도 아니고 두 명이나 왔거든요."

반 전체가 우리 둘을 주시했다. 창밖을 보거나 손톱을 뜯으며 딴짓하는 아이들도 있는 시큰둥한 반응이었다고 말할 수 있었다면 좋으런만. 간단히 말해서 아이들은 하나같이 우리를 무슨 다른 별에서 온 외계인이라도 되는 양 빤히 쳐다보고 있었다. 내 얼굴의 온도가 다시 2도는 더 치솟았다.

메레디스 선생님이 소개를 이어 갔다.

"그뿐만이 아니라 이 둘은 *일란성 쌍둥이*입니다."

선생님의 목소리에는 모두의 눈앞에 기적이라도 펼쳐져 있다는 듯 놀라움마저 깃들어 있었다.

"일란성 쌍둥이에 대해 말해 줄 수 있는 사람?"

앞줄에 앉은 여자애가 손을 번쩍 들었지만, 선생님은 못 본 척 고개를 돌렸다. 매번 손을 들어서 다른 아이들의 기를 죽이는 소위 척척박사가 아니려나. 옛날 영화에서 그런 장면을 많이 보았다. 뒷자리에서 한 남학생이 손을 들었지만, 쭈뼛거리는 모습이 자신이 없는 눈치였다. 내 어깨에 올려져 있던 선생님의 손이 내 눈앞으로 옮겨 왔다.

선생님이 집게손가락으로 그 남학생을 가리키며 말했다.

"그래, 대니얼."

"일란성 쌍둥이란 같은 어머니에게서 똑같이 생긴 두 명의 자식이 태어나는 거예요."

갈라지고 긴가민가한 목소리였고 잠시 뜸을 들이는 걸로 보아 덧붙일 말이 남은 것 같았다.

"동시에요."

메레디스 선생님이 칭찬을 했다.

"아주 잘했다, 대니얼. 훌륭해."

앞줄의 여학생은 아직 손을 내리지 않고 있었다. 선생님이 내쉰 한숨이 내 뺨을 스치고 지나갔다.

"그래, 샬럿이 말해 보겠니?"

샬럿이 허리를 더욱 꼿꼿이 세우고 양쪽 어깨가 정확히 똑바른지 확인하려는 사람처럼 가볍게 어깨를 털었다.

"네, 선생님. 일란성 쌍둥이는 하나의 수정란에서 태어나는데요, 하나의 수정란이 갈라져 두 개의 배아가 돼요. 그 말은 곧 이 두 사람은 일란성 쌍둥이일 수가 없다는 뜻이에요. 왜냐하면 일란성 쌍둥이는 성별이 다를 수가 없거든요. 따라서 두 사람은 두 개의 알, 다시 말해 두 개의 난자가 각각 수정해서 생긴 이란성 쌍둥이가 틀림없어요."

여기저기서 피식피식 웃음이 터져 나왔다. '알'이라는 단어 때문인 것 같았다.

샬럿이 화가 난 얼굴로 앉은 자리에서 몸을 휙 돌리며 아이들에게 쏘아붙였다.

"사실이거든!"

샬럿이 다시 앞쪽을 향해 휙 돌아앉으며 물었다.

"그렇지 않나요, 선생님? 제 말이 맞죠? 선생님, 말씀해 주세요."

"맞고말고, 샬럿. 완벽하게 맞는 말이지."

선생님이 우리 둘 앞으로 자리를 옮겨 양손 깍지를 꼈다.

"아마도 알이라는 단어가 나와서 웃음이 터진 것 같네요. 삶고,

16

프라이하고, 스크램블로도 먹고… 맞죠? 토스트에 올려도 맛있죠.
그런데 매번 그렇지만 샬럿 말이 맞습니다. 우리는 모두 알에서 나
왔습니다, 여러분. 그러나 그렇다고 우리가 닭이 되는 건 아닙니다.
안 그렇습니까? 혹시 이 중에 정말 닭이 되고 싶은 충동을 느끼는
사람이 있나요?"

선생님이 몸을 수그리고 양손의 손마디를 맞댄 채 팔꿈치를 옆
으로 벌려 파닥였다. 그 상태로 고개를 앞뒤로 휙휙 돌리고, 꼬꼬댁
소리를 내며 교실 앞을 뽐내듯 걸어 다녔다. 처음에는 앓는 소리를
내던 아이들도 선생님이 자기들 앞에서 몸을 돌리자 배꼽을 잡고
웃어 댔다. 내 입가에도 웃음이 번졌다. 이 선생님은 최고 아니면
왕짜증, 둘 중 하나였다. 아직은 더 두고 봐야 할 것 같아서 나는 그
냥 웃기만 했다.

선생님이 몸을 똑바로 폈다.

"음, 나는 분명히 그런 충동을 느꼈습니다. 하지만 그건 나만 그
런 거겠죠? 내가 운동장을 지키면서 달리는 사람, 펄쩍거리는 사
람, 깡충거리는 사람을 다 봤습니다만, 닭 흉내를 내는 사람은 확실
히 본 적이 없습니다."

선생님이 잠시 뜸을 들이다 덧붙였다.

"최소한 아직까지는요."

메레디스 선생님이 다시 우리 둘에게로 돌아서서 양팔을 활짝
벌렸다.

"그런데 내가 우리 손님들에게 매우 무례하게 굴고 있었군요. 모

두의 주목으로부터 빨리 벗어나고 싶을 텐데 말이죠. 우리 반에 새로 온 두 친구를 반갑게 맞아 주세요. 애슐리 델라투어와 애슐리의 쌍둥이 남동생 에이든 델라투어입니다. 우리가 얼마나 운이 좋은지 어디 여러분의 소리를 한번 들어 볼까요?"

모두가 짝짝짝 박수를 치자 내 얼굴은 더 빨개졌다. 힐긋 에이든을 쳐다보았지만, 에이든의 얼굴엔 언제나처럼 감정이 없었다.

박수 소리가 잦아들자, 메레디스 선생님이 허리를 굽히고 우리에게 속삭였다.

"너희 같이 앉을래?"

내가 대답했다.

"아뇨, 괜찮아요. 우리는 상당히 독립적이라서요."

나는 자신감 있게 보이려고 노력하는 중이었지만 목소리는 조금 떨렸다. 선생님이 고개를 끄덕였다.

"그렇다면 앉을 자리를 골라 보렴. 어디든 앉고 싶은 자리로."

나는 교실 안을 둘러보았지만, 결정이 어렵지는 않았다. 나는 친구가 간절했고 맨 앞줄의 샬럿이라는 여자애 또한 누가 봐도 나와 똑같은 처지일 게 확실했다. 척척박사와는 수업 시간을 같이 보내는 것만으로도 충분하지 않을까. 쉬는 시간까지 같이 다니고 싶은 아이들은 없을 것 같았다. 게다가 앞줄에 앉는 건 전략적으로도 좋은 선택이었다. 앞자리는 어떤 말도 잘 들릴 뿐만 아니라, 관련된 내용을 읽어 본 바에 따르면 뒷자리에 앉은 아이들은 보통 평판이 정해져 있었다. 물론 좋은 평판일 리 만무했다. 내가 자리에 앉자 샬럿이 나를 보고 활짝 웃었지만 나는 양손을 책상 위에 다소곳이 올리고 똑바로 앞만 쳐다보았다.

에이든은 뒤쪽에 있는 자리를 선택했다.

✾

"메레디스 선생님은 가끔 산통을 깰 때가 있다니까."

샬럿과 나는 본관 앞 베란다로 나와 대형 선풍기 아래에 자리를 잡았다. 점심시간에 앞서 태블릿을 확인한 메레디스 선생님이 자외선 지수가 위험 수준이라 야외 활동은 할 수 없다는 소식을 전했다. 놀랄 일은 아니었다. 자외선 지수는 항상 위험 수준이었다. 반 아이들이 투덜거리며 선크림을 왕창 바르고 얼굴과 목을 꽁꽁 가리는 모자도 쓰겠다면서 사정해 봤지만 통할 리가 없었다.

내가 꼬집어 말했다.

"닭일 때도 있고."

샬럿이 깔깔 웃었다.

"맞아. 선생님은 툭하면 그런 장난을 치신다니까. 재밌는 분이야. 어떤 선생님들은 어떻게든 웃겨 보려고 엄청 애를 쓰거든. 그런데 메레디스 선생님은… 뭐랄까, 타고나신 것 같아. 아이들을 진짜 좋아하셔서. 우리를 싫어하는 것 같은 선생님도 아주 많거든."

그런 생각은 많이 안 해 봤지만 듣고 보니 맞는 말 같았다. 나를 가르쳤던 분들 중에도 아이들에 대한 애정이라곤 눈곱만큼도 없는 선생님들이 꽤 많았다. 그건 우리를 대하는 태도만 봐도 알 수 있었다. 심지어 서로 몇백 킬로미터 떨어져서 원격 수업을 할 때인데도 그런 느낌이 들었다. 그런 사람들은 애초에 왜 선생님이 됐는지 의문이 들었다. 가축이나 농작물을 싫어하는 농부나, 약을 싫어하는 의사와 뭐가 다른지 모르겠다.

"네 동생은 왜 혼자 앉아 있어?"

흘깃 에이든을 쳐다보았다. 에이든은 10미터쯤 떨어진 자리에 혼자 앉아 있었다. 다른 친구들은 최대한 선풍기에 바짝 붙어 앉아 있었기 때문이다. 에이든은 별로 더위를 타지 않는 것 같았다. 땀만 좀 흘리고 손수건으로 얼굴을 닦아 내면 그만이었다. 가끔 집에서 정원을 산책할 때 보면 에이든의 양쪽 겨드랑이 밑에 크게 동그란 땀자국이 생길 때가 있는데 그건 보기만 해도 역겹다.

내가 말했다.

"에이든은 혼자 있는 걸 좋아하는 편이야."

학교에서는 나와 거리를 유지하라는 엄포를 놓았다는 말은 하지 않았다. 쌍둥이다 보니 다들 우리 사이에는 말로 표현할 수 없는 끈끈한 유대감이 있는 줄 안다. 실제로 그런 것도 사실이다. 우리 사이는 끈끈하다. 하지만 그렇다고 해서 우리가 매분, 매초를 함께 보내야 한다는 말은 아니다. 물론 그러면 에이든이야 좋아하겠지만! 에이든은 애정 결핍이다. 나 역시 그런 것도 같다. 하지만 차이가 있다면 나는 나만의 공간이 필요하고 나만의 친구가 필요하다. 그 둘이 없어도 살 수 있다는 게 에이든의 문제다.

샬럿이 말했다.

"나한테도 쌍둥이 남동생이 있으면 얼마나 좋을까? 외동은 정말 최악이야."

다들 똑같은 불만을 말하지만, 그럴 땐 가만히 있는 게 낫다는 걸 알았다. 외동이면 부모님의 사랑을 나눠 가질 필요가 없다는 말도, 때로는 혼자인 게 천국 같은 때가 있다는 말도 하지 않았다. 쌍둥이의 애로 사항을 알면 나하고 생김새도, 생각하는 방식도, 말투도 닮은 동생과 함께 크고 싶어 안달할 일은 없을 거라는 말도 하지 않았다. 우리가 여러 가지로 닮았다고는 하지만 나와 에이든은 성격만큼은 다르다. 완전히 다르다. 에이든은 조용하고 항상 내 기분을 먼저 헤아려 준다. 나는 조용하지는 않다. 내 기분을 먼저 헤아린다는 점에선 같다. 언젠가 에이든에게 그 얘기를 했지만, 에이든은 내 농담을 이해하지 못했다.

나는 샬럿에게 말했다.

"맞아. 쌍둥이라서 좋아. 그런데 우리는 일란성이니까 하나나 마찬가지 아닐까?"

샬럿이 고개를 내저었다.

"너희 둘은 똑같이 생겼을지는 몰라도, 절대 일란성은 될 수가 없어. 내 말 믿어. 내가 이런 건 전문가거든."

아빠가 직접 학교로 우리를 태우러 왔다. 엄마는 멜버른으로 출장을 떠나고 없었다. 엄마는 자주 집을 비웠다. 한편으로는 짜증이 나기도 하지만, 다른 한편으로는 좋기도 하다. 아빠는 엄마보다 요리 실력도 월등하고 감자칩도 잘 만들어 준다. 엄마는 감자칩에 대해서는 고개부터 가로젓는다. 하긴 우리 집 텃밭에서 키운 채소가 아니면 다 싫다는 사람이 엄마다. 나는 감자칩도 채소라고 꼬집어 말했지만 그래 봤자 달라지는 건 없었다. 엄마는 채소는 녹색이어야 한다고 생각하기 때문이다.(몇 가지 예외는 있지만 감자칩은 포함되지 않는다.) 나는 녹색 채소도 괜찮지만, 기왕이면 튀겨 먹는 게 좋다. 에이든은 어느 쪽이든 상관이 없다. 아무것도 먹질 않으니까. 음, 아예 먹지 않는 건 아니지만 에이든이 먹는 건 우리가 말하는 그런 음식이 아니다.

아빠가 저녁을 준비하는 동안 에이든과 나는 수영장으로 갔다. 저녁 메뉴는 채소 프리타타*와 감자칩이라고 했다. 내가 특히 좋아하는 메뉴 중 하나였다.

솔직히 말해야겠다. 에이든이 나보다 잘하는 게 하나 있다면 그건 바로 수영이다. 에이든은 잠수로만 수영장 끝에서 끝까지 갈 수도 있고 마음만 먹으면 자유형으로도 나를 완전히 꺾을 수 있다. 이걸 어떻게 아는가 하면 언젠가 내가 없는 줄 알고 혼자 수영하는 에이든을 본 적이 있는데, 그야말로 돌고래가 따로 없었다. 나는 에

---

* 달걀 물에 채소, 고기, 치즈, 파스타 등을 넣고 구운 이탈리아식 오믈렛.

이든과는 아예 상대가 되지 않았다. 그런데 경주를 하면 에이든은 맨날 나한테 져 준다. 그것도 정말 열심히 하는데 아깝게 따라잡지 못한 사람처럼 아주 근소한 차이로. 그게 좋을 때도 있지만, 짜증이 날 때도 있다. 오늘 에이든과 나는 느긋하게 평영으로 두세 번 정도만 왕복하고 말았다.

내가 물었다.

"너는 학교 어땠어, 에이든?"

에이든이 어깨를 으쓱하고 얼굴에서 젖은 머리칼을 쓸어 냈다.

"괜찮았어. 메레디스 선생님은 좋은 분 같더라. 알지, 애슐리? *진짜* 좋은 분."

"맞아. 보통 어른들한테는 없는 좀 주책 같은 면이 있더라."

"학생들을 좋아하는 분이야."

"샬럿도 그러더라."

"샬럿이랑 친해졌어?"

이번엔 내가 어깨를 으쓱할 차례였다.

"아마도. 조금 더 두고 봐야지."

갑자기 이야기를 하고 싶은 마음이 사라져서 나는 수영장 끝에서 몸만 까딱이며 선팅이 된 창문 너머로 먼 산을 내다보았다. 군데군데 초록빛이 감도는 자줏빛의 나지막한 산에서는 뜨거운 열기에 아지랑이가 솜털처럼 피어올랐다. 초저녁 밤공기가 공중을 맴돌았다. 에이든은 생각에 잠긴 나를 두고 수영장을 왕복하며 헤엄쳤다.

저녁을 먹으면서 아빠가 학교가 어떤지 물었다. 프리타타는 맛있었고 감자칩은 바삭거렸다. 나는 맛을 음미하듯 한 번에 한 입씩 번갈아 먹었다. 내가 직접 캔 감자였다. 언제나처럼 에이든은 거의 모든 대답을 나에게 맡겼다.

아빠가 말했다.

"그래, 등교 첫날이 괜찮았다니 기쁘구나! 워낙 명성이 자자한 학교라 그런지 너희를 입학시키는 것도 보통 까다롭지 않았어."

그건 나도 알고 있었다. 엄마와 아빠 능력으로는 문제가 없지만 등록금이 어마어마한 학교였다. 더구나 돈이 있다고 아무나 입학시키는 학교도 아니었다. 우리가 얼마나 힘들게 입학 허가를 받았는지는 나로서는 알 길이 없지만, 두 분은 면접에 면접을 거듭하는 동시에 거액의 돈까지 지불했다. 퀸즐랜드에 살 때는 방송 통신 학교 수업을 받았다. 당시 우리 집은 문명사회와는 상당히 단절된 지역에 있었기 때문이다. 시드니로 이사 온 후로는 가정교사를 통해 수업을 받았다. 한편으로는 그것도 괜찮았지만, 다른 한편으로는 불만스럽기도 했다. 나는 다른 여자애들과 친구가 되고 싶었다. 엄마와 아빠는 쌍둥이 남동생이라는 친구가 있으니 행운아라고 했고, 그 점에서 우리를 매우 부러워하는 사람도 많지만, 나는 그것만으로는 아쉽다는 점을 분명히 했다. 물론 나는 내 동생을 사랑한다. 하지만 동생은 친구가 아니다. 남동생과 모든 걸 공유할 수는 없다…. 음, 여자애들끼리 할 수 있는 그런 놀이나 얘기들? 안 되고말고! 이 학교가 모든 걸 바꿔 줄 것이다. 샬럿도 있겠지만, 다른 여자애들과도 친구가 될 수 있지 않을까. 어차피 오늘은 등교 첫날이었고 친구라는 면에서만 보면 출발이 훌륭한 셈이었다.

자려고 누웠는데 엄마가 멜버른의 호텔에서 화상 통화를 걸어왔다. 아빠와의 짧은 대화가 끝나자, 침대에서 책을 읽고 있던 우리 차례가 되었다.

"학교 첫날은 어땠어, 꼬맹이들?"

천 번은 더 생각한 거지만, 엄마가 제발 우리를 꼬맹이라고 부르지 않으면 좋겠다. 너무 창피하다.

"재밌었어요, 엄마. 벌써 친구를 사귄 것 같아요."

내가 말했다.

우리는 엄마에게 오늘 하루에 대해 어떤 시간에 뭘 배웠는지까지 미주알고주알 이야기했다. 메레디스 선생님 얘기도 했다. 엄마는 빙그레 웃으며 고개를 끄덕였고 비행기 운항에 차질만 없다면 이틀 후에 만나자고 했다. 비행기가 큰 변수이기는 했다. 엄마가 우리에게 사랑한다는 말과 함께 잘 자라는 인사를 건넸다. 우리도 엄마에게 사랑한다는 말과 함께 우리 걱정은 말라는 인사를 전한 뒤다시 아빠를 바꿔 주었다.

에이든은 나하고 말을 하고 싶어 했지만, 나는 그럴 기분이 아니었다. 솔직히 열두 살이나 된 우리가 아직도 한 방을 쓰는 게 어이가 없다. 새로 이사 온 이 집에 방이 모자란 것도 아니었다. 그런데

도 엄마와 아빠는 내 말을 들어주지 않았다. 되돌아오는 답은 이랬다. *한 방을 쓰면 밤에 서로를 지켜 줄 수가 있잖아.* 나는 이렇게 반박했다. *둘 다 자는데요.* 그래도 소용이 없었다.

협탁의 불을 끄고 벽으로 돌아누웠다. 에이든이 말을 붙이지 못하게 하기 위해서였다. 내가 자려는 줄 알면 포기하겠지. 그런데 나는 아직 잘 마음이 없었다. 머릿속으로 지나간 오늘 하루를 하나하나 되새겨 볼 생각이었다. 그러다 잠이 들면 학교와 메레디스 선생님과 샬럿 꿈을 꾸지 않을까. 아주 기분 좋은 꿈이 될 것 같았다.

에이든은 꿈을 꾸지 않는다. 에이든 말로는 그랬다. 꿈을 꾸고도 기억이 나지 않는 것일 수도 있다. 내 생각엔 어느 쪽이든 희한하고도 안타까운 일이다.

2
무단 외출

그게 아주 나쁜 생각이라는 걸 나도 알고 있었다. 그 생각이 들자마자 알았다. 알면서도 고집을 부렸다. 내 마음속 경고조차 들으려 하지 않았다.

메레디스 선생님이 점심시간 전에 다시 태블릿을 확인했다. 이번엔 좋은 소식이었다. 모자를 쓰고 선크림을 꼼꼼히 발랐는지 일일이 검사를 맡아야 했지만, 밖으로 나가서 놀아도 좋다는 허락이 떨어졌다. 우리를 검사하며 선생님이 중얼거리듯 말했다. *보호의 의무 때문이야. 너희가 피부암에 걸리면 그건 내 책임이거든.* 메레디스 선생님 말고는 피부암을 걱정하는 사람은 아무도 없는 것 같았다. 몇몇 남자애들과 여자애 둘은 당장 농구장으로 직행했다. 샬럿과 나는 그늘 밑 벤치에 앉아 도시락을 펼쳤다. 내 점심은 사과 한 알과 얇게 썬 당근, 그리고 삶은 달걀 하나였다. 우리 집 암탉인 켄터키가 낳은 달걀이었다. 샬럿은 샌드위치를 싸 왔는데 속에 소고기 같은 게 들어 있었다.

내가 빤히 보고 있는 걸 알았는지 샬럿이 샌드위치를 한 입 작게 베어 먹으며 말했다.

"난 소고기 좋아해. 넌 안 좋아해, 애슐리?"

"아, 좋아하지. 그런데 엄마, 아빠가 아예 못 먹게 하셔. '지속가능한' 식품이 아니라고."

나는 '지속가능한'이라는 말을 특별히 강조해서 말한 뒤 이렇게 덧붙였다.

"내가 어쩔 수 없이 과일과 채소만 먹는 것도 그래서야. 허구한 날 채소야. 솔직히 지겨워 죽겠어."

샬럿이 자기 샌드위치를 다시 도시락 통에 담았다. 딱 한 입밖에 먹지 않았다.

샬럿이 물었다.

"너 망고 먹어 봤어?"

"물론이지. 시드니로 이사 오기 전까지 퀸즐랜드에 살았거든. 거 긴 사방이 망고였어."

"난 망고가 *너무 좋아*. 딱 한 번 먹어 봤는데, 그 맛이…."

샬럿이 꿈꾸는 듯한 눈을 하고 말을 이었다.

"지금은 망고가 턱없이 부족해서 어디서도 살 수가 없어. 딱 한 군데만 빼고…."

"딱 한 군데?"

"누가 그러는데 빅토리아 공원에 망고나무가 한 그루 있대. 여기 서 몇 분만 가면 빅토리아 공원이야. 두 그루랬나? 아무튼 거기 망 고가 열려 있대."

나는 깔깔 웃었다.

"농담이었겠지. 시드니에서는 망고가 나지 않아."

샬럿이 한 번 더 샌드위치를 집었다가, 다시금 마음이 바뀌었는지 도로 내려놓았다.

"예전엔 그랬지. 그런데 기후 변화가 모든 걸 바꿔 놓았어. 나빠진 게 대부분이지만, 간혹 좋게 바뀐 것도 있어. 현재 시드니 기후는 망고가 자랄 수 있을 만큼 더워졌대. 우리보다 한 학년 위인 제시카 언니 말이 빅토리아 공원에서 망고를 봤대. 정말이라니까. 제시카 언니가 얼마나 똑똑한데."

나는 당근을 오도독오도독 씹어 먹었다. 샬럿이 지어낸 이야기 같지는 않았다. 어제 한 수정란 발표처럼 오늘도 샬럿은 수업 중에 거의 모든 면에서 총명함을 뽐냈다. 샬럿의 머리엔 지식이란 지식이 가득했다.

내가 말했다.

"그게 사실이라고 해도….'

샬럿의 날카로운 눈길에 나는 곧바로 말을 고쳤다.

"물론 난 사실이라고 봐. 그렇다고 해도 누가 벌써 따 가고 없겠지. 어느 공원이 됐든 공짜 과일이라면 절대 오래 남아 있을 리가 없어.'

샬럿이 한숨을 내쉬었다.

"그렇겠지, 아마도."

그 생각이 떠오른 게 바로 그때였다.

"내가 가서 직접 확인해 볼게."

"언제?"

"지금 당장. 내가 에이든 데리고 갔다 올게. 바로 앨버트가 아래 잖아. 뛰어갔다 오면 오후 수업 시작하기 훨씬 전에 돌아올 수 있을 거야."

나는 들떠 있었다. 새 친구에게 확실한 눈도장을 찍을 방법, 샬 럿이 나를 우정을 나누어도 아깝지 않을 사람으로 보게 할 방법이 있다면, 바로 이것이었다. 나는 벌떡 일어났다.

샬럿이 말렸다.

"우리 학교는 점심시간에 외출 금지야. 절대 어기면 안 되는 규 칙이야. 학교에서는 학생의 위치를 항상 파악하고 있어야 하니까. 메레디스 선생님 말씀 너도 들었잖아. 보호의 의무. 아무튼 학교 밖 으로 나가는 건 위험해. 너도 알잖아. 시드니에는 그런 지역들이 있 다는 거… 안전하지 못한 지역 말이야."

나는 샬럿의 주장을 무시했다. 성공 가능성에 눈이 멀어 두려움 조차 잊게 만드는 무모한 상상에 한껏 빠져 있었던 게 가장 큰 이 유였다. 내가 생각한 건 이랬다. 망고가 있을 리가 없다고 생각한 것도 사실이지만, 설령 내가 망고를 가져오지 않는다고 해도 일단 가기만 하면 나라는 사람이 그 무엇도 겁내지 않는 사람이라는 걸 샬럿에게 보여 줄 수 있었다. 내 안전 따위는 아랑곳 않고 즉흥적인 충동으로 행동하는 반항아라는 걸 보여 줄 수가 있었다. 사실과는 한참 동떨어져 있다고 해도 그런 나를 상상하는 게 좋았다.

샬럿이 걱정했다.

"학교 울타리는 어쩌고."

"나를 가두려면 울타리 하나로는 어림도 없지. 넌 가서 메레디스 선생님하고 얘기 좀 해. 다른 데로 주의를 돌려. 닭 흉내라도 내든지. 나 금방 갔다 올게."

나는 에이든이 앉아 있는 곳으로 달렸다. 에이든은 농구를 구경하는 중이었다. 에이든은 운동이라면 가리지 않고 다 잘하는데도 내가 안 하면 아예 끼지를 않으려고 한다. 그러니 내가 늘 앞장서야 하는 것도 당연하다.

"가자, 에이든."

에이든은 망설이지 않았다. 마치 지시가 내리기만을 기다리고 있던 사람 같았다.

"어디 가는데?"

"울타리 너머. 빅토리아 공원으로 갈 거야."

"왜?"

"가면서 말해 줄게."

에이든으로 말하자면, 따지느라 시간을 허비하는 법이 없다. 내가 신발 끝을 철책에 올리고 꼭대기까지 2미터를 기어 올라갔을 때, 에이든은 바로 내 옆에 있었다. 일단 울타리 반대편 땅바닥으로 뛰어내린 우리는 50미터쯤 떨어진 제멋대로 자라난 덤불 뒤로 빠르게 걸음을 옮겼다. 나는 눈가의 머리칼을 쓸어 내며 주변을 유심히 살폈다. 내가 알기론, 학교에서 우리가 빠져나온 걸 알아챈 사람은 아무도 없었다. 경보음도 울리지 않았다. 나는 쪼그려 앉은 채 숨을 골랐다.

막상 생각할 여유가 생기자, 내가 도대체 무슨 짓을 하고 있는 건가 걱정이 밀려왔다. 망고나무가 있을 리 없었다. 말도 안 되는 소리였다. 그런데 한 가지만은 샬럿의 말이 옳았다. 학교 주변엔 실제로 위험한 곳들이 있었다. 엄마와 아빠한테 혼자서 돌아다니다가 겪을 수 있는 끔찍한 일들에 대해 들은 적이 있었다. 나의 용기와 가치를 증명하겠노라는, 좀 전까지만 해도 끝내주던 그 생각이 지금은 어리석고 무의미하게 느껴졌다. 그렇지만 이대로 되돌아갈 수는 없는 노릇이었다. 내가 겁먹고 피했다는 걸 들키고 말 테니까. 그냥 10분에서 15분 정도 꽁꽁 숨어 있다가 학교로 돌아가서 망고나무를 못 찾았다고 할까. 아니면 망고나무를 찾긴 했지만, 다른 사람이 선수를 친 게 분명하다고, 망고를 다 따 가고 하나도 없었다고 둘러댈 수도 있었다. 에이든이 옆에서 나를 거들어 줄 것이다.

그런데 왠지 그 어느 쪽도 택할 수가 없었다. 길 아래로 1, 2분만 가면 공원이었다. 어깨 너머로 얼핏 봐도 몇백 미터 앞에 있는 나무들이 눈에 들어왔다. 눈 깜짝할 사이에 갔다 오면 그만이다.

내가 말했다.

"가자, 에이든."

걸으면서 자초지종을 말해 주려고 했지만 적당한 말이 떠오르질 않았다. 무엇보다 순전히 샬럿에게 잘 보이기 위해 이 짓을 하고 있다고 솔직히 고백하면 푼수처럼 보일 게 뻔했다. 에이든이 나를 어떻게 생각하든 크게 중요하진 않지만, 그래도 이건 좀 심했다. 그 래서 공원에 망고나무가 있다는 말을 들어서 내 눈으로 확인할 필 요가 있다고까지만 이야기했다. 아주 대담하고 지혜로우면서도 자 발적인 결정인 것처럼. 에이든이 내 말을 믿을지는 미지수였지만.

에이든이 말했다.

"이건 위험해, 애쉬. 엄마와 아빠가 아시면….”

"그럼 두 분이 알지 못하게 우리가 더 조심해야지. 안 그래?”

에이든은 아무런 대꾸도 하지 않았지만 걸으면서 계속 사방을 힐끔대는 모습만 봐도 혹시 모를 위험을 대비한 초경계 태세임을 알 수 있었다. 그리고 고백컨대, 나 역시 학교에서 멀어질수록 점 점 더 겁을 먹고 있었다. 학교 밖으로 나오니 이상했다. 바깥세상은 낯설고 생소하기만 했고 목덜미에 닿는 뜨거운 숨결처럼 불안감이 엄습했다. 아주 작은 소리에도 화들짝 놀랐고 피부에 닿는 느낌마 저 무척 예민한 상태였다.

내가 에이든에게 말했다.

"침착해. 너 때문에 더 긴장되잖아.”

에이든은 아무 말도 하지 않았다.

우리는 앨버트가 끝에 다다랐다. 이제 차도 하나만 건너면 공원 이었다. 크림색과 고동색과 옅은 파란색으로 된 좀 희한하게 생긴 석조 아치 하나가 눈에 띄었는데, 아치 위로는 *리차드 헬리어 기념 관 입구*라고 새겨져 있었다. 잔디는 오랫동안 깎지 않고 방치된 상 태였지만 공원 자체는 푸릇푸릇했다. 최근에 폭풍우가 잦아서인지 사방이 초록빛이었다. 또한 사방이 고요했다. 오가는 차도 없었고, 내가 보기엔 공원 자체에 사람이라곤 없는 것 같았다. 고동치던 맥박이 차분해졌고 이쯤에서 돌아가야겠다는 생각이 들었다. 갔다 왔다는 증거로 샬럿에게 입구에 새겨진 낯선 이름을 언급하면서 망고는 없더라고 하면 간단한 일이었다. 어깨를 으쓱하며 "할 수 없지, 뭐."라고 말하면 그만이었다. 뭐야, 별거 아니네. 난 갔다 왔다. 됐지? 그런데 공원의 적막한 분위기에 잠깐이라도 들어가 보고 싶은 마음이 일었다. 조금만 걷다 나오면 돼. 이건 하나의 모험이었고 나는 태어나서 한 번도 모험을 해 본 적이 없었다.

차도를 건너며 에이든이 내 손을 잡았고, 이번엔 나도 손을 빼지 않았다. 우리는 아치 앞에 멈춰 섰다. 아치가 왜 입구에 있는지 의아할 따름이었다. 이곳은 보통 말하는 공원 입구와는 거리가 멀었다. 공원 주변으로는 울타리도, 난간도 없어서 어디로든 걸어 들어가면 그만이었다. 이런 입구가 무슨 의미가 있는지 이해가 되지 않았다. 그래도 우리는 그 석조 아치를 통해 공원으로 들어갔다. 어찌 됐든 아치를 만드느라 수고한 사람을 생각하면 다른 데로 들어가는 건 예의가 아닌 것 같았다. 우리는 공원 바로 안쪽에서 멈춰 섰다. 발밑으로 난 콘크리트 길에는 여기저기 금이 가 있었고, 금이 간 틈새마다 어김없이 풀과 잡초가 돋아난 모양이 마치 자연이 그 길을 내놓으라며 싸움이라도 거는 것 같았다.

공원으로 치면 훌륭한 편은 아니었다. 비디오에서 봤던 폭포 같은 것도 없었지만 별로 놀랍지도 않았다. 나무의 학명을 알려 주는 이름표 같은 것도 없었다. 풀밭과 거대한 나무 몇 그루가 전부였는데, 큰잎고무나무가 확실했다. 퀸즐랜드에 살 때 봤던 나무들이었다. 망고나무가 없는 건 확실했다. 물론 공원을 다 뒤져 보기 전엔 알 수 없겠지만 난 그럴 마음이 없었다. 에이든에게 그만 가야겠다고 말하려는 찰나 뒤에서 무슨 소리가 들렸다. 우리는 획 돌아섰다.

여자애였다. 처음부터 석조 아치 기둥에 기대앉아 있었고 우리가 그 바로 옆을 지나쳐 온 게 분명했다. 여자애가 천천히 몸을 일으키자 나는 우리를 주목하게 만든 그 소리의 정체를 알았다. 오른손에 깡통 하나가 들려 있었다. 여자애는 마치 깡통 속 내용물을 섞기라도 하는 사람처럼 손목을 이용해 깡통을 흔들고 있었다. 다리를 벌리고 선 채 우리를 빤히 쳐다보면서. 에이든이 내 앞을 막아섰다. 여자애는 특별히 위협적으로 느껴지지는 않았지만, 에이든은 결코 방심하는 법이 없었다.

한눈에 봐도 지저분했다. 얼굴엔 희미하게 땟국물이 묻어 있었는데 특히 눈 밑이 심했다. 유난히 밝은 초록색 눈동자는 상대를 옴짝도 못 하게 만들 것 같은 강렬한 기운을 풍겼다. 다리 역시 지저분했지만, 노란 형광색 나이키 운동화만은 티끌 하나 없이 깔끔했다. 열서너 살쯤 되어 보이긴 했는데 확실히 말하긴 어려웠다. 짧게 자른 머리는 거울도 없이 혼자서 잘랐는지 삐뚤빼뚤했다. 입은 크고 코는 들창코였다. 하지만 눈만큼은 상대를 장악하는 힘이 있었다. 열 번, 아니 열두 번이었나, 내 맥박이 고동치는 사이 침묵이 이어졌다.

내가 먼저 입을 뗐다.

"안녕. 우리는 너를 해칠 생각이 없어."

여자애는 아무 대꾸를 하지 않았고, 우리에게서 눈을 떼지도 않았다. 계속 깡통만 흔들었다. 나는 조금 초조해지기 시작했다. 거리의 아이들은 위험하다고 들었다. 물론 이 여자애만 보면 위험이라곤 전혀 느껴지지 않았고 체구 자체도 가냘파 보였다. 조금만 바람이 세게 불어도 쓰러질 것 같았다.

"우리 지금 갈 거야."

나는 이렇게 말하고 여자애 쪽으로 한 발짝 다가갔다.

여자애가 깡통을 흔들던 손을 딱 멈추었다. 그와 동시에 뒤쪽에서 들리는 소리에 우리는 다시 뒤로 획 돌아섰다. 가까운 무화과나무 가지에서 일곱 명에서 여덟 명쯤 되는 아이들이 무슨 신기한 외계의 열매처럼 바닥으로 툭툭 떨어졌다. 아이들은 다리를 구부리며 우아하게 착지했다. 비틀대는 사람은 한 명도 없었다. 이쪽의 위협이 명백히, 또한 당연히 크다고 판단한 에이든이 다시 내 앞을 막고 섰다. 우리 쪽으로 다가오는 아이들을 보니 목이 바짝 말랐다. 남자아이 다섯에 여자아이 둘, 하나같이 해진 옷에 지저분하고 험상궂은 얼굴이었다. 짧은 순간 도망갈까 생각을 했지만 소용없는 일이었다. 10미터도 못 가서 따라잡힐 게 뻔했다. 우리한테는 귀중품이 없으니 뭘 뺏으려 한들 헛수고이긴 했다. 하지만 한편으로 생각하면 그냥 우리를 해치자고 들 수도 있는 일이었다. 왜냐하면…음, 왜냐하면 우리는 자기들과 다른 데다 심심하니까. 에이든이 두 주먹을 움켜쥐었다.

우리를 동그랗게 포위한 아이들이 위아래로 우리 둘을 훑었다. 처음에 봤던 그 여자애가 원 안으로 들어왔다. 그러더니 다시 깡통을 흔들기 시작했다.

내가 말했다.

"우리는 귀중품 같은 거 하나도 없어. 그냥 학생일 뿐이야. 우린 학교로 돌아가야 해. 여기가 너희들 공간이면 미안해. 우리는 몰랐어. 무단 침입할 생각은 전혀 없었어. 바로 나갈게."

침묵.

내가 덧붙였다.

"부탁이야."

"부탁이야."

여자애가 내 말을 따라 했다. 그러곤 눈이 부실 정도로 작고 새하얀 이를 드러내며 웃어 보였다.

"어쩜 그렇게 예의가 발라. 부탁이야. 고마워. 먼저 해. 네, 잘 먹겠습니다. 정말 감사할 따름이에요."

여자애가 웃음을 그쳤다.

침묵이 이어지자 내가 다시 말했다.

"우리한테는 네가 원하는 게 없어."

"글쎄, 과연 그럴까?"

여자애가 자신을 막으려는 에이든의 시도에도 아랑곳하지 않고 우리 쪽으로 한 걸음 다가왔다.

"그 옷들 예쁘네. 누가 봐도 내 옷보다는 좋잖아. 홀딱 발가벗겨서 쫓아 버릴까? 뭐, 넓은 아량으로 대신 내 옷을 내줄 수도 있긴 한데, 네가 소화를 할 수가 있으려나 몰라. 알잖아. 벼룩도 있고, 더럽고… 또 네 *스타일*이 아닌 건 확실할 테고."

"경비를 부를 거야."

에이든의 말에 아이들이 웃음을 터뜨렸다.

한 남자애가 말했다.

"오오오, 경비는 안 돼! 나 무서워, 제나. 나 좀 지켜 줘, 제나. 경비원들은 나빠요, 나빠."

여자애가 깡통을 들어 올리며 우리 눈앞에 대고 미세한 검은 스프레이를 뿌렸다. 에이든과 내가 뒤로 한 걸음 물러섰다.

"아니면 너희 몸에 꼬리표를 붙일까? 그럼 재밌겠네. 발가벗은 궁둥이에 제나라고 꼬리표를 다는 거야. 가서 경비한테 보여 줘. 솔직히 우리 영역을 표시하는 것도 지겨워 죽겠거든."

여자아이가 공원 입구를 손으로 가리켰다. 기둥 하나에 검은색 스프레이 페인트로 커다랗게 그려진 엑스 자가 보였다. 바로 옆으로는 무슨 모양인지 모를 꼬부랑거리는 기호도 조그맣게 그려져 있었다.

"새롭게 가지를 칠 필요가 있거든. 나의 예술 세계를 확장시킨달까? 새 도화지로 두 부잣집 아이들만 한 게 또 있을까 몰라?"

순간 울음이 터졌다. 약한 모습을 보이는 건 전혀 도움이 안 될 것 같아서 참아 보려고 했지만 어쩔 수가 없었다. 에이든의 근육이 긴장하고 있었다. 당장이라도 공격할 태세였다. 제일 가까운 사내아이부터 달려들어 주먹질을 시작하겠지. 수적으로 열세라는 사실도, 이 아이들이 자신을 죽도록 팰 거라는 사실도 에이든에게는 중요하지 않았다. 에이든은 겁을 먹는 게 당연한 상황에서조차 결코 겁이라곤 모르는 아이였다.

에이든이 말했다.

"우리 누나 건드리면 너희들은 내 손에 죽어."

에이든의 목소리에는 아무런 어조도, 그 어떤 위협감도 없었다. 마치 하나의 사실을 진술하는 느낌이랄까. *오늘 기온은 45도까지 오르겠습니다. 오스트레일리아는 섬으로 이루어진 하나의 대륙입니다. 우리 누나를 건드리면 너희들은 내 손에 죽어.* 그런 말투가 오히려 더 섬뜩하게 느껴졌다. 실제로 한 아이는 뒷걸음질을 치기도 했다.

제나랬나? 그 여자애는 반대로 한 걸음 앞으로 나와 한 손을 들어 올렸다.

"워워, 꼬마 병사. 깡 한번 대단하네. 그 점은 높이 사 주지. 근데 말이야, 깡만 크지 뇌는 한참 달리나 봐."

그 말에 다른 아이들이 일제히 웃음을 터뜨렸다. 나는 깡이 뭔지도 몰랐다.

"남매랬나?"

제나가 에이든의 얼굴에 제 얼굴을 바짝 가져다 대더니 단서라도 찾는 사람처럼 얼굴을 자세히 살폈다. 그러더니 나한테도 똑같이 얼굴을 가져다 댔다.

제나가 휘파람 소리를 내며 감탄을 했다.

"우아! 쌍둥이네. 진짜 보기 드문 일인데."

남자아이들 중 제일 큰 아이가 앞으로 다가왔다.

"제나, 이제 장난 그만해. 그냥 데리고 본부로 가자. 쟤네 부모가
저 둘을 찾아가려고 돈을 왕창 내놓을 거야. 너도 알잖아. 대체 뭘
기다리는 건데?"

제나가 그 남자아이의 어깨에 한 손을 올리며 말했다.

"우리가 뭘 기다리는 걸까, 지기? 대체 뭘 기다리냐고? 우리는
'내가' 명령을 내리기를 기다리는 거야. 알겠어? 우리는 '내가' 마음
의 결정을 내리기를 기다리는 거라고. 우리가 기다리는 건 바로 그
거야."

에이든처럼 제나도 목소리를 높이지 않았지만 지기는 찍소리
없이 그대로 물러났다. 제나가 나머지 무리를 향해 고개를 까딱이
고는 다시 돌아서서 나와 얼굴을 마주했다.

"너희 둘은 여기서 뭐 하는 거야? 공원엔 왜 왔어?"

"누가, 그러는데… 여기, 망고가… 있대."

훌쩍이느라 말이 자꾸만 끊겼다.

내 말에 제나가 웃음을 터뜨렸다. 다른 아이들도 따라서 낄낄거
렸다.

제나가 되물었다.

"망고? 오랜만에 듣던 중 반가운 소리네. 나도 그랬으면 좋겠다,

40

부잣집 꼬맹아. 나도 그랬으면 좋겠어. 그러니까 뭐야, 넌 설렁설렁 걸어 내려와서 우리 공원에서 단물이 줄줄 흐르는 망고를 두어 개 따서 한가롭게 교실로 돌아가면 되겠다고 생각을 했다는 거야, 어? 황당하네."

"미안해. 부탁이야. 우리 좀 보내 줘."

내가 뭘 사과하고 있는지도 몰랐다. 그런데 다른 남자애가 했던 말이 떠올라 더럭 겁이 났다. 납치는 생각도 못 했다. 왜 납치된다는 생각을 못 했을까? 우리 부모님은 어마어마한 부자다. 뉴사우스웨일스에서 손꼽히는 부자 중 하나다. 어쩌면 뉴사우스웨일스에서 제일가는 부자일 수도 있다. 우리를 되찾는 조건으로 납치범에게 거액을 지불하고도 우리 부모님 통장엔 티끌만 한 타격도 없을 것이다. 갑자기 화장실에 가고 싶어졌다. 두 다리가 후들거렸고 당장이라도 오줌을 쌀 것만 같았다.

제나가 빙긋 웃었다.

"좋아. 그렇게 착하게 부탁했으니까 보내 주지, 뭐."

지기가 어이없다는 듯 두 손을 쳐들었다.

"너 미쳤…?"

제나의 눈길 한 번에 지기가 하던 말을 그쳤다.

제나가 다시 말했다.

"그런데 말이야, 부잣집 꼬맹이들아. 그냥 안전한 학교에 꼼짝 말고 있어. 알아들었니? 돈 많은 부모하고 으리으리한 집에만 붙어 있으란 말이야. 또 여기로 기어 나올 생각 말고. 여기는 진짜 세상

이야. 알아들어? 너희는 여기가 마음에 안 들걸. 너희가 있을 곳이
아니거든."

　제나가 돌아서서 금이 간 보도를 따라 멀리 떨어진 나무들 쪽으
로 걷기 시작했다. 잠시 후 나머지 패거리도 제나를 따라 움직였다.
지기가 마지막이었다. 돌아서기 전 마지막으로 우리를 노려보는데
그 눈초리가 얼마나 매섭던지 얼굴에 주먹이라도 맞은 기분이었다.

　에이든과 나는 낙서로 가득한 벽을 지나 아치를 통과해 거리로
나왔다. 나는 뒤돌아보지 않으려고 노력했다. 뛰지 않으려고도 노
력했다. 하지만 더는 참지 못하고 힐끔 돌아보고야 말았다. 공원에
는 개미 한 마리 보이지 않았고, 거리의 아이들은 흔적조차 없었다.
마치 아이들이 풍경 속으로 사라져 버리기라도 한 것 같았다.

　그런데 지금은 내 눈이 무슨 말을 하는지가 중요하지 않았다. 나
는 온 힘을 다해 달렸고 에이든은 내 옆에서 나와 보조를 맞추며
달렸다. 우리는 학교 울타리에 다다라서야 달리기를 멈추었다.

　메레디스 선생님이 울타리 반대쪽에서 우리를 기다리고 있었다.

　걸렸구나. 큰일 났다. 하지만 방금 겪은 일에 비하면 이 정도쯤
은 사소하게 느껴졌다.

3
죄책감

아빠가 직접 차를 몰고 왔다. 아빠는 스트레스가 극심할 때만 운전을 한다. 그럴 땐 뭐든 손을 움직이는 일을 하지 않으면 안 되기 때문이다.

메레디스 선생님이 우리가 학교에 없다는 사실을 발견하고 아빠에게 연락을 했다. 샬럿은 아무 말도 하지 않았다고 했다. 그건 잘한 일 같았다. 있지도 않은 망고를 찾으러 나갔다는 건 말하기도 창피한 일이었다. 그 덕분에 좀 걷고 싶어서 한 200미터 정도만 가다가 돌아왔다고 둘러댈 수 있었다. 거리의 아이들 일당에게 포위되어 납치당할 뻔했다는 말은 언급할 필요도 없었다.

아빠는 집에 오자마자 우리를 방으로 보냈다. 오늘 일은 엄마하고 같이 상의해서 처리할 문제라고만 말했다. 멜버른에서 진행 중이던 엄마의 회의가 끝나자마자 아빠가 태블릿으로 연락을 했다. 중간에 끊을 수가 없는 회의였다. 그 후 한 시간 동안 에이든과 나는 마음을 졸이며 기다리는 수밖에 없었다.

결국 한 시간하고도 30분이 더 지났다. 아빠의 엄명에 태블릿도 쓸 수가 없었고 도서관 역시 출입 금지였다. 에이든은 침대에 책상다리를 하고 앉아 있었다. 시간이 있을 때 우리 둘이 확실하게 입을 맞춰 둘 걸 그랬나 싶은 후회가 들기도 했지만 그건 중요하지 않을 것 같았다. 에이든은 먼저 나서서 떠들 사람도 아닌 데다가 무슨 변명이 됐든 내가 하는 대로 따라 할 게 분명했다. 에이든은 나를 지키기 위해서라면 새빨간 거짓말도 마다하지 않을 테니까. 전에도 그랬다. 몇 번이나.

그래서 나는 기다리는 동안 그 여자애를 생각했다. 살면서 그런 애는 처음이었다. 지저분한 외모나 불량스러운 아이들과 어울리는 모습만 봐도 혐오감이 일어야 마땅한데도 전혀 그렇지가 않았다. 지극히 흥미로운 여자애였다. 에이든은 내가 그렇게 생각하는 건 다른 이유보다도 그런 사람을 처음 봐서라고 할 테지. 색다르다는 건 언제나 매우 흥미롭기 마련이니까. 뭐가 됐든. 나는 그 여자애가 어떤 삶을 살고 또 어쩌다 이 공원으로 와서 나를 만나게 되었는지, 짧게나마 상상해 보지 않을 수 없었다. 무엇보다 왜 우리를 그냥 보내 줬을까? 논리적으로는 도무지 납득이 되지 않았다.

물론 나 혼자 아무리 머리를 굴려 봤자 의미 없는 일이긴 했다. 두 번 다시 그 애를 볼 일은 없을 테니까. 그러는 사이 시간이 지났다.

아빠가 미디어실에서 화상 통화를 연결했다. 가로 1미터, 세로 2미터의 화면에 등장한 엄마의 얼굴이 맨 앞줄에 앉은 우리를 내려다 보고 있었다. 엄마는 기분이 좋지 않았고 화면이 크다 보니 표정이 더더욱 무섭게 느껴졌다. 한편으로는 불공평하다는 생각도 들었다. 엄마에 비해 우리 얼굴과 몸이 너무 작았다. 엄마는 마치 괴물처럼 우리 둘의 머리 위로 거대하게 드리워져 있었다.

엄마가 입을 열었다.

"너희 둘한테 얼마나 실망했는지부터 말을 해야겠다. 대체 무슨 생각을 하고 있었던 거니? 얘들아, 땡땡이라니?"

나는 변명을 하려고 입을 열었지만, 무슨 말을 해도 잘했다는 소리는 못 들을 것 같아서 그대로 입을 다물었다. 엄마는 롤러코스터와도 같았다. 일단 시작하자 점점 가속도가 붙었다. 우리는 겁에 질린 채 롤러코스터가 멈출 때까지 단단히 버티는 것 말고는 할 수 있는 게 없었다.

"도대체 몇 번을 말했는지 모르겠다. 무조건 규칙에 따르라고 했잖아. 너희들끼리는 무슨 일이 있어도, 절대 나가면 안 돼. 세상은 위험한 곳이라고, 너희가 상상하는 것보다 훨씬 위험한 곳이라고 몇 번을 말했어? 그런데 너희 무슨 짓을 한 거야? 어? 무슨 짓을 한 거냐고? 울타리를 뛰어넘어서 너희끼리 학교 밖으로 나가? 도무지 왜 그랬는지 이해할 수가 없네."

나는 거짓으로라도 둘러대 볼까 싶어 입을 열었지만, 또다시 입을 닫았다.

"무슨 일이라도 생기면 어쩌려고 그랬어. 공격을 당할 수도 있었어. 하느님 맙소사, 납치를 당할 수도 있고, 살해를 당할 수도 있고…."

에이든과 나는 한 번씩 눈만 껌뻑이며 엄마 눈을 쳐다보았다.

"너희 둘 다 바보야? 아니면 너희가 우리한테 무슨 짓을 했는지는 아예 관심조차 없는 거야? 아빠가 너희를 얼마나 걱정했는지 알아? 아빠는 거의 멘붕 상태였어. 엄마한테 전화를 하는데 우느라 말을 못 하더라. 너희를 찾고 난 다음인데도 그랬다고. 학교에서 너희가 사라졌다는 연락을 받고 아빠가 어떤 심정이었을지 엄마는 상상도 안 돼. 게다가 너희 선생님한테 끼친 피해는 또 어떻고. 선생님도 얼마나 노심초사하셨는지 모른다더라. 선생님은 이 일로 직장을 잃을 수도 있었어. 그럼 다 너희 덕분이겠지. 그런데 너희는 그런 생각은 하지도 않았던 거야. 그렇지? 너희 행동이 다른 사람들에게 어떤 영향을 끼칠지는 조금도 생각을 안 해 본 거야. 오로지 너희 생각뿐이지. 자기밖에 모르는 철부지 망나니들 같으니!"

내 눈에 눈물이 그렁그렁 차올랐다. 메레디스 선생님을 생각했다. 엄마 말이 옳았다. 나는 무단 외출이 선생님한테 어떤 결과를 불러올지 생각도 하지 않았고, 그 일로 선생님이 일자리를 잃을 수도 있다는 생각은 꿈에도 하지 못했다. 우리가 무슨 짓을 한 거지?

"변명이라도 들어 보자. 어디 한번 해 봐."

순간 나는 아무런 할 말이 없다는 걸 알았다. *죄송하다?* 죄송하다는 말로는 한없이 부족하겠지만 그 말 외에는 달리 떠오르는 말이 없었다.

"죄송해요, 엄마."

"그걸로 부족해, 애슐리 델라투어. 그걸로는 턱도 없어."

"제 잘못이었어요."

에이든이 옆에 있다는 걸 깜빡할 뻔했다. 나는 입이 떡 벌어져서 에이든 쪽으로 몸을 돌렸다.

에이든이 말을 이었다.

"다 제 잘못이에요, 엄마. 다 제가 생각한 거고, 애슐리는 가고 싶어 하지 않았는데 제가 꼬드겼어요. 애슐리는 저를 말리려고 했어요. 애슐리는 잘못이 없어요. 다 제 잘못이에요."

10초간 긴 침묵이 흘렀다. 마치 우리의 말과 표정을 따져 보기라도 하는 사람처럼 엄마의 눈이 나에게서 에이든에게로 향했다가 다시 나에게로 되돌아왔다.

이윽고 엄마가 나에게 물었다.

"그 말이 사실이니, 애슐리?"

"저는…."

나는 혼이 쏙 빠진 상태였다. 내 앞에는 탈출구가 놓여 있었다. 아니, 탈출구라기보다는 모든 책임을 감수해야만 하는 상황에서 벗어날 구멍 밧줄이 나에게 던져졌달까? 하지만 처음부터 끝까지 내 생각이었던 이 일의 책임을 오롯이 에이든에게 지울 수 있을까? 정반대의 상황에서 과연 나는 에이든처럼 했을까? 당연히 아니다. 아무 잘못도 없는데 죄를 인정하는 건 바보다. 그리고 다른 사람에게, 그것도 자기 동생한테 제 잘못을 뒤집어씌운다면 그건 완전 쓰

레기다.

내가 말했다.

"어, 그게. 네, 사실이에요. 크게 보면 그렇죠."

나는 바닥에 눈을 고정했다.

한참을 아무도 말이 없었다.

엄마가 입을 뗐다.

"저녁 먹고 곧바로 잠자리에 들도록 해, 너희 둘 다. 그리고 일주일 동안 태블릿 금지야. 도서관에서 책은 가져올 수 있지만 그 이상은 없어. 아빠하고 엄마는 다음 달 학교 캠프에 너희를 보낼지 말지 상의할 거야. 지금 생각으로는 딱 취소했으면 좋겠다. 너희는 믿음이 가질 않으니까. 아마 학교에서도 같은 이유로 너희 둘은 취소시킬 수도 있어. 이 얘기는 내가 집에 가면 다시 하자."

그 말과 함께 엄마는 작별 인사도 없이 화면에서 사라졌다.

🕸

저녁 식사 자리는 칙칙하기만 했다. 대화도 없었고, 감자칩은 말할 것도 없었다. 저녁을 먹고 나서 아빠가 우리를 도서관으로 데려갔다. 방으로 가져갈 책을 고르는 동안 아빠가 우리 둘을 지켜보며 서 있었다. 도서관은 수영장 바로 옆이다. 도서관 창문으로 수영장이 보였지만 물어보나 마나 수영도 안 된다고 하겠지. 엄마는 태블릿만 금지라고 했지만, 아빠는 수영도 금지할 게 뻔했다. 엄마가 우

48

리에게 내릴 벌을 고민하는 동안 아빠는 아무 말도 하지 않았는데, 그 때문에라도 그럴 가능성이 컸다. 아빠도 따끔하게 한마디 했어야 한다고 느꼈을 테니까. 나라면 그랬을 것 같다.

우리 집 도서관은 그 규모가 거대했고 엄마와 아빠는 그걸 매우 자랑스럽게 여겼다. 언젠가 책이 모두 몇 권인지 세어 보려다가 12,000권을 넘어가면서부터 헛갈려서 포기했는데, 다시 세어 볼 엄두가 나지 않았다. 다른 사람들은 모두 전자책을 보는 것 같았다. 물론 우리도 전자책은 있다. 하지만 부모님은 손에 *진짜* 책을 쥐고 책장을 넘기는 느낌은 그 무엇과도 비교할 수가 없다고 입버릇처럼 말했다. 습도가 높으면 제본이 상한다고 해서 도서관의 온도까지 조절했다. 전기가 나가고 전지가 방전될 경우를 대비해 도서관을 시원하게 만들어 줄 구식 소형 발전기까지 갖춰 놓았다. 이 집으로 오면서부터는 한 번도 그런 일은 없었지만 엄마, 아빠는 대비를 소홀히 하지 않았다. 우리는 땀을 흘릴지언정 책은 시원하고 쾌적한 상태를 유지해 줘야 한달까.

나는 옛날에 나온 동화책들이 제일 좋았다. 그래서 책꽂이에서 숀 탠*의 책을 한 권 골랐다. 숀 탠의 그림들은 마치 다른 세계에서 온 것 같은 느낌을 준다. 알 듯 모를 듯한 아리송한 세계. 책장을 넘기다 보면 작가의 상상력에 더해 나의 상상력도 피어나기 시작한다. 에이든은 공상 과학 소설을 골랐다.

---

* 오스트레일리아의 작가이자 영화 제작자다. 2000년에 발표한 그림책 《잃어버린 것》이 애니메이션 영화로 제작되어 아카데미상을 받기도 했다.

우리는 침대에 누워 책을 읽었지만, 이번만은 숀 탠도 나를 책 속의 세상으로 데려가지 못했다. 나는 그날의 사건들과 무섭고도 흥미로웠던 순간, 더없이 음산한 공포의 순간 속에서도 살아 있다는 느낌이 들었던 그 시간을 차근차근 되짚어 보는 중이었다. 그런데 한편으로는 메레디스 선생님이 걱정되었다. 내일 아침에 선생님에게 무슨 말을 해야 할지도 걱정이었다. 물론 그 사이에 선생님이 학교에서 잘리지 않았다면 말이다. 혹시나 그런 일이 생긴다면 나는 교사 월급보다 돈을 더 많이 주고 선생님을 써 달라고 엄마, 아빠를 괴롭힐 생각이다. 새로운 일자리로 선생님에게 보상해 주는 게 마땅하다. 나 때문에 선생님이 잘릴 수도 있다니, 생각만 해도 견딜 수가 없었다. 실업률이 워낙 높아서 한번 일자리를 잃으면 새로운 일자리를 구하기가 하늘의 별 따기라고 들었다.

결국 나는 읽던 책을 가슴에 내려놓고 에이든에게 말했다.

"고마워, 에이든."

"뭐가?"

에이든은 읽던 책을 내려놓지 않았다.

"나를 지켜 줘서. 다 네 생각이었다고 내 죄를 뒤집어쓰었잖아. 처음부터 내 생각이었던 거 우리 둘 다 아는데."

에이든이 책장을 넘겼다.

"아, 그거. 별거 아니야."

"왜 그랬어?"

그러자 에이든이 힐긋 내 쪽을 쳐다보았다. 마치 내 물음이 터무

니없고 이해가 안 된다는 듯 어리둥절한 얼굴이었다.

"네 입으로 말했잖아. 널 지켜 주기 위해서라고. 내가 그랬어도 너도 똑같이 해 줬을 거잖아."

나는 속으로 생각했다. *그건 말이 안 돼. 그게 어떻게 말이 돼?* 난 절대 에이든처럼 해 주지 않았을 것이다. 난 그때 솔직하게 사실을 밝힐 수도 있었다. 에이든의 말이 거짓임을 밝히고 스스로 책임을 질 수도 있었지만 난 그렇게 하지 않았다.

나를 이런 죄책감에 빠지게 만드는 에이든이 어떤 때는 밉기도 하다. 혹시 일부러 그러나….

불을 끄고 나자 에이든은 내 손을 잡으려고 했지만, 나는 그럴 기분이 아니었다. 나는 어둠 속에 누워 멀리서 우르릉거리는 천둥 소리를 듣고 있었다.

4
발표 시간

"저희가 잘못했어요, 메레디스 선생님."

1교시의 시작과 함께 교실에 나타난 선생님의 모습에 나는 한 시름을 놓았다. 선생님은 유쾌하면서도 편안해 보였고 무엇보다도 해고당한 사실을 알리기 위해 교실을 찾은 사람처럼 보이지는 않았다. 그렇지만 선생님과 따로 이야기를 할 기회를 얻기 위해서는 쉬는 시간까지 기다려야만 했다. 선생님은 고개를 숙인 채 안경 너머로 우리를 빤히 쳐다보았다. 선생님의 정수리에 조그맣게 부분 탈모가 생긴 것이 눈에 들어왔다. 간간이 비듬도 보였다.

내가 사과를 전하자, 선생님이 말했다.

"잘못한 건 맞지."

웃음기는 없었다. 선생님은 우리를 너그럽게 봐줄 생각이 없었지만 선생님을 나쁘다고 할 수는 없는 일이었다.

내가 다시 말했다.

"죄송해요, 메레디스 선생님."

에이든이 말했다.

"죄송해요, 메레디스 선생님."

내가 덧붙여 말했다.

"선생님이 일자리를 잃지 않아서 정말 기뻐요."

"흠."

선생님이 안경을 벗고 바지 주머니에서 꺼낸 작은 천으로 안경을 닦았다.

"죄송하다고 말하기는 쉽지. 그 사과를 받아들이는 건 훨씬 더 쉽고. 아무튼 사과는 받으마. 접수! 그런데….."

선생님이 다시 안경을 끼고 우리를 쳐다보았다.

"정말로 미안한 건지, 아니면 단지 의무감에서 하는 말인지 궁금하구나."

우리의 사과가 진심이라는 걸 확실히 하려고 내가 입을 열었지만, 선생님이 한 손을 들어 내 말을 막았다.

"너희가 한 행동은… 위험천만했어. 너희의 안전에 비하면 내 일자리는 크게 중요한 게 아니야."

선생님이 처음으로 미소를 보였다.

"내가 일자리를 지키게 돼서 기쁘지 않다는 말은 아니다. 또한 이사회에 전화를 해서 나를 변호해 주신 너희 부모님께 감사한 마음이 있기도 하고. 하지만 너희는 학교 밖에서 죽을 수도 있었어. 그럼 난 너희를 막지 못한 걸 후회하며 남은 평생을 보냈겠지. 너희가 죽으면 너희의 고통은 그걸로 끝이야. 그러나 너희 부모님, 너희 가족과 친구들의 고통은 그때부터가 시작이야. 애슐리 델라투어와 에이든 델라투어, 또다시 이런 일을 벌이기 전에 그 점을 잘 생각하도록 해."

우리는 그러겠노라고 선생님과 약속했다.

"그럼 이 얘기는 여기서 끝내기로 하자. 그런데 한 가지 말해 줄게 있는데, 쉬는 시간이 끝나면 너희 둘이 제일 먼저 발표를 하기로 되어 있거든. 너희 중 누가 먼저 할지 정하도록 해."

에이든과 나는 놀라서 서로를 쳐다보았다. 발표? 우리는 처음 듣는 소리였다.

우리 속마음을 읽기라도 한 듯 선생님이 되물었다.

"처음 듣는 소리라고? 그거야 어제 오후에 내준 숙제니까. 아버지가 너희를 집으로 데려간 뒤에 내준 거야. 혹시 이 말을 듣고 깜짝 놀랐다면 그건 너희 잘못이지. 다 너희가 잘못한 탓이야."

나는 당황해서 말했다.

"하지만 우리는 준비가 안 됐는데요."

"당연히 안 됐겠지. 그러니까 앞으로 남은 15분을 현명하게 쓰는 게 좋겠지? 너희가 남들과는 다른 특별한 점을 주제로 2분간 발표하는 거다. 어서 시작해. 똑딱똑딱, 시간이 많지 않아."

만반의 준비가 되었다고 해도 나는 발표라면 질색이다. 에이든은 아무렇지도 않은 눈치였다. 내가 아는 에이든은 이런 폭탄선언에 당황할 사람이 아니었다. 하지만 내 얼굴은 벌겋게 달아올랐다. 공황 상태임을 알리는 첫 번째 신호였다. 우리는 테라스로 나갔다.

내가 에이든에게 물었다.

"우리 무슨 얘기 하지?"

"글쎄, 생각해 봐야지. 우리가 부자라는 소리만 하지 마. 수영장이나 도서관, 엄마가 회사 사장이고 전 세계로 출장을 다닌다는 그런 소리 말이야. 사람들은 그런 말 싫어해. 자랑하는 줄 알아."

에이든이 옳다는 건 알지만 내가 그런 말을 안 하면 사람들이 그걸 어떻게 알지? 아무튼 에이든은 도움이 되지 않았다. 난 내가 말하면 안 되는 걸 알고 싶은 게 아니라, 내가 무슨 말을 해야 되는지를 알고 싶었다. 그 말을 꺼내려는데 에이든이 먼저 선수를 쳤다.

"내가 먼저 할게. 그럼 넌 조금이라도 준비할 시간을 벌 수가 있잖아. 넌 일란성 쌍둥이의 누나로 사는 게 어떤지 말해. 그런 주제로 발표할 수 있는 사람은 거의 없다고 봐야 해."

그 얘기를 2분 동안? 15초도 되기 전에 할 말이 떨어지지 않으면 다행이었다. 엄마, 아빠 말로는 집에선 내가 '왕수다쟁이'라는데, 무슨 일인지 사람들이 쳐다보면 입이 바싹 마른다. 너무 창피하다. 그래도 에이든의 말이 옳았다. 다른 건 몰라도 쌍둥이 이야기라면 반경 50킬로미터 안에선 나만 한 전문가는 없을 것이다. 어쩌면 반경 50킬로미터도 훌쩍 넘어가지 않을까….

에이든이 발표를 시작했다.

"나에게 남들과 다른 특별한 점이 한 가지 있다면 클린스만 병을 앓고 있다는 사실입니다."

에이든이 두 손을 앞으로 깍지를 낀 채 교탁 옆에 섰다. 몸을 비비 꼬지도 않았다. 에이든의 목소리는 또박또박했고, 떨림이 없었다. 흔히 많은 아이가 그러는 것과는 달리 두서없이 말을 쏟아 내지도 않았다. 에이든은 반 전체를 천천히 응시하며 한 사람 한 사람과 눈을 맞추었다.

"이 병은 약 2천만 명 중 한 명꼴로 나타내는데 그중에서도 나는 중증에 속합니다."

에이든이 한 손을 들어 올렸다.

"그런데 걱정 마세요. 이 병은 내 옆에 앉았다고 옮는 병도 아니고 호흡을 통해 전염되는 병도 아닙니다. 여러분은 안전합니다."

에이든은 자신이 한 말을 아이들이 완전히 이해할 수 있도록 잠시 뜸을 들인 뒤 다음 말을 시작했다.

"여러분 중에는 나에게 이 병이 있다면 애슐리도 분명 같은 병이 있을 거라고 생각하는 사람들도 있겠죠? 일반적으로 일란성 쌍둥이는 동일한 DNA를 가지고 있다고 여기니까요."

에이든은 이 말을 하면서 샬럿을 쳐다보았다.

"하지만 실제론 사실이 아닙니다. 때때로, 지극히 드물긴 하지만, 일란성 쌍둥이 중 한 명에게 있는 유전적 질환이 다른 한 명에게는 나타나지 않기도 합니다. 그것은 애슐리와 내가 서로 다른 핵형*을

• 각 생물에게 주어진 고유의 염색체 종류 및 그 숫자.

56

가지고 있기 때문이며, 그 말은 곧 우리가 유전자상으로 동일하지 않다는 뜻입니다. 물론 그 밖에 다른 모든 면은 동일하지만요. 나는 애슐리에게는 이 병이 없어서 다행이라고 생각합니다. 솔직히 말해서 이 병을 갖고 사는 게 썩 유쾌한 일은 아니기 때문입니다."

에이든이 다시 말을 그쳤다. 반 아이들은 완전한 침묵에 빠졌다. 에이든은 평소에 말이 많은 편은 아니지만, 일단 말을 시작하면 어떤 말을 어떻게 해야 하는지 누구보다 잘 아는 사람이라는 생각이 들었다. 에이든은 듣는 사람들로 하여금 클린스만 병이 실제로 어떠한 병인지를 계속 생각하게 만들고 있었다. 메레디스 선생님까지도 앞으로 몸을 기울이고 집중해서 듣고 있었다. 부모님이 학교에 의무적으로 제출한 의료 기록만 봐도 선생님이 에이든에 대해 모를 리가 없을 텐데….

"더 어렸을 때는 이 병의 치료를 위해 몇 개월에 한 번씩 입원을 해야만 했습니다. 더 나이가 든 지금은 예전만큼 자주 갈 필요는 없습니다. 1년에 한두 번. 병원에 가면 마취를 하고 수술을 통해 아래쪽 창자를 말끔히 씻어 냅니다."

나는 힐긋 반 아이들을 둘러보았다. 몇 명은 창자라는 말에 얼굴을 찡그리면서도 매우 흥미롭게 듣고 있었다.

에이든의 발표는 계속되었다.

"클린스만 병은 바로 그런 병입니다. 보통 사람들이 음식을 소화시키는 방법으로는 소화가 불가능합니다. 이를테면 내가 사과 하나를 먹을 수가 있겠죠. 그 사과는 내 위장에 그대로 머물러 있습니다. 만약 하나를 더 먹으면 속이 거북해지기 시작합니다. 고통도 뒤따릅니다. 하지만 무엇보다 중요한 건 배 속에 음식이 있는데도 내가 굶어 죽는 일이 생길 수가 있다는 겁니다."

에이든이 빙긋 웃으며 한 마디를 더했다.

"그건 썩 유쾌한 일은 아니겠죠."

두어 명이 웃음을 터뜨렸다.

에이든이 다시 말했다.

"그래서 나는 이걸 먹습니다."

에이든이 책가방에서 보온병 하나를 꺼내 그릇에 걸쭉한 액체를 조금 부었다. 선생님이 준비해 준 그릇으로 보였다. 그릇 위로 초록색 콧물 같은 게 떨어지자 비위가 상했는지 아이들의 입에서 일제히 우웩 소리가 쏟아졌다. 에이든이 그릇을 들고 샬럿과 내가 앉은 자리로 가져왔다.

에이든이 말했다.

"돌려 보세요. 징그럽게 보이겠지만 먹어 봐도 괜찮습니다. 원한다면요…"

다시 한번 끙 소리가 터져 나왔다.

"냄새를 맡아 보세요. 괜찮아요. 아무 냄새도 나지 않습니다. 하지만 그 속에는 나의 생존에 필수적인 모든 게 들어 있습니다. 생존을 위해 반드시 필요한 온갖 미네랄, 열량, 비타민 등이 있어요. 물론 내가 소화시킬 수 있는 형태로요. 알겠죠?"

내가 아직 이름을 알지 못하는 한 남자애가 뒷자리에서 손을 들었다. 하마터면 웃을 뻔했다. 아이들은 에이든을 선생님처럼 대하고 있었다. 어떤 면에서 보면 그런 것 같기도 했다.

"너는 먹을 수 있는 게 저 찐득찐득한 게 다야? 그러니까 다른 건 아예 없어?"

에이든이 대답했다.

"그래, 없어. 죽을 때까지 저것만 먹어야 해. 그러니까 다음번에 피자나 스크램블드에그나 아니면 평범한 토스트 한 조각을 먹더라도 나를 생각해. 난 그중 아무것도 먹을 수가 없으니까. 나에겐 저 찐득이가 아침이자 점심이자 저녁이야. 오후 간식이기도 하고."

메레디스 선생님이 번쩍 손을 들자, 반 전체가 웃음을 터뜨렸다.

웃음소리가 가라앉자, 에이든이 말했다.

"네, 선생님?"

"저 물질이 너에게 영양상 필요한 모든 것을 제공해 준다면 병원에 수술을 받으러 가야 하는 이유는 뭐지?"

"인간의 장은 이 물질에 적합하게 만들어지지 않았기 때문입니다. 시간이 흐르면 그게 쌓이거든요…. 잔여물, 아마 그게 정확한 말이겠죠. 그 잔여물을 그냥 두면 내장이 막히고 소화 과정은 중단되겠죠. 아무리 '찐득이'라고 해도요."

"매우 흥미롭구나. 훌륭하면서도 재미있는 발표였다, 에이든."

나는 실망했다. 에이든의 발표가 끝없이 이어져서 내가 나갈 필요가 없기를 바랐다. 당연히 질문 몇 개 주고받을 시간 정도는 주시겠지? 이런 기대도 했지만 질문 시간은 없었다. 에이든이 자리로 돌아가자 반 아이들이 박수갈채를 보냈다.

이제 내 차례였다. 나는 아이들 앞에 섰지만, 눈은 교실 뒤 창틀 꼭대기에 꽂혀 있었다. 2분이 이렇게 길게 느껴지긴 처음이었다. 완전한 침묵이 이어졌고 그래서 더더욱 떨렸다. 몸이 살짝 휘청거렸다. 나는 한쪽 다리에 실었던 체중을 반대쪽 다리로 옮겨 실었다.

내가 발표를 시작했다.

"어, 내 이름은 애슐리입니다. 줄여서 애쉬라고도 합니다. 내가 남들과 다른 특별한 점은 내가 사는 집입니다. 우리 집은 보통 사람들이 상상하는 것 이상으로 아름답고 또 비쌉니다. 우리 집을 자세히 말해 보자면…."

발표가 끝났을 때 박수 치는 사람은 한 명도 없었다. 그래도 2분은 거의 채웠다. 마침내 자리에 앉을 수 있어서 감사할 따름이었다.

❀

엄마가 처음 타려고 했던 비행기는 멜버른에서의 악천후로 취소되었지만, 다음 비행기에는 탈 수 있었다. 시드니 공항에 차가 대기하고 있었다. 에이든과 나는 엄마가 올 때까지 자지 않아도 좋다는 허락을 받았다. 엄마한테 들었던 폭풍 훈계를 생각하면 자지 않으면서까지 엄마를 기다리고 싶은 마음인지는 나도 잘 모르겠다.

막상 만나고 보니 시간이 지나 그랬는지 엄마는 화가 많이 누그러진 상태였다. 엄마는 여전히 우리 때문에 속상하다는 점을 분명히 했지만, 현재로서는 분노보다는 실망 쪽에 더 가깝게 느껴졌다.

아빠가 학회에 대해 묻자, 엄마는 몇몇 개발 도상국이 기후 변화의 영향에 대처하는 것을 돕기 위한 인공 지능 사용에 큰 진전이 있었다고 말해 주었다. 엄마와 아빠는 그것을 주제로 즐겁게 대화를 나누었지만, 나는 자꾸 딴생각이 들었다. 솔직히 좀 따분했다.

기회를 엿보던 끝에 마침내 내가 그동안 애타게 묻고 싶었던 말을 꺼냈다.

"엄마! 전에 엄마가 학교 캠프에 대해 무슨 말씀을 하셨잖아요. 우리를 못 가게 할 수도 있다는 얘기요. 그런데 에이든하고 저는 그게 뭔지도 몰라서요. 그 캠프가 뭐예요?"

물어 놓고도 너희가 지금 그런 걸 신경 쓸 때냐고, 엄마와 아빠는 아직 상의가 끝나지 않았다면서 우리를 계속 감질나게 만들지 않을까 걱정한 게 사실이었다. 실제로 엄마의 얼굴 위로 그런 생각들이 스치고 지나가는 걸 본 것도 같았다. 하지만 결국 엄마는 속 편하게 알려 주기로 마음의 결정을 내렸다.

"아빠하고 같이 너희 입학 절차를 밟을 때 학교에서 그런 말을 했어. 예정된 캠프가 있다고. 알고 보니 입학 후 한 달 뒤쯤이더구나. 원래는 너희 둘 다 가면 좋겠다는 생각이었지."

에이든과 나는 서로를 쳐다보았다. 엄마와 아빠 없이, 메레디스 선생님과 반 친구들끼리만 어디를 간다고? 이건 대박이라는 말로도 부족한 어마어마한 소식이었다.

내가 물었다.

"그래서요?"

"블루마운틴에서 닷새 동안 진행되는 캠프야. 하이킹도 하고 승마도 하고, 카약도 탄다더라. 거기 학교 소유 건물이 있는데 갑자기 닥쳐올 어떤 악천후에도 매우 안전할 뿐 아니라 훈련된 오지 전문가들이 있어서 야생동물로부터 너희의 안전을 지켜 줄 수 있고 필요한 경우 식량도 구해 올 수가 있다고 들었어. 물론 모든 편의 용품은 사전에 준비해 갈 테니까 그럴 가능성은 낮겠지만."

아빠가 말을 받았다.

"너희 담임 선생님도 같이 가실 거야. 보건 선생님과 경호를 맡을 건장한 남자들도 몇 사람 동행할 거고. 혹시라도… 너희가 만나고 싶지 않은 그런 사람들을 만나게 될 경우를 대비해서 말이야. 전적으로 안전을 보장한다고 했어. 모든 학생이 최고의 시간을 보낼 거라고 하더구나. 낚시도 하고 바비큐도 하고 캠프파이어를 하면서 이야기도 나누고."

아빠가 엄마를 힐긋 보고 한 마디를 더했다.

"당연히 특별해야지. 우리가 내는 돈이 얼만데."

"우리 보내 주실 거죠, 네? 꼭이요."

에이든은 조르지 않을 것이다. 에이든은 불만 없이 달게 벌을 받을 사람인지 몰라도 나는 에이든과는 다르다. 듣기만 해도 환상적이었다. 나는 필요하다면 무릎 꿇고 사정이라도 할 생각이었다.

아빠가 말했다.

"우린 아직 결정을 못 내렸어. 아까 말했잖아. 엄마하고 같이 상의할 거라고. 너도 알다시피 엄마가 집에 온 지 5분밖에 안 됐어."

내가 말했다.

"에이든이 한 일은 정말 죄송해요. 우리 둘 다 반성하고 있어요. 맞지, 에이든?"

에이든이 고개를 끄덕인 것 같았다.

"우리 정말 얌전히 있을게요, 맹세해요. 이런 기회는 지극히 드물잖아요."

지극히 드문 정도가 아니었다. 난 지금껏 이런 기회는 한 번도 가져 본 적이 없었다.

엄마가 말했다.

"상의한다고 아빠가 말했지. 그만 자러 가, 너희 둘 다. 애슐리, 한 번만 더 그 얘기 하면 캠프는 안 가는 걸로 할 줄 알아. 얌전히 군다고 했으니까, 말만 하지 말고 행동으로 보여 줘. 둘 다 그러는 게 좋을 거야."

나는 입을 다물었다.

그날 밤만은 에이든이 손을 잡아도 내버려두었다. 캠프파이어를 하며 마시멜로를 굽고, 말도 타고, 급류를 헤치며 카약을 즐기는 꿈까지 꾸었다. 나는 자면서도 웃고 있었다. 하늘에 천둥 구름이 가득하던 이튿날 아침, 일어나 보니 얼굴이 저릿할 정도였으니까.

5
내가 이기적이라고?

짜증 날 정도로 길게만 느껴지던 태블릿 없는 일주일도 결국 끝이 났다. 나는 태블릿을 받자마자 제나를 검색해 보았다. 유일하게 언급된 내용이 옛날에 방영된 텔레비전 드라마였는데, 주인공으로 나오는 여전사 이름이 다름 아닌 제나였다. 그래서 제나라는 이름을 골랐군. 그리고 그 남자애, 이름이 뭐랬지? 지기랬나? 지기를 제압하는 방식만 봐도 제나는 무리의 대장이자 전사였다. 다들 제나를 무서워했다. 그런데 드라마 속 제나와 닮은 점은 거기까지였다. 제나를 연기한 배우는 검은색 긴 머리에 짧은 가죽 치마 차림이었다. 전사치고는 희한한 복장이었다. 전사라면 살을 드러내기보다는 가려서 보호하고 싶을 것 같은데….

그다음 금요일 저녁에 샬럿을 집으로 초대해도 좋다는 허락을 받았다. 정말 신나는 일이었다. 엄마, 아빠는 아직 믿음이 가질 않아서 내가 샬럿의 집에 가는 건 안 된다고 했다. 어차피 가 보고 싶은 마음도 별로 없었다. 나는 샬럿이 우리 집을 보기를 원했다. 샬럿을 데리고 집을 구경시켜 주는데 방에서 방으로 이동할 때마다 샬럿의 눈이 점점 커졌다. 마지막으로 샬럿과 둘이서만 수영을 했다. 에이든은 방해가 되지 않게 자리를 피해 주었다. 샬럿은 썩 수영을 잘하는 편은 아니었다. 개인 풀장이 없으면 수영 연습을 많이 하기란 어려운 법이니까 당연했다. 덕분에 나는 수영 실력을 한껏 뽐내며 샬럿의 마음을 샀다.

저녁을 먹은 뒤에는 아빠가 과일 파블로바*를 선보이며 실력을 뽐냈다. 바로 그날 아침에 켄터키가 낳은 달걀과 우리 집 정원에 있는 나무에서 딴 오렌지로 만든 디저트였다. 우리는 도서관에서 책을 몇 권 골라 들고 일찌감치 잠자리에 들었다. 아빠는 에이든이 쓰던 침대보를 새로 바꿔 주었고(에이든은 손님방에서 자기로 했다.) 샬럿과 나는 누워서 수다를 떨었다. 처음부터 책을 많이 읽을 생각 같은 건 없었다. 무엇보다도 월요일이 되면 샬럿이 우리 반 여자애들한테 우리 집 얘기를 할 생각을 하니 너무 좋았다. 서로 내 친구가 되겠다고 줄을 선다고 해도 놀랍지 않을 것 같았다. 솔직히 단독으로 즐길 수 있는, 수온 조절까지 완벽한 수영장을 마다할 친구가 누가 있을까? 그래도 친구를 고를 때는 신중해야 한다. 얄팍하고 나를 이용만 하려는 여자애들은 질색이니까.

우리는 주로 남자애들 얘기를 하며 시간을 보냈다. 샬럿이 대니얼을 좋아한다는 걸 알고 깜짝 놀랐다. 발표 시간에 에이든에게 질문을 했던 바로 그 남자애였다. 내 눈엔 그다지 썩 똑똑해 보이진

* 크림과 과일 등을 얹은 오스트레일리아와 뉴질랜드의 머랭 과자.

65

않던데….

내가 그 말을 꺼냈더니 샬럿이 이랬다.

"똘똘한 편은 아니지. 그래도 귀엽잖아."

대니얼이? 대니얼이 귀엽단 생각은 한 번도 안 해 봤다. 내가 그런 데 별로 관심이 없어서 그런가.

샬럿이 물었다.

"넌 누가 괜찮은데?"

나는 고민을 하는 척하긴 했지만 정말로 내 눈엔 대부분이 그냥… *남자 사람?* 그 나머지는… *재미없는 남자 사람 정도?*

나는 적당히 뜸을 들인 뒤 대답했다.

"나는 말 안 할래."

샬럿이 웃었다.

"아, 알겠다. 제이슨 브릿지?"

제이슨 브릿지? 여드름쟁이에 코주부? 내가 걔를 귀엽다고 생각해야 하나?

"나는 말 안 할래."

나는 똑같은 대답을 되풀이했지만, 비밀스럽게 여겨지길 바라며 살짝 미소를 지었다.

그러다 침대에서 책이 조금씩 미끄러지며 잠이 들락 말락 하던 그때, 샬럿이 이상한 말을 꺼냈다. 그날 샬럿과 나눈 대화 중에서도 가장 묘한 얘기였다.

샬럿이 피곤해서 나른해진 목소리로 말했다.

"네 동생은 참 대단해. 걔는 마음만 먹으면 우리 반 여자애는 몽땅 여자 친구로 삼을 수 있을걸."

정말? 그 말에 잠이 확 달아났다. 나는 꿈에도 생각지 못한 얘기였다. 말이 돼?

샬럿이 말을 이었다.

"귀엽잖아. 그런데 제일 큰 장점은 성격이야."

대화가 점점 이상해지고 있었다. 나는 에이든한테 성격이 있다는 생각을 해 보질 않았다. 물론 성격이야 있겠지만 성격상 특별한 점은 따로 없는 것 같다는 말이다. 나는 잠자코 있었다.

"뭐랄까… 너한테 아주 *헌신적*이잖아. 너를 아끼고 지켜 주는 모습이 말이야. 항상 네가 괜찮은지 확인하는 것만 봐도 그래."

샬럿이 한숨을 쉬며 덧붙였다.

"난 나를 그렇게 아껴 주는 사람이 있다면 못 할 게 없을 것 같아. 넌 정말 행운아야, 애쉬."

행운아? 평소에는 에이든이 나를 너무 챙겨 줘서 짜증 날 정도였지만 샬럿이 나를 행운아라고 여긴다면 조금 더 생각해 볼 일인 것 같았다. 그런데 정말 나를 충격에 빠지게 만든 건 샬럿의 그다음 말이었다.

"근데 우리 반에 네가 에이든한테 못되게 군다고 생각하는 애들도 있어. 너 그거 알아?"

몰랐다. 나는 에이든에게 못되게 군 적이 없는데 어떻게 그렇게 생각할 수가 있지? 아니, 도대체 어떤 애들이 그렇게 생각한다는 거야?

"걔네들은 네가 에이든의 헌신을 당연하게 여기고 에이든을 무시한다고 생각해. 네 생각밖에 하지 않는다고."

샬럿이 한쪽 팔꿈치를 괴고 누워서 침대 너머로 나를 쳐다보며 덧붙였다.

"오해하지는 마. 나는 그렇게 생각하지 않아, 애쉬. 남 흉보기 좋아하는 몇몇 여자애들이 하는 소리지. 그래도 다른 애들이 뭐라고 하는지 너한테 말해 주지 않으면 내가 무슨 친구라고 할 수 있겠니? 아무리 별 볼 일 없는 애들이 하는 소리라고 해도 말이야. 무슨 말인지 알지?"

나는 고개를 끄덕였지만, 볼살을 깨물며 울음을 참아야만 했다. 사람들이 나를 못되고 이기적인 아이라고 생각한다고? 어떻게 그럴 수가 있지?

우리는 조금 더 이야기를 나누었다. 메레디스 선생님과 캠프 이야기도 했다. 하지만 나는 이미 샬럿의 말에 상처를 받고 난 뒤였다. 목소리에는 그런 티를 내지 않으려고 했지만, 마음으로는 피를 흘리고 있었다. 그러다 내가 무슨 말을 했는데 샬럿이 아무 대꾸가 없었다. 몇 초 뒤 마치 목구멍을 긁히기라도 한 사람처럼 샬럿의 숨소리가 거칠어졌다.

나는 샬럿이 코를 골아도 잘 수 있다. 사이클론이 와도 자는데 코 고는 소리쯤이야. 그렇지만 사람들이 나를 내가 생각하는 것과는 다른 모습으로 볼지도 모른다는 생각에 도무지 잠을 이루지 못

하고 한참을 깨어 있었다.

너무 괴로웠다.

🕸

엄마와 아빠는 결국 우리를 캠프에 보내기로 했다. 허락할 거라고 짐작은 했지만 확답이 없으니 내내 애를 태울 수밖에 없었다. 그것도 우리가 받은 벌 중 하나였다. 학교에서는 캠프 전날까지 매일매일이 흥분의 연속이었다. 우리 학년만 가는 캠프인 데다가, 당연한 말이지만 캠프가 어떤지 알려 줄 언니, 오빠 또는 형이나 누나가 있는 사람이 아무도 없어서 캠프가 어떨지 예상이 되질 않았다. 그래도 이런저런 이야기들이 귀에 들리긴 했다.

캠프 전날, 에이든과 나는 엄마, 아빠의 감독 아래 짐을 챙겼다. 어떤 날씨가 닥쳐와도 극복할 수 있도록 종류별로 옷가지를 꼼꼼히 챙기는지를 확인하려는 게 주목적이었지만, 그런 거라면 우린 이미 전문가였다. 에이든이 먹을 음식이 꽤 많은 공간을 차지했다. 보통은 캠프에서 식사가 제공되지만, 에이든은 먹을 걸 전부 싸서 갈 수밖에 없었다. 사소하지만 한 가지 문제가 있었다. 예정된 일정대로라면 우리가 캠프를 가기로 한 날짜와 에이든이 병원에 가기로 한 날짜가 겹치긴 했지만, 다행히 엄마, 아빠는 캠프를 다녀와서 가자고 했다.

책도 각자 두 권씩 챙겼다. 태블릿은 가져가 봤자 소용이 없었

69

다. 우리가 가는 곳에는 인터넷이 되지 않는다고 들었다.

월요일 아침에 엄마와 아빠가 우리를 학교까지 태워다 주었다. 학교 앞은 몹시 혼란스러웠다. 부모님들이 모두 배웅을 나온 데다 짐 가방은 여기저기 널려 있고, 포옹을 나누는 사람, 종이판을 든 사람, 제복을 입은 사람… 여기까지만 말해도 숨이 찰 지경이었다.

엄마가 말했다.

"잘 다녀와, 꼬맹이들."

엄마는 회의가 있어서 우리가 출발할 때까지 기다릴 시간이 없었다. 그것도 괜찮았다. 어쨌든 우리를 꼬맹이라고 부르는 것을 들은 사람도 없었고 너무 호들갑스럽지 않아서 좋았다. 아빠도 엄마와 함께 먼저 떠났다.

뒤이어 대형 버스가 도착했다. 감탄이 절로 나왔다. 일반 버스처럼 보였지만 엄마, 아빠한테 듣기론 최첨단 버스라고 했다. 예기치 못한 사고에 대비해 창문에 강철 셔터까지 달려 있었다. 버스라기보다는 탱크 쪽에 가까울 정도라나. 낭떠러지에서 떨어져도 무사할 버스였다. 굳이 시험해 볼 일이 없기를 바라지만.

작성할 서류가 끝이 없었는데, 마침내 모든 준비가 끝나고 우리는 버스에 올랐다. 나보다 조금 앞줄에 있던 샬럿이 내가 지나가자 같이 앉자며 옆자리를 톡톡 쳤다. 내가 중간에 멈춰 서자 뒤따라오던 아이들까지 따라서 멈춰야 했다.

"샬럿, 고맙긴 한데 난 에이든하고 앉으려고. 숙소에 들어가면 에이든하고 있을 기회가 많지 않을 것 같아서."

내가 상당히 큰 소리로 말을 해서 버스 전체에 내 목소리가 울렸다. 에이든은 조금 놀란 눈치였다. 돌아서서 나를 좀 이상하게 쳐다보았다. 그래도 기분이 좋은 것만은 확실했다.

우리는 뒷자리에 앉았고 에이든이 손을 잡으려고 했지만 내가 거부했다. 우리가 여섯 살도 아니고.

메레디스 선생님이 새로운 종이판을 들고 통로를 오가며 마지막으로 아이들의 이름을 확인했다. 짐작컨대 그런 것 같았다. 선생님이 지나가다가 우리를 보고 빙긋 웃었다.

"어때, 신나니?"

나는 쿨한 척하려고 했지만 생각해 보니 괜히 그래 봤자 별 차이도 없을 것 같았다.

나는 솔직하게 말했다.

"네, 아주 많이요."

"좋아. 당연히 그래야지."

선생님이 종이판의 네모 칸에 체크 표시를 하고 자리를 옮겼다.

드디어 출발이었다. 심지어 운전기사 아저씨까지 품위가 있었다. 기사용 모자까지 갖춰 쓴 아저씨는 우리 모두를 향해 빙그레 웃은 뒤 운전석에 앉아 시동을 켰다.

학교를 벗어난 버스는 앨버트가를 내려가 공원 쪽으로 달렸다. 공원 옆을 빠르게 지나는데 멀리 떨어진 공원 귀퉁이 큰잎고무나무 밑에 앉은 작은 여자애를 본 것도 같았다. 하지만 거리가 너무 멀었고 나 혼자만의 상상이었을지도 모르겠다.

목적지까지는 한 시간 반이 조금 더 걸리는 거리였고 우리는 가는 내내 창문에 붙어 창밖을 구경했다. 나는 에이든이 자리를 바꿔준 덕분에 더 편하게 볼 수가 있었고 에이든에게 고맙다는 말도 잊지 않았다. 이젠 다 까먹어서 기억도 나지 않지만, 3년 전 시드니로 이사 온 이후 아마도 가장 긴 여정일 것이다.

도로를 오가는 차는 거의 보이지 않았고, 한때 화려함을 자랑했을 교외 지역들도 지금은 대부분 쇠락한 모습이었다. 버려지고 무너진 건물들은 방치된 탓인지, 아니면 종종 몰아치는 토네이도 때문인지는 알 수가 없었다.

출발한 지 오래지 않아 건물들은 차츰 자취를 감추고 시골 풍경이 그 자리를 대신하기 시작했다. 시드니의 일부 지역들처럼 초록빛이 무성한 곳들도 보였지만, 그렇지 못한 곳들은 안타깝게 느껴지기도 했다. 하지만 모든 게 낯설다 보니 그 어느 것도 중요하지는 않았다. 기사 아저씨가 음악을 틀자 금세 모두가 노래를 부르고 박수를 쳤다. 다들 나처럼 들떠 있는 게 확실했다.

마침내 우리가 탄 차는 큰길을 빠져나와 2킬로미터 남짓 울퉁불퉁한 길을 달리기 시작했다. 차가 덜컹거리자 아이들의 입에서 낮은 탄성이 쏟아져 나왔고 우리는 누가 제일 큰 소리를 내는지 내기를 하기로 했다. 마지막에 버스가 멈춰 섰을 무렵 버스 안은 아이들의 탄성과 웃음소리로 왁자지껄했다. 정말 재미있었다. 그러다 문득 목적지에 도착했다는 걸 깨닫자 떠들썩하던 소리가 뚝 그치면서 무서울 정도로 고요한 정적이 찾아왔다. 모두의 눈이 일제히 창밖으로 향했다.

버스는 울타리로 에워싸인 공터에 정차해 있었다. 정면으로 사방에 데크가 둘러진 큰 목조 건물 한 채가 보였다. 버스가 주차한 자리 가까운 곳에 문 하나가 있었다. 건물 측면에는 창살 달린 창문들이 있었다. 내 자리는 건물과는 가장 멀리 떨어진 위치였는데, 오른쪽으로 고개를 돌리자, 제복 차림의 한 남자가 철책의 철문들을 닫아 잠그는 게 보였다. 나는 버스가 그 문을 통과해서 들어온 줄도 몰랐다.

메레디스 선생님과 두 명의 보안 요원들이 건물과 캠프장 안팎을 확인하는 동안 우리는 차에서 5분을 대기했다. 그 보안 요원들을 '조교'라고 부르라고는 했지만 그 말에 속아 넘어갈 바보는 없었다. 하나같이 덩치가 크고 웃음기 없는 얼굴인 데다, 허리춤에 권총집을 차고 있다는 게 가장 큰 이유였다. 내 생각엔 침입자가 있을 경우를 대비해 캠프장을 지키는 경호원들 같았다. 그런데 워낙 문명 세계와 떨어진 곳이라 설마 여기까지 들어올 사람이 있을 것 같지는 않았다. 하지만 한편으로 생각해 보면 이 안에 의약품과 다른 값나가는 물건들은 말할 것도 없고 스물다섯 명의 아이들을 닷새 동안 먹일 식량이 보관되어 있는 걸 생각하면 도둑들에게는 군침을 흘릴 만한 목표물이 될 것 같기도 했다. 아무튼 메레디스 선생님이 버스에 올라 다음과 같이 알린 걸 보면 아무런 위험이 없다는 확인이 끝난 것 같았다.

선생님이 웃으며 말했다.

"이미 알았겠지만 드디어 도착했습니다. 이곳은 앞으로 닷새 동안 우리가 지내게 될 곳입니다. 여러분의 짐은 내가 말을 하는 지금 짐칸에서 내려지고 있으니 차에서 내리면 가방부터 찾기를 바랍니다. 가방을 찾고 나면 남학생들은 나를 따라오고 여학생들은 앤더슨 선생님이 숙소로 안내해 주실 테니 따라가세요. 일단 각자 자리를 잡고 짐을 풀고 나면, 점심을 먹고 나서 앤더슨 선생님과 내가 오늘의 일정을 말해 주겠습니다. 질문?"

질문이 없어서 우리는 줄줄이 버스에서 내려 기사 아저씨가 짐칸에서 내려 쌓아 둔 짐 가방 쪽으로 향했다. 나는 자그마한 가방 하나가 다였고, 에이든의 가방도 아주 큰 편은 아니었다. 우리는 밀치락달치락하는 아이들 틈에서 간신히 가방을 찾았다. 내가 맨 앞에서 앤더슨 선생님을 따라갔다. 앤더슨 선생님은 몸집이 작고 어딘가 어색한 갈색 머리였는데, 왼쪽 얼굴에 털이 난 큰 점 하나가 있었다. 선생님이 나를 보고 빙긋 웃었는데 그다지 따뜻함이 느껴지지는 않았다. 나는 잘 모르는 분이었지만 다른 학년 선생님이 아닐까 싶었다. 혹시 교장 선생님인가? 직접 여쭤 볼 수도 있었지만, 선생님 표정을 보니 왠지 물어볼 엄두가 나지 않았다. 아직 캠프는 시작도 하지 않았는데 벌써부터 메레디스 선생님이 그리워졌다.

마침내 열여섯 명의 여학생이 모두 짐을 찾아 내 뒤에 섰다. 샬럿은 뒷줄에 섰다. 짐 가방이 세 개나 되었기 때문이다. 아빠는 학교에서 샬럿을 보더니 "없는 거 빼고 다 가져왔나 보네." 하고 말했지만, 여자들이 한 번 외출하면 얼마나 필요한 게 많은지 몰라서 하는 소리였다. 부모님이 말리지 않았으면 나도 가방이 몇 개가 됐을지 모른다.

숙소는 넓었고 나무 대들보로 꾸며진 높은 천장이 인상적이었다. 실제로 불은 켜져 있지 않았지만 서까래에는 옛날식 전구도 달려 있었다. 빗장이 달린 창문 두 개가 반들반들한 바닥으로 빛을 쏟아 냈고 벽을 따라 스무 개에서 서른 개쯤 되는 2층 침대가 줄지어 늘어서 있었다. 앤더슨 선생님이 선택할 기회를 주었고, 샬럿과 나는 화장실과 샤워실에서 가까운 침대를 골랐다. 나중에 가서야 과연 현명한 선택이었는지 의문이 들었다.

침대 옆 사물함에 짐을 넣어 두고 세면도구를 챙겨 화장실로 갔다. 화장실은 모두 다섯 개였고, 샤워실도 다섯 개였다. 선생님은 서로 협의해서 화장실과 샤워실을 써야 할 거라면서, 이 역시 캠프의 목적 중 하나라고 했다. 그러면서 어렵고 독특한 과제라고 여겨질 수도 있겠지만 이를 통해 협동심을 키울 수 있다고도 덧붙였다. 나는 정확히 무슨 말인지 이해는 되지 않았다.

점심 식사는 특별할 게 없었다. 롤빵과 함께 치즈 몇 가지와 가공된 대체육이 나왔다. 우리는 베란다에서 점심을 먹었다. 야외에 앉아서 먹고 싶어 하는 아이들도 있었지만, 메레디스 선생님이 그늘로 쫓아 보냈다. 에이든은 실내에서 콧물처럼 생긴 초록색 찐득이를 먹었다. 먹는 모습만 봐도 역겨워하는 사람들이 있다는 걸 알고 있어서였다. 에이든은 그렇게 배려심이 많은 아이다.

점심 식사를 마치자 메레디스 선생님이 우리를 조용히 시킨 뒤 말했다.

"캠프에 온 것을 환영합니다. 장담컨대 여러분은 앞으로 닷새에 걸쳐 즐거운 시간을 보내게 될 것입니다. 예전에는 캠프를 떠나는 학교가 많았지만, 지금은 8학년생을 대상으로 이와 같은 서비스를 제공하는 학교는 시드니 전체에서 오직 한 학교밖에 없습니다. 그 학교가 어느 학교인지 모르겠다면 나로서는 어쩔 도리가 없군요. 그런 학생은 수준 있는 교육을 받겠다는 희망은 버려야겠죠."

우리는 의무적으로 웃음을 터뜨렸고 앤더슨 선생님이 다음 말을 받았다.

"몇 가지 숙소 생활 규칙을 알려 주도록 하겠습니다. 알다시피 화장실은 숙소 내에 있습니다. 당연히 남학생은 남학생 숙소에, 여학생은 여학생 숙소에만 출입할 수 있다는 사실은 말할 필요도 없겠죠. 이 규칙을 어기는 사람은 누구든 곧바로 귀가 조치될 것입니다. 우리는 앞으로 매일 다른 활동을 하게 됩니다. 오늘 오후에는 1.5킬로미터 정도 오지를 걸어 수영이 가능한 작은 호수에 다녀올 예정입니다."

아이들이 흥분해서 웅성거리자 선생님이 한 손을 들었다.

"한 시간쯤 뒤에 집합할 때 수영복을 챙겨 오세요. 메레디스 선생님과 나는 깜빡하고 챙겨 오지 않은 사람들을 위해서 선크림과 모자와 티셔츠를 제공하겠습니다. 수영해도 안전하다는 우리의 허락이 떨어지기 전에는 수영을 할 수가 없습니다. 이 규칙을 어기는 사람은 누구든 곧바로 귀가 조치될 것입니다."

선생님의 말이 조금 더 이어졌다. 이곳은 태블릿 신호가 잡히지 않는다는 이야기와 함께 날씨가 험악해지면 급히 안전한 곳으로 되돌아와야 할 경우에 대비해 캠프장에서 멀리 이동할 수가 없다고 했다. 또 이곳에 머무는 동안에는 누구를 막론하고 어른의 지시는 빠짐없이 따르는 게 가장 중요하다고도 했다.

메레디스 선생님이 웃으며 말했다.

"지금 말한 규칙들을 지키지 않는 사람은… 나머지는 말하지 않아도 알겠죠?"

선생님과 똑같이 활짝 웃을 수는 없었지만 우리 역시 웃음으로 화답했다. 다들 건물을 벗어나 상쾌한 공기를 쐬고 싶은 마음이 간절한 것 같았다. 하지만 우리는 다시 한 시간을 더 기다려야 했다. 메레디스 선생님은 먹은 음식이 소화될 시간을 주어야 한다고 했다. 앤더슨 선생님은 배가 잔뜩 부르면 수영을 할 수 없다고 했다. 쥐가 날 수가 있다나.

내 생각엔 말도 안 되는 소리였다. 나는 점심을 먹고 수십 번도 넘게 수영을 해 봤지만 탈이 난 적은 한 번도 없었다. 그렇지만 어쩔 수 없는 일이었다. 그 한 시간이 지나고도 출발하기까지는 시간이 더 필요했다. 선크림을 충분히 발랐는지, 얼굴과 목과 어깨까지 가릴 정도로 큰 모자를 썼는지 선생님들에게 한 명씩 검사를 받아야 했기 때문이었다. 한 여자애는 반팔 티셔츠를 입으려고 했다가 결국 옷을 바꿔 입을 수밖에 없었다. 마침내 우리는 떼를 지어 이른 오후의 햇살 속으로 걸어 나갔다.

조교 한 분이 캠프장 뒤쪽에 있는 문을 열자 줄지어 그 문을 통과해 밖으로 나갔다. 앤더슨 선생님이 선두에 섰고 반 아이들이 그 뒤를 따랐다. 메레디스 선생님과 다른 조교가 맨 뒤를 지켰다. 샬럿과 나는 뒤쪽에 섰다. 에이든은 우리 몇 미터 앞에서 혼자 걷다가 한 번씩 어깨 너머로 우리 쪽을 살폈다. 그 횟수가 열 번을 넘어서 자 내가 에이든을 잔뜩 노려보았다. 그다음부터는 에이든도 그렇게 자주 나를 확인하지는 않았다.

오지를 걷는 건 신나는 일이었다. 우리 중 누구도 진정한 자연을 접해 본 사람이 없었다. 물론 우리 집 정원도 매우 넓고 또 안전했지만, 황야와도 같은 이런 곳을 걷는 것과는 차원이 달랐다. 메레디스 선생님은 이따금 한 번씩 눈에 띄는 나무들을 손으로 가리켜 보이기도 했다. 심지어 울음소리만 듣고 새 이름을 맞춰 보기도 했다. 어느 때인가는 우리 머리 위를 맴도는 맹금류 두 마리를 발견하기도 했는데 참 신기했다. 나는 뱀을 만날까 봐 주변을 살폈지만, 메레디스 선생님이 뱀을 만날 확률은 희박하다며 나를 안심시켰다. 그래도 나는 계속 뱀을 찾아 두리번거리지 않을 수 없었다.

우리가 도착한 곳은 호수라기보다는 못에 가까웠지만 수면 위로 비친 초록빛과 푸른빛이 무척이나 아름다웠다. 호수 반대쪽 끝에는 수직으로 솟아난 암반이 있고 머리 위 10미터쯤 올라간 지점에서 폭포수가 쏟아져 내리며 천연 샤워장을 만들어 냈다. 그와 함

께 수천 개의 물방울이 수면 위로 잔물결을 일으켰고 그 위를 무지
개가 고동치듯 나타났다 사라지기를 반복했다. 몇 초간 정지 자세
로 꼼짝도 않고 서 있던 아이들이 일제히 미친 듯이 치마와 바지를
벗어던졌다. 선생님들이 물의 깊이를 일러 주면서 조심을 시키려
고 했지만 그 말을 듣는 사람은 아무도 없었다. 10여 명이 동시에
물속으로 뛰어들었다. 물이 어찌나 찬지 숨이 턱 막힐 정도였지만
높은 습도에 힘들던 차라 오히려 상쾌하게 느껴졌다. 곧이어 나머
지 아이들까지 우리와 합류하면서 함성과 고함 소리는 더욱 커졌
다. 수영장이 있는 집에 살아서인지 몰라도 나는 호수 반대쪽 끝에
1등으로 도착해 등을 대고 누워 얼굴을 때리는 폭포수를 즐겼다.
잠시 뒤 에이든이 내 옆으로 다가왔다. 우리는 머리를 맞대고 누운
채 쏟아지는 폭포수에 눈을 연신 깜빡이면서도 이루 말할 수 없이
파란 하늘을 눈에 담았다. 깔깔 웃음이 나왔지만 대번 물을 먹고 캑
캑거렸다. 폭포 밑에서 입을 벌리는 건 바보 같은 짓이라는 걸 깨달
았다. 곧이어 아이들이 한꺼번에 나타나면서 둥실거리며 떠 있던
그 시간도 끝이 났다.

우리는 그 작은 호수에서 세 시간을 보냈고 앞으로 최소한 세 시
간은 더 있을 수 있을 것 같았지만, 메레디스 선생님과 앤더슨 선생
님이 돌아갈 시간이라며 물에서 나와 몸을 말리라고 했다. 일제히
항의가 빗발쳤다. 조금만 더 있다가 가자고 졸라 대는 아이들을 향
해 메레디스 선생님이 말했다.

"알아, 알아. 하지만 우리는 돌아가서 씻고 저녁 먹을 준비를 해

야 돼."

선생님이 검지를 턱에 대며 다시 말했다.

"혹시 오늘 밤에 바비큐를 하고 싶지 않은 건가? 지글지글 구운 콩 소시지와 양파 튀김, 거기다 채식 버거에 후식으로 마시멜로가 나오는데도? 음, 그게 너희가 원하는 거라면야. 아니, 더 정확히 말하면, 너희가 원하지 않는 게 그거라면…."

물론 그 말에 격렬한 항의와 동시에 웃음이 터져 나왔다. 그래서 우리는 최대한 몸을 말린 뒤 다시 캠프장으로 출발했다. 입고 있던 셔츠는 걷기 시작한 지 5분 만에 벌써 다 마른 것 같았다. 샬럿과 나는 이번에도 무리의 뒤쪽에 자리를 잡았다. 이번에는 앤더슨 선생님 바로 뒤였고, 우리 뒤로 100미터쯤 뒤에서 조교 두 사람이 따분한 얼굴로 느릿느릿 따라오고 있었다. 몇 분 뒤, 내가 샬럿의 소맷자락을 당겼다. 샬럿이 돌아보자 내가 손가락을 입술에 대고 말했다.

"샬럿, 나 오줌 쌀 것 같아."

"그럼 빨리 가자. 10분만 가면 캠프장이야."

"나 10분 못 기다려."

샬럿이 한숨을 지었다.

"음, 저 덤불 뒤에 숨어서 눠. 내가 망 봐 줄게."

"같이 가자, 제발. 뱀 나오면 어떡해? 부탁이야, 샬럿."

"뱀 없어. 메레디스 선생님이 그랬잖아."

"선생님이 틀리면 어떡해? 부탁이야. 금방 눌게."

샬럿이 다시 한숨을 내쉬었다.

"알았어, 이 덩치 큰 아기야. 빨리 뉘야 돼."

나는 진짜 빠르게 움직였다. 오솔길을 따라 난 커다란 덤불 중 하나를 골라 그 뒤에서 팬티를 내리고 쪼그리고 앉는 동안 샬럿은 나에게 등을 보인 채 앞을 지키고 섰다. 아, 살 것 같다. 막 몸을 일으키려는데 중얼거리는 목소리들이 들렸다. 너무 급한 나머지 내 방광은 뒤에서 조교 두 명이 따라오고 있다는 사실도 까맣게 잊고 있었다. 우리가 모퉁이를 돌자마자 사라졌기 때문인지 두 사람 역시 우리가 길을 벗어난 걸 보지 못한 게 확실했다. 조심스럽게 고개를 내밀어 보니 두 사람은 길에 서서 담배를 피우고 있었다. 두런두런 이야기를 하면서.

그중 한 명이 말했다.

"아, 진짜 이거보다 더 나은 밥벌이가 어디 없나?"

다른 사람이 대꾸했다.

"야, 이게 뭐 고생 축에나 드냐?"

"아니, 그 말이 아니야. 일은 식은 죽 먹기지. 부잣집 철부지 망나니들 뒤치다꺼리나 하는 게 자존심 상해서 그래."

"어린애들 갖고 왜 그래? 쟤네들이 무슨 잘못이 있냐? 야, 그냥 그런가 보다 해."

첫 번째 남자가 담배를 빨았다가 푸르스름한 담배 연기를 훅 내뿜었다.

"쟤네들 잘못이 아닌 거 누가 모르냐? 내가 어디 가서 그런 말을

하겠어. 너니까 하는 말이지. 전 세계까지 갈 것도 없이 이 나라에
만 굶는 애들이 널렸는데 여기 있는 애들… 너도 선생 말 들었잖아.
소시지니 버거니, 나 원 참, 마시멜로를 구워 먹는다잖아. 그건 옳
지 않아. 내가 하려는 말은 그거야. 그건 옳지 않다고."

다른 남자가 첫 번째 남자의 어깨를 툭툭 쳤다.

"나야 무슨 말인지 알지. 그런데 사는 게 다 그런 거야. 세상이
어떻게 돌아가든 우리가 무슨 발언권이 있냐? 아무 힘도 없잖아.
그러니까 괜히 티 내지 말고 네 할 일이나 해. 누가 알아? 어쩌다
콩 소시지가 네 주머니 속으로 쏙 떨어질지? 식구들만 굶기지 않으
면 됐지. 그거면 자존심이니 상처니 하나도 중요하지 않다고."

다른 남자가 코웃음을 쳤다.

"아, 꼴 보기 싫은 자식!"

"아닌 줄 알거든. 그만해. 담배 끄고 얼른 따라붙자."

남자가 웃으며 덧붙였다.

"저 철부지 망나니들 중에 누구 하나 물집이라도 생겨 봐. 게으
름이라도 피웠다간 우리가 다 덤터기를 쓰는 거야. 우리를 끝장낼
수도 있어."

30초 뒤 두 사람은 시야에서 사라졌다. 샬럿을 쳐다보니 분노한
얼굴이었다. 지금 내 얼굴을 그대로 보여 주는 것 같았다. 나는 양
뺨이 화끈거렸고, 얼마나 이를 갈았는지 턱이 다 아플 지경이었다.

내가 말했다.

"우리를 저렇게 부르면 안 되지."

"철부지 망나니들이라니! 어떻게 감히? 어떻게 감히? 메레디스 선생님한테 알려야 돼, 애쉬. 나는 저 인간들이 내 옆에 있는 거 싫어. 우리 옆에 있는 거 싫다고. 없어지면 좋겠어. 아빠한테 말하면 폭발하실걸. 그 누구보다 분노하실 거야. 경호원이 돼서 저런 식으로 말하면 안 된다는 걸 잘 아시는 분이니까. 저건 완전 프로답지 못한 행동이야."

"내 말이! 메레디스 선생님도 엄청나게 화내실 거야."

"알겠다." 하고 메레디스 선생님이 말했다.

다른 학생들이 샤워를 하고 바비큐를 위해 옷을 갈아입는 동안 선생님한테 조용히 드릴 말씀이 있다고 하자, 선생님이 우리를 데리고 야외로 나왔다. 그곳엔 이미 저녁 식사용 탁자와 벤치가 준비되어 있었다. 우리 말고는 주변에 아무도 보이지 않았다.

"정식으로 이의를 제기하고 싶니?"

샬럿이 말했다.

"네, 무조건이요."

내가 말했다.

"저도요."

"흠. 물론 너희 말이 옳다."

선생님이 벤치에 앉아 고개를 숙인 채 포크 하나를 만지작거렸다. 샬럿과 나는 그 맞은편에 앉았다. 아까보다는 흥분이 가라앉은 상태였지만 나는 우리가 옳은 일을 하고 있다고 믿었다. 그 아저씨들이 일한 돈은 학교에서 주겠지만, 그 돈은 학부모들이 낸 돈이었다. 우리가 주는 돈을 받고 일하는 사람들이니 우리를 존중해야 마땅했다. 우리가 주는 돈을 받아 가면서 뒤에서 우리 흉이나 보며 불쾌하게 굴다니 자격이 없는 사람들이었다. 그것도 모자라 우리 음식을 훔칠 생각까지 하고. 그건 온당치 않았다. 일자리가 없어 힘들어하는 다른 *정직한* 사람들이 넘쳐나는 지금 같은 때라면 더더욱! 샬럿은 메레디스 선생님에게 이 점을 강력하게 주장했다. 샬럿의 말을 들으며 나 역시 어느새 고개를 끄덕이고 있었다.

샬럿의 말이 끝나자 선생님이 말했다.

"좋다. 너희가 하고자 하는 말은 똑똑히 알았다. 그런데 선생님이 한 가지만 부탁해도 될까?"

선생님은 대답을 기다리지 않고 곧바로 말을 이었다.

"이 일은 당분간 너희끼리만 아는 걸로 하자. 알겠지? 선생님은 다른 학생들이 이 얘기를 듣지 않았으면 한다. 조교들에게 뭐라고 할 수도 있으니까. 캠프장 분위기에도 좋지 않을 테고, 가능하면 모든 학생이 아무 걱정 없이 즐길 수 있도록 만드는 게 선생님의 의무이기도 하니까."

선생님이 포크를 내려놓고 우리 눈을 똑바로 쳐다보았다.

"선생님은 남은 캠프 기간 동안 이 문제에 대해 너희가 침묵을 지켜 주기를 개인적으로 부탁하는 거야. 무슨 말인지 알겠지?"

우리는 고개를 끄덕였고 선생님이 빙긋 웃었다.

"그럼 너희의 불만 사항은 접수가 되었고 처리가 될 거다. 하지만 너희 둘도 불쾌한 마음은 한쪽으로 접어 두고 남은 캠프는 신나게 즐기길 바란다."

우리는 자리에서 일어섰고 우리의 입장을 밝혔다는 것에 흡족했던 기억이 난다. 그런데 메레디스 선생님은 아직 나에게 할 말이 남은 눈치였다. 나하고 둘이서만 이야기를 할 수 있겠는지 물었기 때문이었다. 샬럿은 살짝 께름한 얼굴이긴 했다. 하지만 우리 둘 다 어쩔 수 없는 일이라, 샬럿은 숙소로 돌아가고 나는 다시 벤치에 앉았다. 메레디스 선생님이 다시 포크를 만지작거렸고 1~2분 정도 침묵이 흘렀다. 선생님이 힐긋 나를 올려다보고 미소를 지었다.

"진짜 신기한 거 볼래, 애슐리?"

내가 고개를 끄덕였다. 선생님이 포크를 제자리에 조심스럽게 내려놓고 몸을 일으켜 건물 앞, 여전히 단단히 자물쇠가 채워진 출입구 오른쪽 끝으로 걸어갔다. 나는 선생님을 따라갔다. 선생님이 걸음을 멈추고 손으로 덤불 속을 가리키며 물었다.

"저게 뭐인 것 같니?"

나는 눈을 가늘게 떴지만, 특이한 점을 발견할 수가 없었다.

"제 눈엔 아무것도…."

그 순간 나는 보았다. 미세하게 움직인 나의 머리와 지는 해의 위치가 정확히 맞아떨어져서였을까? 나는 그것을 보았고, 순간 숨이 멎을 뻔했다. 서로 맞물린 가는 실들이 꺼져 가는 빛 속에서 황금빛으로 반짝이는, 지름이 족히 1미터는 될법한 거대한 거미줄. 그리고 그 거미줄 한가운데에 대왕 거미 한 마리가 버티고 있었다. 청회색의 볼록한 몸통을 가지고 있고, 붉은색과 회색과 검은색으로 얼룩덜룩한 긴 다리를 사방으로 넓게 뻗은 대왕 거미였다. 거미줄이 산들바람에 어른거리며 저녁 햇살 속에서 황금빛 춤을 추었다. 나는 무섭지 않았다. 아니, 무서웠어야 했나? 평생 본 거미 중에 제일 큰 대왕 거미인 데다, 거미줄은 내가 손을 집어넣어도 잡아 뜯지 못할 만큼 견고해 보였다.

메레디스 선생님이 말했다.

"황금눈 뜨개거미야. 참으로 아름답지 않니?"

나는 고개를 끄덕였다.

"과거엔 오스트레일리아에서 흔히 볼 수 있는 거미였지. 그런데 지난 50년에 걸쳐 기후 변화가 일어나면서 그 수가 급격히 감소했어. 다른 많은 곤충과 동물도 그렇지만. 네가 좋아할 것 같았다, 애슐리."

"너무 아름다워요."

메레디스 선생님이 거미줄 쪽으로 한 발짝 다가가서 가까이 오라고 나에게 손짓했다. 나는 조심조심 옆으로 다가갔다. 거미는 그야말로 거대했고 마치 뛰어내릴 준비라도 하는 것처럼 거미줄 한가운데에서 살며시 몸을 떨었다. 그렇지만 나는 선생님이 나를 안전하게 지켜 줄 거라고 믿었다.

메레디스 선생님이 나에게 물었다.

"저거 보이니, 애슐리? 거미줄 꼭대기?"

그곳에는 다른 거미가 있었는데 이번엔 아주 작은 녀석이었다. 거미줄에 걸려 먹이가 되기 일보 직전인가.

"저건 수컷 거미야. 참 희한하지? 거미줄 중앙에 있는 암컷과 거미줄 가장자리에 매달린 수컷의 크기 차이를 봐. 아, 그리고 수컷 거미 바로 아래로 줄줄이 달린 작은 명주실 뭉치들 보이니? 먹이를 저장해 둔 곳이란다. 암컷이 거미줄에 걸린 곤충들을 나중에 먹으려고 꽁꽁 싸 둔 거야."

나도 모르게 입이 떡 벌어져 있는 걸 알고 얼른 입을 다물었다.

메레디스 선생님의 설명이 계속되었다.

"자연 속의 생명체 중에는 지극히 아름답고 정교한 집을 가진 녀석들이 있거든. 온갖 역경을 딛고 열심히 노력해서 스스로 만들어 낸 영광스러운 창작품인 셈이지."

메레디스 선생님이 한 손을 내 어깨에 올렸다.

"저런 걸 보면 아주 겸손해지지. 그렇지 않니?"

나는 고개를 끄덕였다.

메레디스 선생님이 덧붙였다.

"다른 아이들에게는 이 거미 얘기는 하지 말거라. 물론 네 남동생은 빼고. 남동생도 너와 마찬가지로 비밀로 하기로 약속만 해 준다면 말이야. 보면 꼭 파괴하려는 사람들이 있거든. 거미줄을 갈가리 찢어 버리려는 사람들…. 거미가 자기들한테 무슨 해를 끼쳐서가 아니라 자신들에게 그럴 힘이 있다는 이유에서지. 안타깝게도 자신이 가진 힘을 휘두르는 걸 좋아하는 사람들이 있단다. 타당한 이유도 없이 살아 있는 다른 생명체의 삶을 찢어 없앤다면 과연 우리끼리라고 해서 잘 살 수 있을까. 너는 그런 사람 아니잖아. 안 그러니, 애슐리?"

"네, 그럼요, 선생님."

메레디스 선생님이 빙그레 웃었다.

"그럴 줄 알았어. 선생님은 사람 보는 눈이 있거든."

우리는 그 무렵 저녁 식탁이 준비된 자리로 되돌아왔고, 다른 아이들도 자리를 잡기 위해 밖으로 나오고 있었다. 아까 돌아오는 길에 담배를 피웠던 그 조교는 가스통을 확인하고 그릴에서 재를 긁어 내며 바비큐 준비에 한창이었다. 한 아이가 무언가를 묻자, 조교가 그 아이를 보며 미소를 지었다.

메레디스 선생님이 내 앞에 쪼그리고 앉았다.

"다이슨 씨야. 한 10년 전쯤 일어난 시드니 산불 기억하니?"

선생님이 고개를 내젓고는 웃음을 터뜨렸다.

"당연히 기억할 리가 없겠지. 넌 그때 겨우 두 살이었으니까. 내가 이렇게 바보란다. 음, 그 산불로 수백 명이 죽었어. 엄청난 비극이었고, 몇십 년을 통틀어 최악의 사건 중 하나로 꼽히지. 다이슨 씨는 그때 그 산불로 아내를 잃었어. 지금은 홀로 아들을 키우고 있지. 다이슨 씨가 이곳에서 우리를 위해 일하는 동안에는 이웃이 그 아들을 돌봐 주고 있대. 아들이 보고 싶겠지만 어쩌겠니? 먹고살아야 하잖아."

메레디스 선생님이 똑바로 몸을 일으키며 짝짝 손뼉을 쳤다.

"자, 그만 가라. 씻고 저녁 먹으러 나와."

내가 가려고 돌아서는데 메레디스 선생님이 다시 나를 불렀다.

"아, 그리고 말이다, 애슐리? 너와 샬럿이 친해지는 걸 보니 참 좋구나. 샬럿은 중요한 일들을 옆에서 함께 의논해 줄 친구가 꼭 필요한 아이거든."

나는 생긋 웃고 고개를 끄덕인 뒤 숙소로 들어왔다. 조금 들떠 있었지만 단지 바비큐에 대한 기대 때문만은 아니었다. 메레디스 선생님과 나는 오직 에이든에게만 밝힐 수 있는 비밀을 나눈 사이였다. 거미를 보여 주면 에이든이 얼마나 좋아할까. 에이든은 동물과 자연에 관한 거라면 다 좋아했다.

6
뜻밖의 사고

아주 이상한 꿈을 꾸었다. 엄마와 아빠가 나에게 무슨 말인가를 하려고 했지만 두 사람 다 거대한 유리벽에 가로막혀 있었다. 입술이 움직이는 건 보이는데 벽 때문에 아무 소리도 들리지 않았다. 순간 그 이유를 깨달았다. 내가 거대한 수족관에 갇혀 있었다. 힐긋 아래를 보니 내 두 발은 물속에서 흐느적대고 양팔은 선헤엄을 치느라 계속 작은 원을 그리고 있었다. 내 얼굴은 유리벽에 밀착되어 있었다. 몸이 새털처럼 가벼워서 기분이 좋았다. 문득 공기 방울이 쉬익 쉬익 소리와 함께 뺨을 타고 올라가고 있다는 걸 알았다. 내 입에서 나온 공기 방울이었다. 살짝 고개를 들어 위를 올려다보았지만 수면은 보이지 않았다. 꼬리를 물고 올라간 공기 방울이 내 머리 위 흐린 잿빛 물속으로 사라져 갔다.

엄마와 아빠는 걱정으로 일그러진 얼굴로 눈짓을 보냈지만 왜 그런지는 알 수가 없었다. 나는 기분이 좋았다. 행복했다. 그러다 유리벽 반대쪽에서 부모님과 함께 있는 에이든을 발견했고 좋았던 기분은 기포처럼 사라져 버렸다. 에이든은 내 옆에 있어야 했다. 유리벽 반대쪽에 있으면 어떻게 나를 지켜 준담? 에이든에게 말을 하려고 입을 열었지만, 목구멍으로 물이 쏟아져 들어왔다. 나는 그 물을 삼켰다. 그러자 폐 속에서 돌멩이들이 휘돌고 구르는 것만 같은 느낌이 들었다….

나는 침대에서 벌떡 일어났고 1분쯤 지나서야 내가 어디에 있는지를 깨달았다. 얼굴 위로 식은땀이 줄줄 흘렀다. 나는 숨을 헐떡이고 있었다. 엉엉 울지 않은 게 다행이었다. 여학생 숙소에서 깨어 있는 사람은 아무도 없는 것 같았다. 얼마 뒤 내 바로 밑과 내 오른쪽 어딘가에서 가볍게 코 고는 소리가 들렸다. 침대에 누워 다시 잠을 청하려고 했지만 꿈이 너무 생생해서 마음속에서 지워 내기가 어려웠다. 하지만 결국 나는 스르륵 잠이 들었고 다시 꿈을 꾸었는지는 모르겠다.

아침을 먹은 직후 에이든에게 거미줄을 보여 주는 데 성공했고, 에이든은 아주 황홀해했다. 에이든이 거미줄에서 눈을 떼지 못하고 말했다.

"오, 세상에, 애쉬! 우아!"

"아무한테도 말하면 안 돼. 알겠지?"

에이든은 고개만 끄덕였지만 나는 에이든이 누구한테라도 말할 사람이 아니라는 걸 잘 알고 있었다. 약속 하나만은 무슨 일이 있어도 지키는 아이니까. 그래서 나는 거미줄을 보는 에이든을 가만히 지켜보았다. 마치 거미줄을 처음 봤을 때의 나를 보는 듯한 기분이었다. 에이든의 반응은 정확히 거울에 비친 내 모습이 아닐까 생각했다. 쌍둥이 남매가 있다는 건 나 자신을 찍은 비디오나 내 옆을 걷는 홀로그램이 있는 것 같다는 생각이 들 때가 있다. 한편으로는 묘하면서도 아주 좋기도 하다.

아침 메뉴는 토스트에 몇 가지 잼과 마멀레이드가 전부였지만 그럭저럭 괜찮았다. 대다수가 어제저녁 워낙 잘 먹어서 아직도 배가 꺼지지 않은 것 같았다. 바비큐는 기대 이상이었다. 반 친구 두 명은 자제하지 못하고 마시멜로를 실컷 먹더니 나중에 화장실에서 다 토해 냈고, 그 소리에 샬럿과 나는 배꼽을 잡았다. 아침을 먹고 앤더슨 선생님과 메레디스 선생님이 우리를 밖에서 집합시킨 뒤 그날의 일정을 말해 주었다.

캠프 이틀째 날이었다. 나는 오늘 승마를 하고 싶었다. 한 번도 말을 타 본 적이 없어서 꼭 타 보고 싶었다. 그동안 내가 봤던 방송 프로그램들을 보면 조금 무섭긴 해도 정말 재미있을 것 같았다. 그런데 우리한테 맞는 작은 말이 있을까. 큰 말에서 떨어지면 *아플* 것 같은데….

알고 보니 승마는 그 이튿날이었다. 오늘은 카약을 타는 날이었는데, 역시 난생처음이라 카약도 좋았다. 게다가 카약도 물놀이의 일종이었고 나는 물이 편했다. 오늘은 어제 갔던 작은 호수보다는 조금 더 멀리 가야 했고 울퉁불퉁한 길을 통과해야 하니 조심하라고 했다. 물가로 내려가려면 자갈이 많은 제법 험준하고 가파른 비탈이 있다고 해서 모두 등산화를 신어야 했다. 우리가 아침을 먹는 사이에 조교들이 먼저 카약 네 대를 들고 강으로 출발해서 우리는 그 조교들이 되돌아오기를 기다렸다가 가기로 했다. 우리가 먹을 점심도 함께 가져갔을 것이다. 카약은 네 대뿐인데 사람은 총 스물다섯 명이다 보니 순서를 기다렸다가 타야만 했고, 그 말은 곧 거의 한나절을 그곳에서 보내야 한다는 의미였다.

선생님들이 밝은 주황색 구명조끼를 나눠 주었다.

"현장에 도착할 때까지는 입지 마세요. 오늘도 무더운 날이 될 것 같은데 누구 한 사람이라도 일사병으로 기절하는 일이 생기면 안 되니까요. 그리고 늘 그렇지만 물을 많이 마시고 선크림을 잘 바르고 모자를 꼭 쓰세요."

메레디스 선생님의 마지막 당부는 모두가 한목소리로 따라서 합창을 했다. 통째로 우리 묘비에 새긴다 해도 이상하지 않을 말이었다.

출발하는 길에 샬럿은 나와 짝을 이루고 싶어 했지만, 나는 에이든과 긴히 할 말이 있다고 했다. 대신 돌아오는 길에는 같이 가자고 약속했지만 샬럿은 별로 기분이 좋아 보이지는 않았다. 에이든과 나는 뒤쪽에 자리 잡았다. 이제는 거의 습관이 되었다. 그래도 뒤에 있으면 우리 말이 다른 사람 귀에 들어갈 염려가 없어서 좋았다. 몇 가지 에이든과 꼭 상의하고 싶은 생각들이 있었다.

100여 미터쯤 걸어가자 에이든이 말했다.

"카약 말이야, 애쉬. 나 정말 기대돼."

"나도, 에이든. 재미있을 것 같아."

내가 소매로 이마의 땀을 닦았다. 메레디스 선생님 말이 옳았다. 오늘도 벌써부터 덥기 시작했다.

"에이든, 넌 우리가 철부지 망나니들인 것 같아?"

"왜 그런 걸 물어?"

그래서 나는 어제 호수에서 돌아오는 길에 샬럿과 내가 우연히 들었던 말을 에이든에게 그대로 전했다. 나는 말을 하면서 에이든의 얼굴에서 눈을 떼지 않았다. 에이든이 여전히 내 감정의 거울인지 보고 싶어서였다. 이번에는 그런 것 같지는 않았다. 에이든의 표정엔 전혀 변화가 없었다.

"넌 부당한 것 같지 않아?"

이야기를 다 전하고 나서 내가 다시 물었다. 샬럿과 내가 메레디스 선생님을 만난 얘기는 뺐다.

에이든이 대답했다.

"망나니라는 말은 좀…. 그 사람이 가진 정보로 그런 결론에 다다를 수 있는지는 잘 모르겠다."

"우리가 공원에 갔다 온 다음에 엄마도 우리를 똑같이 불렀어. 우리더러 자기밖에 모르는 철부지 망나니들이라고 했잖아."

"맞아. 근데 엄마한테는 증거가 있었잖아. 그 사람은 우리를 엄마만큼 알지는 못하지 않나?"

"그 사람은 우리더러 철부지 망나니랬어. 우리가 철부지야?"

"아, 그런 말은 할 만하지."

"진심이야?"

"당연히 진심이지. 애슐리, 우리가 철부지가 아니라고는 못 하지. 잘 생각해 봐. 우리가 말도 안 되는 특권을 누리고 있다는 건 너도 알아야 돼."

"하지만 그건 엄마와 아빠가 그동안 정말 열심히 일해서 얻은 대가잖아. 아니, 엄마가. 돈 버는 사람은 엄마니까."

아빠는 일을 하지 않았다. 아빠가 입에 달다시피 하고 사는 말이지만, 아빠는 집안 살림을 도맡아 하면서 온 가족을 위해 청소와 정리 정돈과 식사를 책임지는 전업 남편이었다. 엄마는 엄마 회사에서 파는 집안일을 도와줄 최신 인공 지능 기기를 제공하겠다고 했지만 아빠는 모조리 거부했다. 아빠는 이렇게 되물었다. *그럼 난 뭘 하라고? 빈둥빈둥 누워서 살이나 쩌?* 엄마가 대꾸를 하려 하자 아빠가 곧바로 덧붙였다. *여기서 더 쩌?* 그 말에 엄마는 그냥 웃고 말았고 더는 그 말을 꺼내지 않았다. 그래도 난 가끔은 아빠가 엄마의 발명품 중 몇 개라도 집에 들였으면 좋겠다. 다들 그러는데, 말도 안 되게 편하다고들 한다. 나는 혼자 이런저런 생각을 하느라 에이든의 대답을 듣지 못했다.

"뭐라고 그랬어?"

"엄마가 얼마나 열심히 일하는지는 중요하지가 않다고 했어. 우리는 99.9퍼센트의 사람들은 꿈도 못 꿀 돈과 물질을 가졌잖아. 엄마는 당연히 그럴 자격이 있다고 해도 우리는 아니야. 우리는 부모

잘 만난 행운아일 뿐이야. 맞아. 철부지라는 말은 순한 표현이지."

"그럼 넌 내가 그 아저씨가 한 말을 알려야 한다고 생각하지 않는다는 거야?"

에이든이 내가 진지하게 하는 말인지 확인하려는 사람처럼 나를 가만히 쳐다보더니 이윽고 이렇게 대답했다.

"음, 그건 아주 예민한 문제야, 애쉬. 당연히 알리면 안 되지. 잘못하면 일자리를 잃을 수도 있잖아. 나는 우리에게 그런 힘이 있다는 이유로 다른 누군가를 고통스럽게 만들고 싶어 할 정도로 우리가 철부지라고 생각하지는 않아."

나는 침묵에 빠졌다. 에이든의 말이 어제저녁 메레디스 선생님이 했던 말과 겹쳐지며 뭐가 뭔지 너무 헷갈렸다. 이건 내가 정말 심사숙고해 봐야 할 문제였다.

"고마워, 에이든. 덕분에 생각할 거리가 많아졌어."

"잘됐네. 나는 생각하는 건 완전 찬성이야."

"나 이제 샬럿하고 같이 갈게."

에이든이 순순히 나에게 한 손을 흔들었다.

"애쉬, 네가 벌써 그리워지려고 해."

에이든은 가끔 참 천재 같을 때가 있었다.

카약은 *위험할* 정도로 불안정했다. 수영장보다 물의 흐름이 조

96

금 빠른 정도인 구역에서 연습을 해 보다가 알았다. 우리 중에 카약을 타 본 사람은 아무도 없는 것 같았지만, 내 생각엔 경험이 있다고 해도 위험하긴 마찬가지일 것 같았다. 메레디스 선생님과 앤더슨 선생님은 만약 카약이 전복될 경우 다시 똑바로 뒤집는 방법을 비롯해 온갖 안전 수칙을 꼼꼼히 숙지해야 한다고 강조했다. 사실 나는 혹시라도 카약이 뒤집히게 된다면 거기서 어떻게 빠져나올지가 더 걱정이었다. 솔직히 카약이 떠내려가는 건 나로선 크게 걱정할 일은 아니었다. 엄마는 새 카약을 스무 개라도 사 줄 수 있는 사람이었다. 선생님들은 만약 물에 빠지면 카약과 바위 사이에 끼지 않게 카약보다 상류에 있으면서 조교들이 도와주러 갈 때까지 카약을 붙잡고 떠 있으라고 일렀다.

메레디스 선생님이 우리 모두에게 당부했다.

"카약을 타면 절대 일어나려고 하지 마세요."

미치지 않고서야 누가 저렇게 작고 흔들거리는 카약에서 일어날 생각을 한담? 나는 그 안에 들어가 앉는다는 생각만 해도 겁이 났고, 실제로 내가 타자마자 카약이 무섭게 양쪽으로 흔들렸다.

모든 학생이 네 대의 카약에 타고 내리는 연습을 하는 데에만 거의 두 시간이 걸렸고 누가 얕은 물에 빠지기만 하면 웃음과 비명이 난무했다. 빠지고 말고는 중요하지 않았다. 덕분에 몸을 식힐 수 있어서 좋았다. 나는 노를 저어 보았고 다른 사람에게 차례를 넘겨 주기 전에 우리에게 허락된 10미터 남짓의 거리를 꽤 똑바로 몰고 가는 데 성공하기도 했다. 마침내 메레디스 선생님이 모두 기본 안전

수칙을 익혔고 이만하면 카약을 타고 나가도 되겠다는 결론을 내렸다.

우리들이 있는 지점은 강에서도 물살이 매우 잔잔한 편이었다. 물론 400미터쯤 하류로 내려가면 물살이 거세지기는 했다. 멀리 하얀 급류가 보이기도 했는데, 경사가 커지면서 돌과 바위들이 거센 물살을 만들어 내는 지점으로 보였다. 우리는 그 근처로는 아예 가지 않을 예정이라 다행이었다.

한 명씩 탄 세 대의 카약이 동시에 출발을 하면 남은 한 대는 조교가 타고 나갔다가 물에 빠지기라도 한 사람은 없는지 확인한 뒤 우리를 다시 데리고 들어오기로 했다. 하지만 우리가 타고 나가는 구간은 카약에서 떨어질 일은 없을 거라고 했다. 200여 미터 정도 노를 저어 갔다가 배를 돌려 다시 노를 저어 오는데 30분 정도 걸리는데, 배가 도착하면 다음 차례의 아이들이 타고 출발한다고 했다. 실망하면서 너무 쉽다고 투덜대는 아이들도 있었다. 메레디스 선생님은 끝까지 잘 타면 마지막에 조금 더 빠른 물에서 카약을 탈 기회를 줄 수도 있다는 말로 아이들을 달랬다. 그렇게 하라고 해도 나는 빠지겠지만 에이든은 무조건 할 것 같았다.

우리는 마지막에서 두 번째 순서였다. 나, 샬럿, 에이든, 그리고 내가 이름을 알지 못하는 여자 조교가 한 조였다. 솔직히 나는 어제 갔던 호수가 더 좋았다. 노를 젓는 게 재미있긴 했지만, 메레디스 선생님 말씀이 옳았다. 바람 한 점 없는 날이었고 수면은 거울처럼 잔잔해서 물에 빠질 일은 아예 없었다. 그건 나쁘지 않았지만 솔직히 더운 데다 구명조끼까지 입고 노를 저으려니 땀이 뚝뚝 흘렀다. 나는 잠시 배를 세우고 푸른 하늘을 올려다보며 팔을 쉬었다. 샬럿이 천천히 내 옆으로 다가왔다.

"시시하다. 그치?"

샬럿이 멀리 보이는 급류 쪽을 손짓하며 덧붙였다.

"저런 데가 신나지. 여긴 완전 꼬맹이들용이야. 차라리 비디오 게임이나 하는 게 낫겠다. 훨씬 재밌고 이렇게 쪄 죽을 일도 없었을 텐데."

"돌아갈 땐 누가 빨리 가나 내기할래?"

"좋아. 재미도 없는데 내기나 하자. 애쉬, 내가 완전 혼쭐을 내 줄 테니까 각오해."

"꿈 깨시지."

생각해 보면 샬럿의 호언장담도 헛소리만은 아니었다. 우리 셋은 가상의 출발선에 나란히 섰고 에이든의 카운트다운과 함께 출발하기로 했다. 에이든이 우리를 이길 걱정은 없었다. 마음만 먹으면 1등도 할 수 있을 것 같았지만 매번 나한테 져 주는 걸 생각하면 샬럿한테도 양보할 확률이 높았다.

"둘, 하나, 출발!"

에이든의 구호에 맞춰 나는 물속으로 노를 담갔다가 뒤로 당겼고 반대쪽도 같은 방법으로 동작을 반복했다. 그런데 양쪽으로 노를 움직이는 게 마음처럼 되지 않았다. 수영을 할 때는 리듬 같은 건 생각할 필요조차 없었는데, 카약은 다르다는 걸 알았다. 노를 당

기다 배 옆구리를 때렸고 그와 동시에 손에서 노가 비틀리는가 싶
더니 어느새 노가 물 위를 둥둥 떠다니고 있었다. 카약 바로 옆이라
큰 문제는 아니었지만, 노를 건져 냈을 때 에이든과 샬럿은 어느새
10미터는 앞서 나간 지점에서 빠르게 전진 중이었다. 나는 여전히
버둥대고 있었고, 이러다가는 크게 질 게 확실했다. 그래도 나는 노
를 꽉 잡고 근육에 힘을 주며 추격을 시작했다.

그다음은 마치 슬로모션처럼 일어났다. 아니 더 정확히 말하면,
온 세상이 뒤집히고 시간이 의미를 잃기 전, 사건의 처음 시작 부분
이 그랬다. 내가 오른쪽에서 노를 활 모양으로 저어 댄 기억이 난
다. 노가 물에 걸리는 듯한 느낌이 드는 순간, 머리 위로 어둠이 덮
쳐 왔다. 완전한 어둠은 아니었지만, 워낙 환했기 때문에 더욱 그
렇게 느껴졌던 것 같다. 그 어둠의 띠는 내 옆을 빠르게 지나 1초도
안 돼 샬럿과 에이든을 따라잡았다. 아침부터 계속 하늘이 맑긴 했
지만, 빠르게 지나가는 구름인가 보다고 생각했던 기억도 난다.

나는 갑작스런 빛의 변화에 눈을 적응시켜 보려고 고개를 살짝
젖혔다. 마음속 어딘가에선 조금 전까지만 해도 바람 한 점 없던 곳
에 가벼운 바람이 일었다는 사실을 감지하고 비구름이 오려나 생각
했던 것 같다. 하지만 해를 완전히 덮을 정도로 춤추듯 소용돌이치
는 엄청난 나뭇잎들과 돌 부스러기들을 보게 될 줄은 몰랐다.

나는 왼쪽으로 몸을 돌렸다. 바람이 거세지자 카약이 흔들리기
시작했다. 얼굴 위로 흙먼지가 사정없이 튀었다. 눈을 가늘게 떠 보
았지만 여전히 흙먼지가 눈앞을 가렸다. 주황색과 잿빛으로 뒤엉

킨 알 수 없는 덩어리가 강둑을 나선형으로 가로질러 오더니 강물 속에 잠긴 채로 나를 향해 다가오고 있었다. 마치 최면에 걸린 기분 이었다. 어딘가에서 소리치며 경고하는 목소리가 들렸다. 그때까지 도 내가 위험하다는 생각은 하지 못했다. 설마…. 너무 예상치 못한 일인 데다가, 너무나… 생소했다. 나선형으로 휘몰아치는 바람이 강둑에서 낙엽 더미를 들어 올렸다. 불가사의한 광경이었다. 목숨 이 위험하다는 생각도 없었다.

가공할 만한 돌풍이 카약을 꼼짝없이 에워싸고 비틀어 버린 건 1초도 안 되는 찰나였다. 내 손아귀에서 노가 사정없이 뜯겨 나갔 다. 그와 동시에 나는 닥치는 대로 모든 걸 파괴해 버리는 어떤 힘 의 중심에 놓이고 말았다. 눈앞에 아무것도 보이지 않았고 악을 쓰 는 듯한 바람 소리에 귀가 먹먹할 지경이었다. 몇 초가 지나서야 배 가 사라지고 없다는 걸 알았다.

나는 물속을 구르고 또 굴렀다. 눈을 떴지만 내가 눈을 감았던 기억조차 없었다. 보이는 거라고는 물거품뿐이었고, 강물이 캄캄해 진 세상을 하얗게 휘젓고 있었다. 어디가 위고 어디가 아래인지조 차 구분이 되지 않아서 어느 쪽으로 헤엄쳐야 할지도 알지 못했다. 물론 내가 *헤엄을 칠 수 있는* 상황도 아니었다. 강물은 신이 나서 나를 제 맘대로 끌고 다녔다. 숨을 들이마실 새도 없었고 물에 빠진 시간이 극히 짧았는데도 벌써부터 폐가 아프고 숨을 쉬고 싶은 충 동을 참을 수가 없었다.

나는 발을 차고 팔을 휘저었다. 아직 온몸이 마비된 상태는 아닌 것 같아서 소용돌이치는 물기둥에서 벗어날 수만 있다면 조금이라도 물살이 잔잔한 곳을 찾아 수면 위로 머리를 내밀 수 있지 않을까 싶었다. 하지만 이미 방향 감각을 잃은 터라 쉽지가 않았다. 나는 공포에 휩싸였다. 무슨 짓을 해도 뭔지 모를 이 어마어마한 힘으로부터 벗어나기란 불가능할 것 같았다. 그 힘은 나를 장난감처럼 사방으로 내던지면서 나를 점점 더 깊은 그곳… 죽음을 향해 끌고 들어가고 있었다.

그 순간 깨달았다. 나는 여기에서 죽을 것이고 내가 아무리 발버둥 쳐도 소용없다는 것을. 강물과의 이 포옹이 나에겐 살아서 마지막 느낌이 될 것이다. 그 깨달음과 함께 평온함이 찾아왔다. 쉬울 것 같았다. 물을 한껏 들이마시기만 하면 끝이었다. 그렇게 나쁘지는 않았다. 정말 그렇게 나쁘지 않았다. 심지어 웃고 있었던 것 같기도 하다.

바로 그때, 어떤 손 하나가 내 머리채를 잡아 물 밖으로 확 당겼고 그와 함께 다시 고통이 찾아왔다. 내 폐는 모든 걸 단념하기 직전이었지만 나는 조금 더 숨을 참고 버텼다. 그러다 머리가 수면 위로 나오는 순간, 훅 하고 숨을 삼켰다. 달콤하고 맑고 깨끗한 공기였다. 나는 또다시 물속으로 가라앉았고 이번엔 숨이 콱 막혔지만, 곧바로 물 밖으로 나와 캑캑거리며 물을 뱉어 냈다.

내 얼굴 바로 옆에 에이든의 얼굴이 있었다. 에이든이 잡고 있던 내 머리를 놓고 한 팔을 내 가슴에 둘러 겨드랑이에 끼운 뒤 내 몸을 들어 올렸다. 하지만 우리는 다시 수면 아래로 내려갔고 나는 너

무너무 지쳐 있었다. 나를 도와주는 에이든을 도와주고 싶었지만 어떻게 해야 좋을지 알 수가 없었다. 그래서 흐느적거리며 에이든에게 몸을 맡겼다. 에이든이 알아서 하겠지. 에이든은 항상 알아서 잘 하는 아이니까.

우리 둘의 몸이 바위에 부딪힌 순간, 나는 갈비뼈가 몽땅 부러진 줄만 알았다. 극심한 고통이 밀려왔고, 조금 전과 마찬가지로 그 고통은 나에게 살아 있음을 일깨워 주었다. 게다가 고통 대신 마주할 그것이 무엇인지 나는 이제 잘 알고 있었다. 나는 바위를 움켜잡았지만 너무 미끄러워서 잡을 곳을 찾기가 어려웠다. 에이든의 몸은 내 옆에 있었다. 에이든의 얼굴에서 지금 모든 걸 철저하게 계산하고 있다는 걸 느낄 수 있었다. 에이든은 바위를 움켜쥔 내 손이 점점 미끄러지는 걸 보았고, 만약 내가 이대로 물에 휩쓸린다면 다시 나를 잡을 기회는 오지 않는다는 걸 에이든도, 나도 모르지 않았다. 다시는 안 된다. 두 번이나 구조될 수는 없을 것 같았다. 그래서 나는 눈을 감고 있는 힘을 다해 버티며 내가 믿는 줄조차 몰랐던 신을 찾아 기도했다.

무언가가 내 목을 단단히 조이는 느낌에 번쩍 눈을 떴다. 어떻게 했는지는 몰라도 에이든이 입고 있던 구명조끼를 벗어 바위 끝에 고리처럼 걸고 조끼에 달린 벨트로 내 목을 감아 딸깍 버클을 채웠다. 사실상 움직이지 못하게 나를 바위에 묶어 둔 셈이었다. 끝끝내 손에 힘이 풀려 버린 나는 바위를 놓쳤고 소용돌이치는 물살이 나를 무섭게 휘감았지만, 바위에 그대로 붙어 있긴 했다. 거센 물살에 몸이 더욱 비틀리며 이제는 에이든도 볼 수가 없었다. 구명조끼도 없이 어쩌려고? 구명조끼가 두 개인 나도 살아남을 수 있을지 모르는 판국이었다.

어떻게든 에이든 쪽을 보려고 안간힘을 쓰는데 어떤 팔이 느껴졌다. 그 팔이 다시 나에게서 떨어져 나가려는 순간, 내가 그 팔을 붙잡았다. 에이든의 손가락이 나를 잡고 있었다. 그리고 언뜻 에이든의 얼굴이 눈에 들어왔다. 겁에 질리고 상처 난 얼굴. 우리 둘의 눈이 마주쳤고 에이든이 나에게 무슨 말을 하려고 했던 것 같기도 하다. 잘 모르겠다. 물살이 거칠게 일었고 그 소리에 귀가 먹먹해서 아무 말도 들리지 않았다. 에이든을 부여잡은 손에 점점 힘이 풀렸지만, 나는 아무것도 할 수가 없었다. 세찬 물살이 우리를 갈라 놓았고 에이든이 내 눈앞에서 사라지는데도 소리조차 지를 수가 없었다. 에이든은 그렇게 사라졌다. 방금 전까지만 해도 에이든이 있던 그 자리에 휘몰아치는 급류와 절망만이 남았다. 나는 눈을 감고 비명을 질렀지만 세상이 그 소리를 삼켜 버렸다.

❀

헤엄쳐 와서 나를 바위에서 떼어 낸 뒤 강가로 끌고 가 인공호흡까지 해 준 사람은 다름 아닌 다이슨 씨였지만 나는 잘 기억이 나지 않는다. 거의 모든 사람이 동원이 되어 에이든을 찾는 사이 나를 캠프로 데려온 사람도 다이슨 씨였지만, 그 역시 기억이 나지 않는

다. 긴급 구조대를 호출하기 위해 버스를 몰고 20킬로미터를 달린 사람도 다이슨 씨였지만 당연히 나는 그 사실을 알 리가 없었다.

눈을 뜨니 메레디스 선생님이 보였다. 말을 하려고 했지만 목구멍이 따갑고 아파서 아무 말도 할 수가 없었다. 하지만 선생님은 내가 무슨 말을 하고 싶은지 알고 있었다.

메레디스 선생님이 말했다.

"아직 에이든을 찾고 있는 중이야, 애쉬."

이렇게 덧붙인 걸 보면 내 눈에 어린 고통을 메레디스 선생님도 보았던 것 같다.

"네 동생 에이든은 강한 아이야. 걱정하지 말거라."

하지만 말해 놓고도 민망한 듯 메레디스 선생님은 곧바로 얼굴을 돌렸다. 목구멍에서 울음이 치밀어 올랐지만, 나는 마음대로 울 수도 없었다. 그래서 다시 눈을 감았다. 급류에 휩쓸리기 직전 에이든의 얼굴이 눈앞에 떠올랐다.

✳

헬리콥터가 나를 곧바로 병원으로 이송했고, 병원에서는 엄마와 아빠가 나를 기다리고 있었다. 내가 휠체어를 타고 들어가자 두 분이 내 손을 잡았고, 엄마는 안간힘을 쓰며 울음을 참았다. 그 무렵엔 목소리가 조금 돌아온 상태라 에이든에 대해 물었다. 엄마는 고개를 저으며 나직이 말했다.

"아직 찾고 있어, 애쉬. 하지만 희망을 놓지 말자. 우리는 포기해선 안 돼."

엄마는 웃음을 지으려고 했지만, 그럴수록 괴상하게 일그러지기만 했다.

진통제를 먹은 게 효과가 있었다. 엑스레이 결과 갈비뼈 두 개에 금이 가긴 했지만 부러진 곳은 없었다. 의사 선생님이 며칠 입원을 하면서 심각한 손상을 입은 곳은 없는지 확인하고 '나의 상태를 관찰'하겠다고 하면서도 괜찮을 거라고 안심시켜 주었다. 나는 괜찮지가 않았다. 너무 피곤했고 좌절감에 휩싸였다. 에이든의 소식을 듣기 전까지는 자고 싶지 않았지만 병원에서 준 약이 얼마 남지 않은 기운마저 앗아 가 버렸다. 저절로 눈이 감겼다. 나는 꿈조차 꾸지 않았다.

⁂

잠에서 깨어난 순간 잊고 있던 고통이 너무나 새롭게 되살아나서 깜짝 놀랐다. 앓는 소리가 저절로 나왔다. 아빠가 침대 옆에서 내 손을 붙잡았다. 웃음 띤 얼굴이었다.

"에이든을 찾았다, 애슐리. 괜찮을 거라더라. 온몸이 만신창이긴 하다만, 살아 있어."

그 말에 울음이 터졌다. 엉엉 흐느낄 때마다 칼로 비틀기라도 하는 것처럼 갈비뼈가 아팠지만 상관없었다. 아빠는 가만히 내 손을 잡고 내가 울음을 다 토해 낼 때까지 기다려 주었다.

✳

정신을 차려 보니 창문으로 쏟아져 들어오는 햇살과 침대 옆 의자에 쓰러져 앉은 엄마와 아빠가 보였다. 보나 마나 밤을 꼬박 새우고 기진맥진한 상태일 것 같아서 깨우지 않으려고 했지만 내가 눈을 뜸과 거의 동시에 엄마도 눈을 떴다. 부모가 되면 초능력이라도 생기나. 엄마가 빙그레 웃었다.

"잠자는 공주님."

내가 물었다.

"에이든은 어때요? 에이든을 볼 수 있어요?"

엄마가 대답했다.

"에이든은 수술 중이야."

내 표정을 보고 엄마가 한 손을 들어 올렸다.

"간단한 수술이야, 애쉬. 머리 부상이 좀 심하긴 한데, 괜찮아질 거야."

아빠가 몸을 쭉 펴고 허리가 아픈지 얼굴을 찡그렸다.

"잘 잤니, 꼬맹아?"

"그 말 하지 말라니까. 수술실에서 나오면 볼 수 있어요?"

아빠가 말했다.

"에이든은 지금 이 병원에 없어. 원래 다니던 병원으로 갔어. 거긴 에이든의 병력도 알고 에이든도 거기 선생님들을 잘 아니까. 그게 최선이야."

"왜 에이든 옆에는 아무도 안 계세요?"

엄마가 말했다.

"엄마가 지금 갈 거야. 가기 전에 너 괜찮은지 확인하려고 한 거야. 걱정하지 마, 애쉬. 의식을 회복하면 엄마가 에이든 옆을 지킬 거니까."

엄마는 떠나기 전에 나를 조심스럽게 안아 주었다. 그 바람에 왈칵 눈물이 쏟아졌다. 아빠가 사고 이후 캠프장 상황을 자세히 들려주었다. 강에서 나를 덮친 건 작은 토네이도인데 강둑과 인접한 오지의 빈터에서 형성된 일종의 모래바람이었다. 아빠는 뜨거운 공기가 강렬한 상승 기류에서 나온 보다 차가운 공기와 충돌하며 생겨난 것 같다고 설명했다. 토네이도는 물을 건너면서 빠르게 힘을 잃었지만, 그때는 이미 물이 가득 찬 일종의 회전식 건조기 속에 나를 집어넣고 빙빙 돌리고 난 뒤였다.

"메레디스 선생님 말씀이 평생 그런 건 처음 봤다고 하시더구나. 네 엄마하고 나도 처음엔 학교 측의 잘못이라고 생각했지만 지금 생각하면 참 기이한 사건이라고밖에 할 말이 없어. 지난 수십 년간 우리나라를 덮친 기이한 기상 이변들처럼 말이야. 넌 재수 없게 때와 장소를 잘못 만난 것뿐이고."

샬럿과 에이든은 그 꼬마 토네이도가 덮쳐 왔을 때 나보다 앞에 있어서 영향을 받지 않았다. 하지만 에이든은 내가 위험에 빠진 걸

목격하자마자 지체 없이 물속으로 뛰어들어 나에게로 왔고, 그러다 우리 둘 다 급류가 만들어진 그 바위와 충돌했던 것이다. 나를 잡고 있던 손을 놓친 이후 에이든은 하류로 사정없이 떠내려갔고, 그 과정에서 두어 번 머리를 부딪쳤다고 한다. 어느 시점엔가 큰 부상을 당했고, 아마도 거의 의식이 없는 상태로 강가로 떠밀려 가서 쓰러져 있었던 것 같다. 수색대가 3킬로미터나 떨어진 하류에서 에이든을 찾아냈다고 한다.

"에이든이 내 목숨을 살렸어요, 아빠. 에이든이 물 속에서 나를 잡아 줬어요."

다시 눈물이 흐르기 시작했다.

"그래."

아빠는 다른 말은 하지 않았고, 그래서 좋았다. 그 말 외에는 다른 할 말이 없었다. 아빠가 컵에 물을 따라서 내가 빨대로 마실 수 있게 잔을 들어 주었다.

"아빠."

"응."

"부탁 하나만 들어주실래요?"

"말해 보렴."

"내가 헬리콥터에 타기 직전 메레디스 선생님이 나를 바위에서 끌어 올려서 안전한 곳으로 데려다준 분을 알려 주셨어요. 다이슨 씨라는 분인데 그분한테 아들이 하나 있어요. 그 아들이 어디 사는지 알아봐 줄 수 있어요?"

아빠가 얼굴을 찡그렸다.

"학교에 물어볼 수는 있다만 개인 정보라 말해 주지 않을 텐데. 그래도 알아보는 건 크게 어렵지 않겠지. 왜 알고 싶은데?"

"그분 아들에게 선물을 보내 주면 좋겠어요. 좋은 선물로요. 그 집 형편으로는 절대 살 수 없는 그런 선물이요. 가령 비싼 자전거 같은 거요."

아빠가 내 손을 잡았다.

"그 아이의 아버지가 너에게 베푼 친절에 대한 감사의 선물이로 구나."

기본적인 사실은 그랬다.

"아뇨. 사과의 표시예요. 선물 배달시킬 때 카드도 넣어 주세요. '두 철부지 망나니들로부터'라고 적어서요."

아빠가 한쪽으로 고개를 갸웃했다.

"내가 모르는 무슨 사연이 있나 본데."

"네, 맞아요. 그런데 지금 당장은 말하고 싶지 않은 이야기예요."

7
집에 돌아온 에이든

이틀 후 퇴원해도 좋다는 허락을 받았다. 대신 푹 쉬고 다친 갈비뼈가 잘 아물도록 조심해야 한다는 엄명이 있었다. 그래서 엄마는 에이든의 병문안을 허락해 주지 않았다. 에이든은 아직 다니던 병원에서 회복 중이었다. 내가 완전 멀쩡하다고 해도 아마 허락해 주지 않았을 것이다. 예전부터 클린스만 병으로 수술을 받으러 갈 때도 감염의 위험을 최소화하기 위해 격리된 상태라 아무도 면회가 허용되지 않는다고 들었다. 그때는 에이든을 보러 가고 싶은 생각이 없었다. 그런데 지금은 전화조차 허락이 되지 않았다. 하지만 엄마는 에이든이 잘 지내고 있고, 우리 생일날에 맞춰서 이번 주 내로 퇴원할 거라고 했다.

메레디스 선생님과 반 아이들이 나에게 회복을 응원하는 크고 예쁜 카드를 보냈다. 모든 학교 선생님과 반 친구들이 각자의 이름과 함께 응원의 메시지를 적은 카드였다. 에이든에게 보낸 카드도 따로 있었다. 토네이도 사건 이후 캠프는 그대로 끝이 났던 것 같다. 더 사고가 일어날지 모른다고 걱정하는 아이들이 너무 많았고,

내가 당한 사고는 가능성이 극히 희박한 기이한 일이라고 아무리 안심을 시켜도 아이들의 걱정을 사라지게 만들 수는 없었기 때문이다. 그래서 바로 그 이튿날 모두 짐을 싸서 집으로 돌아갔다고 한다. 학교에서는 부분 환불을 준비 중이라고 들었다.

나는 2주일 동안 결석을 할 예정이었지만, 우리 생일 무렵엔 집으로 샬럿을 불러도 좋다는 엄마의 허락이 떨어졌다. 너무 좋은 소식이었다.

하는 일 없이 쉬기만 하려니 무료했다. 수영도 못 하고 하다못해 정원을 오래 걸어서도 안 되었다. 그러다 보니 도서관에서 보내는 시간이 많았다. 하지만 얼마 지나자 그것도 싫증이 났다. 또 하나 묘한 게 있었다. 잠자리에 들 때 나도 모르게 손을 뻗어 에이든의 손을 찾았다. 침대가 텅 비어 있다는 걸 발견하면 나는 고통과도 같은 외로움을 느꼈다. 밤이면 잠을 이루지 못할 때가 많았다.

✺

마침내 퇴원을 하게 된 에이든이 어떤 모습을 하고 올지 사실 난 마음의 준비가 되어 있지 않았다. 아빠가 휠체어에 탄 에이든을 데리고 현관문으로 들어오는데 나는 그저 한참을 쳐다보고 있을 수밖에 없었다. 내가 뭘 기대하고 있었는지는 잘 모르겠다. 아마도 예전의 그 에이든이 아니었을까. 에이든은 창백했고 몹시 지쳐 보였다. 무엇보다 강하게 눈길을 사로잡은 건 머리에 쓴 장치였다. 금속

112

으로 된 바퀴살이 마치 두개골을 파고 들어간 것처럼 보였다. 눈썹 바로 위에서부터 둘둘 감아 놓은 붕대에 가려 머리 쪽은 많이 보이지도 않는 게 사실이긴 했다. 그동안 에이든의 병세를 나한테 전부 다 말해 주지 않았던 게 확실했다. 지금도 다 낫지 않은 것 같았다. 억지로 웃음을 지었지만 울고 싶은 심정이었다.

"왔구나, 에이든. 집에 온 걸 환영해, 동생."

"고마워."

그런데 에이든은 웃지 않았고, 목소리까지 다치기라도 한 사람처럼 어딘지 모르게 평소와는 다른 분위기를 풍겼다.

나는 달리 무슨 말을 해야 좋을지 몰랐다. 나를 구해 줘서 고맙다는 말을 하고 싶었지만 엄마, 아빠가 보고 있는 거실에서 하기엔 좀 어색했다. 너무 인위적이랄까. 그래서 그냥 웃기만 했다. 나중에 잘 때 말해도 될 일이었다. 에이든의 손을 잡고 얼마나 용감하고 대단한 사람인지 칭찬해 줘야지. 우리에게는 시간이 있었다.

아빠가 말했다.

"쉬고 싶으면 방으로 데려다줄게, 에이든. 집으로 오느라 피곤할 테니 말이야. 안 그래?"

내가 아빠에게 말했다.

"내가 데려갈게요, 아빠."

그러자 엄마가 말했다.

"에이든은 당분간 따로 방을 쓸 거야, 애쉬. 빈방 하나를 에이든 방으로 만들어 놨어. 어느 모로 보나 그게 좋아. 에이든은 머리 교

정기를 떼어 낼 때까지는 앉은 자세로 자야 하니까 잠을 설치기가 쉬워. 방을 따로 쓰면 너는 너대로 푹 자고 에이든도 너를 방해할 걱정이 없잖아."

"난 방해받아도 상관없는데요. 괜찮아요. 우리 같은 방 쓸게요. 그럴 거지, 에이든?"

에이든은 대답하기 전에 잠시 입술을 핥았는데, 그런 간단한 행동조차도 많이 힘들어 보였다.

에이든이 말했다.

"잠시 나만의 공간을 갖는 게 좋을 것 같아. 몸이 좀 회복될 때까지만."

"물론이지. 뭐든 하고 싶은 대로 해."

말을 이렇게 했지만 솔직히 조금 서운했다.

아빠가 휠체어에 탄 에이든을 거실 밖으로 데리고 나가자 엄마가 다가와 내 어깨를 감싸 안으며 말했다.

"잠시만이야, 애슐리. 에이든은 그동안 많이 힘들었잖아. 너도 그랬고. 이겨 내는 데 좀 시간이 필요할 거야."

나는 고개를 끄덕였다.

"그리고 엄마가 내일 너희 생일 선물 가져올 거야. 맘에 쏙 들걸. 너희 둘 모두."

우리 생일까지는 아직 이틀이 남았다. 둘 다 그동안 힘들었던 걸 생각해서 엄마가 미리 선물을 주기로 한 것 같았다.

"선물이 뭔데요?"

엄마가 내 머리를 헝클어뜨렸다.

"엄마가 넘어갈 줄 알고, 꼬맹아. 대신 조금만 힌트를 줄게. 보면 깜짝 놀랄걸. 아주아주."

나는 깜짝 선물을 좋아했고 내 생일이 다가오면 너무 들떠서 잠을 설칠 정도였다. 하지만 그날 밤은 침대에 누워도 에이든 생각밖에 나지 않았다. 에이든은 지금 복도 건너 얼마 떨어지지 않은 그 방에서 어떤 기분으로 무슨 생각을 하고 있을까. 아빠가 휠체어에 태워 데리고 들어간 뒤로 에이든은 그 방에서 한 번도 나오지 않았다. 엄마는 자기 전에 인사를 하러 들어가지도 못하게 했다. 책이나 읽어 보려고 했지만 책 속의 낱말들은 종이 위만 맴돌 뿐 도무지 눈에 들어오질 않았다. 마침내 잠이 들었을 땐 천둥소리가 우르릉 거렸고, 나는 계속 뒤숭숭한 꿈에 시달려야만 했다.

❀

아침을 먹으러 내려가 보니 엄마는 벌써 출근을 하고 없었다. 6시 정각에 실험실에 도착할 수 있게 새벽 5시 반부터 차를 대기시키는 경우가 자주 있었다. 엄마는 그 새벽 시간의 고요함이 좋다고 했다. 직원들이나 질문과 회의로 방해받는 일 없이 마음껏 생각할 자유가 생긴다며, 그럴 때 최상의 아이디어들이 떠오른다고도 했다. 나는 엄마가 일찍 나가도 크게 상관은 없었다. 약속한 선물만 잊지 않고 가져왔으면 하는 마음이었다.

밤에는 폭풍우라도 칠 듯한 날씨였지만 폭풍우는 오지 않고 아주 멀리서 나직하게 우르릉거리는 소리만 들렸다. 이제 하늘엔 구름 한 점 없었고, 나는 집 안에 있었지만 딱 봐도 푹푹 찌는 하루가 될 것 같았다. 학교에 간 아이들은 선크림과 모자와는 상관없이 운동장에 나가는 건 엄두도 못 낼 그런 날씨였다.

나는 토스트 두 쪽을 만들고 주방 창문을 통해 태양 돛*을 청소 중인 아빠를 구경했다. 원래 자동 세척이 되지만 아빠는 그걸로는 성에 차지 않는 것 같았다. 여느 때 같으면 창문을 두드리며 아침 인사를 했겠지만, 고압 세척 드론을 작동 중이라 두드려 봤자 들리지도 않는다. 토스트를 들고 도서관으로 향했다.

에이든이 벌써 도서관에 나와 있는 걸 보고 깜짝 놀랐다. 에이든은 휠체어에 앉아 책장을 보고 있었다. 책을 읽지도 않고 책장만 뚫어져라 쳐다봤다. 에이든은 평소에 혼자서 시간을 보내는 경우가 많지 않았다. 틈만 나면 내 주위를 맴돌다가 내가 떨어지라고 할 때만 겨우 거리를 두었다. 그런데 오늘은 내가 아침 인사를 해도 돌아보지 않았다.

"오늘은 기분이 어때, 에이든?"

에이든이 휠체어 바퀴를 잡고 빙그르르 돌며 나와 얼굴을 마주했다. 마치 머릿속으로 어딘가 머나먼 곳을 떠돌다 나를 보고 놀라서 현실로 돌아오기라도 한 사람 같았다. 에이든이 빙긋 웃었다.

* 인공위성의 자세 안정용 또는 추진용으로 태양 광선의 압력을 이용하기 위한 돛.

"아, 왔구나. 어떤 기분이냐면 꼭 내 두개골에 불이라도 붙은 것 같고 누가 계속 시뻘겋게 달아오른 칼로 내 목을 찌르는 것 같아."

"미안해."

"미안해하지 마. 어제보다는 훨씬 좋아졌어."

나는 에이든 앞에 놓인 의자에 앉아 한 손을 에이든의 무릎에 올렸다. 내 손이 자기 무릎에 있는 걸 보고 놀란 사람처럼 에이든이 힐긋 아래를 내려다보았다.

내가 물었다.

"어디가 안 좋은 건지 병원에서 들었어? 그 새장 같은 건 왜 쓰고 있고, 언제 벗는 거야?"

"의사들 어떤지 너도 알잖아, 애쉬."

사실 나는 의사들에 대해서는 아는 바가 없었다. 꾸준히 치료가 필요했던 에이든과는 달리 나는 최근까지도 병원에 갈 일이 없었다.

"의사들은 환자가 말을 해 줘도 모르거나, 아니면 진실을 감당할 수 없는 바보인 줄 알아. 그러니까 계속 두부 외상이라는 소리만 하지. 사실 그건 아무 의미도 없는 말이야. 머리가 다쳤다는 소리잖아. 그런 말은 나도 하겠다."

에이든은 병원 치료에 대해 말한 적이 거의 없을뿐더러 자신을 치료하는 의사들에 대해서도 왈가왈부한 적이 단 한 번도 없었다. 난 조금 불안했다. 짜증이 나는 것도 당연하고 부상을 입은 게 화가 날 수도 있는 일이지만 에이든은 지금까지 항상 뭐랄까… 자신이 겪은 일을 불평하기보다는 *받아들이는* 편이었다. 성격적으로 새로운 면을 보이는 게 기쁜 일인지 걱정스러운 일인지 잘 판단이 서질 않았다.

에이든이 말을 이었다.

"이 새장은 머리가 낫는 동안 내 머리를 고정시켜 주는 장치야. 뇌가 안에서 흔들리거나 하지 않게. 엄마 말씀이 며칠만 있으면 벗겨 낼 거고 이 휠체어에서도 일어날 수 있대. 이렇게 꼼짝 못 하고 앉아 있는 건 질색인데 그건 좋은 소식이지."

"이런 힘든 일을 겪게 해서 정말 미안해, 에이든. 네가 목숨을 걸고 나를 살려 준 걸 얼마나 고마워하는지 알았으면 좋겠어. 넌 놀라울 정도로 용감했어."

"아니면 놀라울 정도로 바보 같았거나 보는 관점에 따라서는 그렇다는 말이야."

나는 머리를 한쪽으로 갸웃했다. 이 또한 에이든의 입에서 나올 거라고는 상상도 못 했던 말이었다. 하지만 지금 누구보다 너그럽게 봐줘야 할 사람이 있다면, 바로 에이든이었다.

내가 물었다.

"너 무슨 생각 하고 있었어?"

"언제?"

"아까 나 들어올 때 책장만 쳐다보고 있던데, 무슨 책을 읽을까 고민하는 사람 같지는 않아서. 뭔지 몰라도 중요한 생각을 하고 있는 것 같던걸."

에이든이 휠체어를 휙 돌려 주방 쪽으로 통하는 문으로 향했다.

나는 에이든을 따라갔다. 내가 휠체어를 밀어 주겠다고 하려다가 말았다. 본능적으로 그러면 안 될 것 같았다. 평소와는 다르게 분위기가 이상한 데다 내가 방해하는 걸 좋아하지 않을 것 같아서였다.

에이든이 어깨 너머로 말했다.

"그 거미."

그러고는 휠체어를 몰고 냉장고 앞으로 가더니 냉장고 문을 열어 초록색 찐득이가 담긴 보온병을 꺼냈다. 아침밥이었다.

"뭐?"

에이든은 식탁으로 가서 뚜껑을 열고 찐득이를 한 입 삼켰다. 나는 눈을 돌리고 싶었지만 꾹 참으며 보고 있었다. 에이든은 그 정도 대접은 받아야 마땅했다.

"캠프에서 봤던 그 황금눈 뜨개 거미."

"정말 신기했지. 메레디스 선생님이 그 거미가 거기 있다는 걸 너 말고는 아무한테도 말하지 말라고 하셨어. 거미줄을 없애려고 하는 아이들도 있을 거라고. 단지 그럴 힘이 있다는 이유로."

"그건 맞는 말씀일 거야. 훌륭하고 실력 있고 이해심도 넘치는 선생님이시잖아? 그런데 난 그게 우리 가족을 상징적으로 담아낸 말 같은데, 애쉬."

"뭐?"

갈수록 대화가 이상해지고 있었다.

"생각해 봐. 그 거미가 지은 집은 아름다웠어. 그 집을 짓는 데 어마어마하게 많은 시간을 투자했겠지. 공학 기술의 경이로움이랄까. 마치 우리 집처럼."

에이든이 양팔을 쫙 펼쳤다.

"상황이 그렇잖아. 그 거미줄이 있는 환경 말이야. 우리가 올바른 각도에서 보지 않으면 그게 거기 있는 줄도 몰랐을걸. 딱 우리 집처럼."

"난 무슨 말인지 이해가 안 돼."

"아니, 생각해 봐. 엄마가 설치했을 게 분명한 모든 보안 장치들이 있잖아. 누구든 이 아름다운 저택의 반경 500미터 안으로만 들어오면 경보가 울리겠지. 밖이 아니라 이 안에서. 그럼 그 침입자들, 우리한테서 뭘 훔쳐 가려는 그 사람들 말이야. 젠장, 설령 그런 생각은 하지도 않고 어쩌다 보니 이 집에 발을 들이게 된 사람들일 수도 있어. 아무튼 그 사람들은 순식간에 체포를 당하든지 아니면 최소한 엄마가 돈을 지불한 경비 업체를 통해 처리가 되겠지. 거미줄하고 비슷한 거야. 너무 가까이 가면 잡힌다."

"에이든, 그건 아니지. 이 집은 거미줄하고는 달라. 아름다운 건 맞아. 하지만 사람을 잡기 위한 덫으로 설계된 집은 아니야."

에이든은 마치 내가 아무런 말도 하지 않은 것처럼 자기 말을 계속했다.

"그리고 그 거미줄의 중심엔 모든 것을 조종하는 암컷 거미가 있어. 그건 엄마야. 중앙에서 막강한 힘으로 모든 것을 지배하지."

에이든이 깔깔거렸다.

"작고 무능한 아빠는 가장자리에서 꼼짝도 못 해. 너무 무서워서 다가오지도 못하고, 아무것도 할 생각이 없어.”

“엄마와 아빠를 그런 식으로 말해선 안 될 것 같은데, 에이든.”

나를 위해 해 준 그 모든 희생을 생각하면 많은 것을 용서할 준비가 되어 있지만, 갈수록 말이 너무 과해지고 있었다. 내가 들었던 것보다 머리 부상이 훨씬 심각한 건 아닐까. 하지만 만약 그렇다면 퇴원을 시켜 줬을 리가 없다. 나는 눈을 감고 억지로라도 침착함을 유지하고 이성적으로 생각하며 이해심을 잃지 않으려고 노력했다.

에이든은 대꾸하지 않았다. 주방에 앉아서 멍하니 먼 곳만 바라보고 있었다. 내 말이 귀에 들어가기는 했으려나.

에이든의 말이 계속되었다.

“한 가지 더 있어. 우리는 바깥세상과는 아무런 관계도 맺지 않고 살잖아. 너무할 정도로! 그 거미줄은 호화롭고도 아름답게 그곳에 존재하지만, 그 주변은 볼품없는 것들뿐이야. 인류라는 이름으로 우리가 저지른 짓 때문에 망가지고 파괴된 자연. 하지만 보기 흉하다고 생각하지 않고 잘 찾아보면 그 속에 숨은 보석도 있을걸.”

“에이든….”

“애슐리, 바깥세상에서 사람들은 고통받고 있어. 그런데 우리는 그걸 전혀 보지 못해. 우리는 아름다운 거미줄 속에서 살고 있잖아. 이 세상밖에 모르지. 우리는 진짜 세상, 보기 흉한 세상과 분명한 거리를 두고 살 수 있을 정도로 부자야. 그러니까 우리는 그런 세상에 불쾌감을 느낄 일도 없는 거지.”

눈에 눈물이 차오르는 게 느껴졌다. 내가 지금 나가지 않으면 점점 상황만 고약해지고 말 것이다. 나는 에이든에게 아무 말도 하지 않았다. 정말이지 에이든의 입에서 나오는 헛소리를 더는 듣고 싶지 않았다. 에이든은 휴식이 필요한 거라고 혼자서 생각했다. 며칠 있으면 정상으로 돌아올 거라고.

그런데 나는 나가지 않았다. 아빠가 밖에서 문을 열고 들어왔기 때문이다. 아빠가 싱크대에서 손을 씻었다.

"잘 잤니, 얘들아."

에이든이 말했다.

"네, 아빠. 태양 돛은 반짝반짝하게 닦였나요?"

아빠가 어깨 너머로 우리를 보고 미소를 지었다.

"최대 효율을 뽐내면서 아름답게 반짝이고 있지. 최소한 청소를 끝낸 절반은. 나머지 절반은 저녁 준비가 끝나면 마무리 지으려고."

에이든이 말했다.

"다른 사람한테 돈을 주고 시켜도 되잖아요."

아빠가 젖은 손을 닦으며 말했다.

"그렇긴 하지. 그래도 난 이 일이 재밌어. 게다가 이런 일도 안 하면 난 뭘 하게?"

"다른 보람된 일?"

그 말에 아빠가 우리 둘을 이상하게 쳐다보았다. 아빠가 천천히 식탁에 앉아 머리를 긁적였다.

한참 침묵이 흐른 끝에 아빠가 제안했다.

"비디오 게임 한 판 할까? 아침 먹고 나서 낼모레가 생일인 너희

두 녀석을 아빠가 완전히 때려눕혀 줄 테니까. 각오 단단히 해."

"좋아요, 아빠."

그 말과 함께 에이든의 얼굴엔 미소가 떠올랐다. 그 미소는 따뜻해 보였고 진심이 담겨 있었다.

"세상에! 설마 내가 생각한 그거 맞아요?"

엄마가 식탁에 상자를 조심스럽게 내려놓았다. 안에서 박박 긁는 소리가 났고 상자가 가볍게 흔들렸다. 상자 양쪽으로 공기 구멍이 뚫려 있고 상자 위에는 커다란 빨간색 리본이 묶여 있었다.

"네가 뭘 생각하는지 엄마가 어떻게 알아?"

엄마가 싱긋 웃고는 덧붙였다.

"엄마를 양해해 주길 바라, 애슐리. 엄마는 오늘 초능력이 좀 떨어지거든."

"내가 생각하는 그거 맞네요, 뭘."

아빠가 말했다.

"그럼 상자를 열어 볼 필요도 없겠네. 그냥 치우자."

그러더니 아빠가 상자를 치우려는 시늉을 했다.

나는 힐긋 에이든을 쳐다보았다. 에이든은 아까보다 훨씬 좋아 보였다. 우리가 비디오 게임에서 네 판을 연달아 아빠를 꺾은 뒤, 한숨 푹 자고 나온 덕분인지 눈이 흥분으로 반짝이고 있었다. 우리 둘 모두에게 참을 수 없는 순간이었다. 당장 그 상자를 열어 보고 싶었지만 기대에 찬 이 순간이 너무 좋아서 좀 더 시간을 끌고 싶기도 했다.

에이든이 말했다.

"네가 열어, 애슐리."

내가 대답했다.

"아니야, 네가 열어. 네가 열었으면 좋겠어."

그래서 에이든이 상자를 열었다. 에이든은 기뻐서 소리를 질렀고 나는 에이든이 상자 안으로 손을 넣는 동안 보고 싶은 마음을 간신히 누르고 있었다. 사실 눈까지 꼭 감고 있었다. 고양이인지 강아지인지 몰라도 이왕이면 강아지이기를 바랐다. *제발 강아지여라. 고양이도 괜찮지만⋯*

"멍!"하고 더없이 사랑스럽게 짖는 소리가 들렸다. 곧바로 눈을 뜬 나는 첫눈에 사랑에 빠졌다. 사실 녀석을 보기도 전부터 사랑에 빠졌다. 털이 복슬복슬한 강아지였다. 퍼그처럼 살짝 들창코인 녀석은 마치 식탁에 윤이라도 내려는 듯 꼬리를 쉴 새 없이 흔들어 댔다. 우리가 지금까지 받은 생일 선물 중에 가장 근사하고, 훌륭하고, 굉장하고, 대단한 선물이었다.

에이든이 말했다.

"너무 예뻐요, 엄마."

에이든은 반짝이는 눈으로 고개를 들었지만, 시선은 곧바로 다시 강아지에게로 향했다. 녀석은 식탁에 앉아 계속 꼬리를 흔들었고 고개를 양쪽으로 갸웃거리며 동그랗고 맑은 갈색 눈동자로 우리를 쳐다보고 있었다. 나는 에이든 옆으로 가서 양손으로 녀석의 털을 쓰다듬고 턱밑을 긁어 주었다. 녀석이 나를 가만히 올려다보았고, 난 그 눈에서 맹세코 사랑을 보았다.

"엄마, 얘 진짜 강아지 맞죠?"

너무 감동해서 목이 멘 소리로 물었다.

그러자 엄마가 깔깔 웃었다.

"당연히 아니지, 애슐리."

엄마가 식탁에 앉아 한 손으로 녀석의 털을 쓰다듬었다.

"반려 동물을 키우는 건 불법인 거 너도 알잖아."

"진짜 개를 키우는 사람들도 있잖아요."

에이든의 말에 엄마가 한 손을 들어 다음 말을 막았다.

"엄마도 알아, 에이든. 그런데 그건 법을 어기는 일이고 우리는 절대 그렇게 하지 않아. 절대! 이 강아지는 진짜보다 더 좋아. 아프지도 않고 죽지도 않아. 적어도 그런 일은 없을 거야."

내가 말했다.

"엄마가 만들었군요."

"그래, 맞아. 녀석은 최첨단이야."

엄마가 강아지의 입을 살짝 벌리자 분홍빛 혀와 작은 이빨이 드러났다. 엄마가 손을 놓자마자 녀석이 재채기를 해서 온 식구가 웃음이 터졌다.

"위험한 환경에서 작동시킬 목적으로 내가 기존에 설계한 인공 지능 기기를 기반으로 해서 만든 녀석이야. 말하자면 전쟁터 같은 곳. 시각 장애인용 안내견으로 판매하거나 기부를 한 경우도 있지만 이 녀석은 달라."

"왜요?"

에이든과 내가 동시에 물었다.

"왜냐하면 그 개들은 진짜 개처럼 느껴지는 면이 없거든. 그럴 필요가 없었지. 미적인 면보다는 기능적인 면을 중심으로 고안이 된 로봇들이니까."

내가 질문을 하려고 입을 여는 순간 엄마가 선수를 쳤다.

"사랑스럽게 보이기보다는 일에 초점을 맞춰서 만들었거든. 물론 안내견의 경우에는 털도 있고 주인을 핥을 수도 있게 만들었지. 기계지만 우정, 심지어 애정이라는 느낌을 주는 게 중요할 때도 있으니까. 시각 장애인 중에는 애정이 귀한 사람도 많아. 그런데 너희 강아지는… 음, 다른 강아지들이 쉽게 할 수 없는 것들을 할 수가 있어."

에이든이 곧바로 물었다.

"이를테면요?"

"습득력. 신세대 인공 지능 알고리즘이 장착되어 있어. 무슨 뜻인가 하면 기본적으로 환경과 상호 작용을 하고 그것을 통해 학습하고 행동을 변화시킨다는 소리지."

그야말로 강의를 하는 분위기였다.

"기계는 잘못해서 불 속으로 들어가면 그냥 계속 타거든. 잘 만든 인공 지능 기계는 두 번 정도는 그렇게 하겠지만 횟수가 반복되면 불은 불쾌한 것이라는 사실을 인식하고 피하는 법을 배우게 돼. 많은 면에서 아기들이 세상을 배우는 것과 같다고 볼 수가 있어. 이 강아지는 그걸 훨씬 더 빠르게 배우게 될 거야."

엄마가 머리를 쓰다듬자 녀석이 짧고 뭉툭한 네 다리로 몸을 일으켰다.

엄마가 우리에게 말했다.

"앉게 만들어 봐."

나는 에이든을 보았고 에이든은 나를 보았다. 에이든이 나에게 해 보라며 고개를 끄덕였다.

"앉아." 하고 내가 말했다. 녀석은 나를 쳐다보며 한쪽으로 고개를 갸웃했다. 하지만 앉지는 않았다. 내가 꼬리 쪽 등을 살짝 누르며 다시 한번 말했다.

"앉아."

그러자 녀석은 하품을 하더니 다른 데로 가 버렸다. 에이든과 나는 깔깔 웃었다.

엄마가 말했다.

"너희가 가르쳐야 해. 녀석은 잘 배울 거야. 엄마를 믿어. 앉고, 구르고, 죽은 척하고, 부르면 달려오고. 진짜 개들이 하는 건 다 할 거야. 시간이 걸릴 뿐이지."

에이든이 물었다.

"말하는 것도 가르칠 수 있나요?"

잠시 침묵이 흘렀고, 곧이어 내가 웃음을 터뜨렸다. 하지만 나 말고는 아무도 웃지 않았다.

에이든이 계속해서 말했다.

"녀석이 인공 지능이라면 꼭 개들이 할 수 있는 것만 하지는 않을 것 같아서요. 뭐든 배울 수 있지 않을까요? 체스도 두고, 그림도 그리고, 말도 하고."

엄마가 깍지 낀 손가락 위로 턱을 괴고 말했다.

"어느 정도는 맞는 말이야, 에이든. 하지만 프로그래밍을 어떻게 하느냐에 따라 다르지. 가장 중요한 건 물리적인 설계야. 이 개는 인간처럼 마주 보는 엄지가 없잖아. 그러니까 그림 그리는 붓을 쥐는 건 둘째치고 체스 말을 옮기기가 아주 힘들겠지. 성대나 소리와 관련된 모든 신체적인 부분 역시 개의 해부학에 그 기반을 두고 있기 때문에 말을 할 수는 없을 거야. 아무리 똑똑해진다고 해도."

엄마가 웃으며 말을 이었다.

"내가 너희들에게 만들어 준 건 강아지야. 체스를 두고 이야기를 나누고 싶으면 누나가 있잖아. 아, 샬럿도 강아지 못지않게 귀엽고 사랑스럽더라."

내가 말했다.

"하하. 아무튼 난 이 강아지가 말하는 건 별로야. 그냥 강아지인 게 좋아."

엄마는 우리 선물에 대해 다른 여러 가지 사실도 알려 주었다. 에너지 수치가 떨어지기 시작하면 충전을 위해 스스로 햇볕이 드는 곳을 찾을 거라고도 했다.

나는 식탁에서 녀석을 들어 올려 조심스럽게 바닥에 내려놓았다. 그 순간 녀석이 내 손을 핥았는데, 나는 너무 좋아서 감정을 숨길 수가 없었다.

내가 엄마에게 물었다.

"이름은 뭐예요?"

"이 강아지는 너희에게 주는 선물이야. 에이든하고 같이 잘 생각해서 이름을 지어 줘."

에이든이 물었다.

"만드는 데 돈이 많이 들었나요?"

엄마가 입술을 앙다물고 고개를 저었다.

"나는 말 안 할래. 말하기 싫어서가 아니야. 이 강아지를 제작하는 데 얼마가 들었는지 몇 달러 몇 센트까지 난 당연히 알지만."

엄마가 잠시 머뭇거리다 입을 뗐다.

"그 액수를 말하고 싶지 않아서 그래. 들으면 너희 아빠 까무러칠걸. 나도 기절초풍할 정도였으니까."

나는 몰라도 좋았다. 상관없었다. 녀석은 돈으로 환산할 수 없는 멋진 선물이었다.

8
에이든, 무슨 생각 해?

"어머나. 너무 귀엽다. 이름이 뭐야?"

샬럿이 탄성을 터뜨렸다.

"쾌걸 조로. 줄여서 조로라고 불러."

"희한한 이름이네."

에이든이 제안한 이름이었다. 양쪽 눈 위에 검은 무늬가 있고 등에는 회색 털과 검은 털이 섞인 얼룩덜룩한 지그재그 무늬가 있다는 이유에서였다. 에이든에 따르면 조로는 옛날 소설 속 주인공의 이름으로, 일종의 슈퍼히어로다. 항상 가면을 쓰고 다니고 검으로 알파벳 Z를 그었다. 자신을 표현하는 하나의 상징인 셈이었다.

조로가 자기 이름을 알아듣는 데는 하루밖에 걸리지 않았다. 폴짝거리며 쳐다보는 모습이 얼마나 귀여운지 모른다. 조로는 명령어를 듣고 앉기도 했다. 물론 기분이 내키지 않으면 말을 안 듣고 제 맘대로 까불기도 했다. 오히려 난 그게 더 신기했다. 딱 진짜 강아지가 할 법한 행동이었다. 사람인 나도 누가 시키면 싫을 때가 있는데 강아지라고 그러지 말란 법은 없다.

샬럿이 물었다.

"어떻게 움직여?"

"조로 털 보여? 한 가닥 한 가닥이 아주 작은 광섬유 케이블이야. 다 합치면 엄청난 태양 전지판 역할을 하는 셈이지."

샬럿은 샘이 난 얼굴이었다. 누군들 샘이 나지 않을까? 평소 같으면 샬럿이 내 걸 보고 샘을 내는 게 흐뭇하기도 했겠지만 오늘은 왠지 그런 게 중요하지 않은 것 같았다. 캠프장 사건 이후 샬럿을 본 건 오늘이 처음이었다. 물론 화상 통화는 많이 했었다. 한번은 통화 중에 우리가 항의했던 다이슨 씨 사건이 어떻게 처리됐는지 아는지 내가 물은 적이 있었다. 샬럿은 바위에 묶인 나를 구하려고 물에 뛰어든 다이슨 씨를 보고 그 일을 다시 생각해 보았다면서 메레디스 선생님에게 굳이 처리 결과를 확인할 마음은 없다고 했다. 선생님은 보나 마나 아무 조치도 취하지 않았을 것이고, 난 그냥 없던 일로 하자며 어렵지 않게 샬럿을 설득할 수 있었다. 덕분에 마음이 한결 가벼워졌다.

우리는 수영장에 갈 때도 조로를 데려갔다. 자랑하려는 마음도 없진 않았지만 무엇보다 조로가 너무 귀여워서였다. 조로는 에이든의 침대에서 이틀 밤을 잤다. 공처럼 몸을 동그랗게 말고. 에이든이 그동안 겪은 일을 생각하면 나도 조로를 데리고 자고 싶다는 말을 차마 꺼낼 수가 없었다. 몸이 더 나아지면 에이든이 다시 우리 방으로 돌아오지 않을까 기대하는 마음도 남아 있었다. 그렇게 되면 조로는 우리 둘이 함께 데리고 잘 수가 있겠지.

엄마는 무리하지 않는다는 조건으로 내게 수영을 허락했고, 조로가 수영을 해서는 안 될 이유도 없다고 했다.

"완전 방수야. 아무리 못 해도 100미터 정도는 가능해. 그 이상은 굳이 시키지 않겠지만."

그래서 조로는 샬럿과 내가 물속을 떠다니고, 둥둥 떠 있고, 또 헤엄을 치는 동안 수영장 옆을 위아래로 뛰어다녔다. 자기도 같이 하고 싶으니 허락해 달라는 듯 한 번씩 "앙앙!" 우리를 보고 짖기도 했다.

내가 짝짝 박수를 치며 말했다.

"그럼 들어와. 뛰어들어, 이 바보야."

그랬더니 조로가 물로 뛰어들었다. 정말 놀라웠다. 조로는 제자리에서 빙빙 도는가 싶더니 다음 순간 물속으로 서슴없이 뛰어들었다. 조로의 몸이 수면에 닿는 순간 샬럿과 나는 폭소를 터뜨리며 소리를 질렀다. 그러다 조로가 돌덩이처럼 가라앉자 우리는 웃음을 뚝 그쳤다.

"맙소사."

나는 당장 물속으로 잠수했다. 예상은 했지만 조로가 빠르게 깊은 곳으로 내려간 상태라 바닥까지 잠수해야 해서 좀 힘이 들었다. 막상 내려가 보니 조로는 타일 바닥에 앉아 아무렇지 않게 나를 올려다보고 있었다. 그 모습이 너무 우스워서 하마터면 웃음이 터질 뻔했지만, 수영장 밑바닥에서 웃는 건 썩 현명한 행동은 아닐 듯싶었다. 나는 녀석을 안고 간신히 물 밖으로 나와 캑캑거리며 물을 뱉어 냈다. 물에 젖은 녀석의 몸뚱이는 벽돌처럼 무거웠다. 수영장 끝에 내려놓았더니 조로는 물을 뚝뚝 흘리면서도 눈만 깜빡이며 가만히 서 있었다.

내가 말했다.

"몸을 털어야지. 원래 젖은 개는 그러는 거야. 알아서 몸을 터는 거라고."

그런데도 조로는 몸을 터는 대신 계속 물을 뚝뚝 흘리고만 있었다. 샬럿과 나는 그 모습이 우스워 다시 까르르 웃어 댔다. 앞으로 몇 달 동안 나와 에이든이 가르칠 게 많을 것 같았다. 물론 수영 선생님은 내가 해야 할 거고.

❄

우리의 생일날 저녁 식탁은 아주 근사했다. 아빠는 시내로 나가서 강아지 모양 케이크를 사 왔다. 케이크 한쪽에는 조로의 Z 무늬까지 장식되어 있고 척추를 따라 열세 개의 초가 꽂혀 있었다. 에이든과 내가 동시에 촛불을 끄자 아빠가 직접 케이크를 잘랐다. 엄마는 아직 퇴근 전이었고, 온다고 하더라도 한밤중이나 될 것 같다고 했다. 엄마는 아예 사무실에서 잘 때도 있었다.

에이든은 우리가 먹는 모습을 지켜보기만 했다. 어떻게 매년 생일날마다 저렇게 보고만 있을까. 케이크가 얼마나 맛있는데. 그런데 사람이란 익숙해지기 마련인가 보다.

케이크를 먹고 나서 샬럿이 선물을 주었다. 우리 둘에게 똑같은 선물을 주었는데 아주 센스 있는 선물이었다. 바로 태블릿용 홀로그램 앱이었다. 우리 태블릿에도 비슷한 앱이 있긴 했지만, 오류가 있어서 화상이 거칠고 대화 상대가 느닷없이 사라져 버리기도 했다. 샬럿이 준 앱은 훌륭했다. 나는 태블릿을 방으로 가져와 아빠에게 전화를 걸어 보았다. 아빠는 아직 주방을 치우는 중이었지만, 전화를 받자마자 내 침대보 위로 아빠가 나타났다. 정말 실물과 똑같은 데다 너무 입체적이라 누르면 쓰러지는지 손으로 배를 쿡 찔러보고 싶은 충동을 참을 수가 없었다. 실패였다. 아빠가 쓰러지는 대신 내 손가락만 홀로그램 속으로 사라졌다. 진짜 재밌었다.

샬럿과 나는 자정이 되도록 수다를 떨었다. 학교 얘기도 하고 내가 결석한 동안 우리 반에서 있었던 일도(별일은 없는 것 같았지만) 이야기했지만, 캠프 이야기가 주를 이뤘다. 겁을 먹고 먼저 집에 가자고 우긴 건 아이들이었지만, 막상 일정이 모두 취소되자 다들 실망이 컸던 것 같다. 샬럿은 승마를 못 하고 와서 화가 나 있었다.

"난 옛날부터 말을 타고 싶었단 말이야. 그래서 캠프 끝나고 와서 엄마, 아빠한테 승마장에 데려가준다는 약속을 받아 냈어. 시드니 반대편으로 조랑말 승마장이 하나 있는데 엄청 비싸고 대기가 만만치 않대. 다음 월요일에 학교 끝나고 아빠하고 같이 가 보기로 했어. 너도 같이 가면 좋겠다, 애쉬. 너만 좋다면 우리 집에서 자고 가도 돼."

"좋지."

사실 나는 승마는 잘 모르겠다. 원래 꼭 한번 타고 싶었는데 생각이 좀 바뀌었다. 내가 본 영화에서는 말 위에 올라앉으면 떨어지는 데만 한참이 걸리고 착지도 힘들었다. 게다가 말은 머리나 엉덩이나 다 위험해 보였다. 생각 좀 해 봐야 할 문제였다.

샬럿이 말했다.

"그런데 우리 집은 너희 집하고는 비교도 안 돼."

나를 초대한 걸 후회라도 하는 사람처럼 샬럿의 입이 일그러졌다. 샬럿이 무슨 생각을 하고 있는지 잘 알았다. 창피할까 봐 걱정인 것 같았다. 우리 집과 상대가 될 만한 집은 없으니 당연했다.

"우리 집엔 수영장 같은 것도 없고…."

"너희 집도 멋지겠지."

솔직히 그럴 것 같지는 않았다. 하지만 내 말을 듣고 샬럿은 안도한 듯 생긋 웃었다. 중요한 건 그것이었다.

우리는 웃으며 장난도 치고 친구들 흉도 보고 수다도 떨었다. 그러다 결국 둘 다 비몽사몽 중에 점점 알아들을 수 없는 말을 주고받다가 스르륵 잠이 들었다.

❋

새벽 2시 반에 왜 잠이 깼을까. 무슨 소리를 듣고 놀라서였는지도 모르겠다. 어둠 속에 누워 귀를 기울여 봤지만 들리는 소리는 없었다. 더욱 귀를 곤두세워 보아도 서늘해진 밤공기에 건물이 휘거나 뒤틀리며 내는 삐걱거리고 끼익거리는 평범한 소리조차 들리지 않았다.

그때 샬럿이 자다가 방귀를 뀌었다. 소리가 아주 크지는 않았지만, 꼭 피리 음처럼 높은 소리가 나서 웃음이 빵 터질 것 같았다. 그래서 최대한 웃음을 꾹 참고 침대에서 내려왔다. 어떻게든 웃지 않으려고 안간힘을 쓴 데다 몸속에 점점 그 압력이 쌓이고 있어서 빨리 웃음을 토해 내지 않으면 큰일 날 것 같았다. 순간 샬럿도 그렇게 참다 참다 방귀가 터졌나 보다 하는 생각이 들었고, 그 생각에 더욱 웃음이 터질 것 같았다. 참다못해 웃음이 코를 타고 터져 나오려는 찰나, 간신히 방을 빠져나와 문을 닫음과 동시에 내뱉듯 웃음을 터뜨렸다. 거의 오열 직전이었다.

웃음이 잦아들 즈음, 에이든의 방에 불이 켜져 있길래 방문을 살짝 두드려 보았지만 아무런 응답이 없었다. 불을 켜 놓고 자나? 살며시 들어가서 불을 꺼 주는 것도 좋을 것 같았다. 태양 돛으로 생산한 엄청난 양의 에너지를 대량의 전지에 저장해 두고는 있지만 엄마, 아빠는 틈만 나면 에너지 절약을 강조했다. 그런데 솔직히 그건 하나의 구실에 불과했다. 조로가 에이든 방 침대에서 자고 있었고 조로를 안아 줄 절호의 기회를 도저히 참을 수가 없었다.

그런데 에이든은 깨어 있었다. 두개골에 여전히 이상한 장치를 쓴 채로 휠체어에 앉아 있었다. 내일 오전에 그 장치를 빼러 병원에 가기로 했다. 또 모든 치료가 끝나면 휠체어를 두고 대기 중인 차로 걸어가도 좋다는 약속도 받았다. 내 마음도 이런데 에이든은 그 순간이 얼마나 기대가 될까. 에이든은 눈을 뜨고 있었는데, 두 눈이 벽에 고정되어 있었다. 내가 들어가도 시선을 돌리지 않았다.

나는 에이든을 불렀다.

"뭐 해, 에이든?"

에이든이 천천히 고개를 돌려 나를 마주 보며 옅은 미소를 지었지만, 그 미소마저 이내 희미해졌다.

내가 다시 물었다.

"잠이 안 와?"

"생각 좀 하느라."

나는 에이든의 침대 끝에 걸터앉았다. 조로가 몸을 부르르 떨며 베개 더미에서 동그랗게 말았던 몸을 쭉 폈다. 내가 털을 쓰다듬자 조로는 배를 보이고 누웠다. 에이든이 조로에게 배 긁어 주기를 가르친 걸 알고 있었다.

"무슨 생각?"

"별별 생각."

"예를 들면?"

"기계를 사랑하는 건 가능할까?"

"뭐?"

에이든이 오른쪽 눈 밑을 긁었다. 머리에 쓴 장치 때문에 시원하게 긁지도 못했다.

"새로운 최신 앱이 깔린 네 태블릿. 넌 그걸 사랑한다고 말할래?"

이상한 질문이어서 나는 곧바로 답하지 않았다. 에이든이 이 문제를 몇 시간이고 생각하고 있었다면 내가 즉석에서 생각나는 대로 내놓는 대답을 좋아할 리 없었다.

이윽고 내가 말했다.

"난 사랑해. 나를 행복하게 만들어 주잖아. 나에게 그런 감정을 갖게 해 준다면 사랑스럽지 않을 이유가 있어?"

"엄마와 아빠만큼 사랑스러워? 나만큼 사랑스러워?"

"아니. 당연히 아니지. 우리는 가족이잖아. 살아 있는 인간이고. 내 태블릿은 그렇지가 않잖아."

"내가 말하고자 하는 게 바로 그거야."

에이든은 내가 정말로 결정적인 화두를 건드리기라도 한 것처럼 갑자기 활기가 돌았다.

"살아 있는 인간이라는 게 왜 그렇게 중요해?"

나는 이마를 문지르고 반박을 해 보려고 했지만 그건 중요치 않았다. 에이든은 이제 완전히 속사포처럼 말을 쏟아 내고 있었다.

"난 이미 조로를 사랑한다고 말할 수 있어. 조로는 귀엽고 충성심도 있고 우습기도 하고… 그냥 너무 좋아. 그런데 조로는 기계야. 사실, 기본적으로 조로는 전선과 도체와 알고리즘의 집합체일 뿐이잖아. 전선 그 자체나 도체를 사랑할 수는 없어. 알고리즘을 사랑할 수는 없지만 그걸 다 합쳐 놓으면 나는 그걸 사랑할 수 있어. 엄마가 만든 조로처럼 말이야. 그러니까 내가 태양 돛을 사랑하지 못할 이유가 뭐야?"

"왜냐하면 그건 살아 있는 것 같지가 않으니까."

"바로 그거야."

에이든은 너무 열정적이었고 나는 묘하게 기뻤다. 마치 내가 몹시 어려운 시험에서 선생님에게 정답을 말한 학생이라도 된 기분이었다.

"살아 있는 모습. 나는 튜링을 생각하고 있었어."

"누구?"

"앨런 튜링. 태블릿에서 찾아봐. 옛날 컴퓨터 학자인데, 컴퓨터를 제일 처음 생각한 사람 중 한 명이야. 기계가 실제로 생각을 할 수 있는지를 알아내기 위한 테스트를 고안해 냈어."

에이든은 기억을 모으고 생각을 가다듬기라도 하는 사람처럼 먼 곳을 응시했다. 나는 잠자코 기다렸다.

"튜링은 일종의 게임을 제안했어. 조사관 한 명을 컴퓨터가 있는 방 하나에 두는 거야. 그 컴퓨터는 두 개의 다른 방과 연결되어 있는데 그 두 방에도 컴퓨터가 있어. 한 방엔 사람이 있지만, 다른 방에는 컴퓨터와 그 컴퓨터를 작동시키는 코드만 있어. 조사관이 그 두 방에 질문을 시작해. 한 방에서는 사람이 그 질문에 대한 답을 입력하겠지만 다른 방에서는 컴퓨터가 답을 하는 거야. 만약 조사관이 아무리 많은 질문을 해도 어떤 게 인간이 한 대답이고 어떤 게 기계가 한 대답인지 구분할 수가 없다면, 그건 무슨 뜻일까?"

나는 이 말을 차근차근 따져 보려고 했지만 쉽지가 않았다.

마침내 내가 대답을 했다.

"그건 컴퓨터가 생각할 수 있다는 뜻은 아니야. 컴퓨터가 인간을 잘 흉내 낼 수 있다는 뜻이겠지."

"하지만 만약 인간을 너무 잘 흉내 내서 아무도 그 차이를 구분할 수가 없다면 그 컴퓨터는 *인간이 되는 거잖아*, 안 그래?"

"어…."

"아니, 어쩌면 사람의 마음이라는 건 사랑과 같은 감정을 만들어 내도록 프로그램된 극히 정교한 컴퓨터와 다를 게 없는 건지도 몰라. 그럴 수도 있어. 그렇지 않을까? 우리는 여태 엉뚱한 질문을 하고 있었던 거야. '기계는 사람이 될 수 있을까?'가 아니라 '인간은 새로운 유형의 기계인 건 아닐까?'라는 질문이 되어야지. 만약 그렇다면 우리는 기계를 사랑할 수 있고 기계도 우리를 사랑할 수가 있어. 우리가 살아 있는 것과 똑같이 기계도 살아 있는 거야. 물론 존 설이라는 학자는 '중국어 방 사고 실험'*으로 반론하기도 했지만…."

나는 한 손을 들어 에이든의 말을 잘랐다.

"에이든, 내 두뇌, 아니 내 머릿속 컴퓨터인지 뭔지가 지금 너무 아파. 그리고 정말 피곤해. 그 이야기는 나중에 하자. 나는 자러 가야겠어."

그러고는 조로의 턱밑을 살살 문지르자, 조로가 내 손을 핥았다.

내가 말했다.

---

* 미국의 철학자 존 설(John Searl)이 튜링 테스트에 대한 반론으로 인공 지능을 비판하기 위해 고안한 사고 실험이다. 존 설은 인공 지능이 아무리 뛰어나더라도 그건 입출력에 따라 작동하는 정보 처리 과정일 뿐이지 인간처럼 독자적인 사유나 이해를 하는 것은 아님을 주장한다.

"사랑해, 강아지. 그리고 너도, 동생아."

에이든은 미소를 지었다.

내가 문 앞에 이르렀을 즈음 에이든이 다시 말했다.

"내가 생각 중이던 게 하나 더 있어, 애쉬. 공원에서 만난 그 여자애, 제나."

"제나가 뭐?"

"제나하고 다시 이야기해 보고 싶어."

그 말이 나를 우뚝 멈춰 세웠다. 나 역시 이따금 제나를 생각했고, 에이든의 입에서 제나와 이야기를 해 보고 싶다는 말이 나온 순간, 나 역시 그걸 원하고 있었다는 걸 알았다. 하지만 그건 불가능한 일이었기 때문에, 그 소망이 구체적으로 모습을 갖추는 걸 마음속으로 용납하지 않았을 뿐이다.

"왜?"

"나에게 답이 필요한 다른 질문들에 제나가 답을 줄 것 같아서."

"예를 들면?"

하지만 에이든은 다시 혼자만의 생각으로 빠져들었고 내 말을 듣지 못한 것 같았다.

❁

그 이튿날 에이든은 거의 하루를 꼬박 병원에서 보냈지만 집으로 돌아왔을 땐 훨씬 기분이 좋아 보였다. 머리에 썼던 장치는 사라지고 없었고 오른 다리를 살짝 저는 것 같긴 해도 일어나 걷고 있었다. 아빠는 한 시간이라는 시간제한을 두고서 우리 둘 다 수영을 해도 좋다고 허락했다. 무엇보다 좋은 건, 우리 둘 다 월요일에는 다시 학교에 나가도 좋다는 승낙이 떨어졌다는 사실이다. 그 말은 사흘만 지나면 드디어 해방이라는 소리이기도 했다.

조로는 수영 실력이 조금 늘었다. 에이든과 내가 번갈아 가며 물속에서 한 손으로 조로의 배를 받친 채 헤엄치는 연습을 하게 했다. 네 다리 모두 잘 움직이는 걸 보고 배를 받쳤던 손을 떼었더니 조로는 2미터 정도 헤엄을 치다 다시 벽돌처럼 가라앉았다. 그때마다 에이든이 물속으로 들어가 조로를 데리고 나왔다. 사실 난 바닥까지 내려가면 숨이 찼는데 에이든이 잠수하는 걸 보면 아주 쉬워 보였다.

우리는 수영장 한쪽에서 휴식을 취했다. 아빠는 한 시간이라는 규칙을 까맣게 잊은 눈치였지만 굳이 알려 줄 생각은 없었다.

내가 에이든의 어깨에 한 팔을 두르고 물었다.

"다시 우리 방으로 돌아올 준비 됐어?"

"별로."

에이든은 대답을 주저하지도 않았다. 벽을 박차고 나간 에이든이 1미터쯤 떨어진 위치에서 등을 대고 누워 천장을 응시하며 말했다.

"난 내 방이 있는 게 좋아. 타인과 공유할 필요가 없는 곳이라는 느낌이랄까? 엄마, 아빠한테 말했더니 지금 내 방에 있어도 좋대."

몸을 똑바로 세운 에이든이 다리를 가위 모양으로 교차시키는 선혜엄을 치면서 나를 쳐다보았다.

"기분 나쁘게 듣지는 마, 애쉬. 너도 나하고 한방을 쓰는 게 늘 불만이었잖아. 게다가 까놓고 말해서 우리 열세 살이야. 어둠이 무서운 꼬맹이들은 아니잖아."

나는 최대한 명랑한 목소리로 대꾸했다.

"네 말이 맞아. 한방을 쓰기에는 너무 나이가 많지."

그러고는 에이든의 얼굴에 물을 뿌리며 한 마디를 덧붙였다.

"너도 싫고."

"어젯밤에는 나 사랑한다며."

"그건 네가 아프고 휠체어에서 꼼짝 못 할 때 얘기지. 네가 안쓰러웠으니까."

에이든도 나에게 물을 뿌렸고, 그와 동시에 물싸움이 시작되면서 우리 둘 다 웃음을 터뜨렸다.

그런데 그날 밤 잠자리에 들 생각을 하자 나는 좀 쓸쓸한 기분이 들었다. 왠지 모르게 그랬다.

9
보안 장치

다음 월요일에 교실로 들어가자 반 친구들이 우리를 뜨거운 박수로 맞아 주었다. 이번에는 관심을 한 몸에 받아도 창피하지 않았다. 샬럿 옆에 앉기 전에 살짝 고개를 숙여 인사까지 했다.

메레디스 선생님이 말했다.

"돌아온 걸 환영한다. 그동안 보고 싶었다, 애슐리 델라투어, 에이든 델라투어. 다시 함께하게 돼서 정말 기쁘구나. 쉬는 시간에 선생님한테 오렴. 그동안 놓친 부분을 알려 줄 테니. 자, 그럼!"

선생님이 양손을 모아 박수를 쳤다.

"여러분, 1932년 유럽 대기근에 대해 배울 시간입니다. 각자 태블릿에 잘 메모해 두고 모두 집중…."

❀

샬럿의 아빠가 방과 후에 우리를 태우러 왔다. 에이든을 태우러 온 아빠가 잠옷과 세면도구가 든 작은 가방을 나에게 건네주었다.

나는 샬럿네 집에서 잘 생각에 신이 났다. 물론 우리 집이 좋지만 가끔은 색다른 경험을 해 보고 싶을 때가 있다. 그래서 요즘 부쩍 제나 생각이 많이 났었나?

샬럿의 아빠는 키가 작았는데, 어딘가 불안하고 안절부절못하는 분위기를 풍겼다. 나와 인사를 나누고 악수를 하면서도 1초 이상 눈을 맞추지 못했다. 무언가 중요한 대상이나 사람을 놓칠까 봐 걱정인 사람처럼 사방으로 시선이 흩어졌다. 손바닥도 얼마나 축축한지 아저씨와 악수를 풀고 원피스 뒤에 손을 닦아야 했다.

출발하고 1분쯤 지났을까, 아저씨가 샬럿에게 어깨 너머로 알렸다.

"승마 클럽은 연기해야 할 것 같다. 일이 좀 생겼어."

"에이, 아빠! 약속했잖아요."

"안다, 알아."

아저씨가 손가락으로 핸들을 톡톡 쳤다.

"직원 하나가 아파서 못 온다고 전화가 왔는데 오늘 오후에 행사가 있어. 중요한 행사야. 아빠가 그 직원 대신 가야 해."

"그래도…."

"샬럿, 우리는 형편상…."

아저씨의 목소리는 단호했다. 아저씨가 백미러로 우리 쪽을 힐긋 보고는 한층 침착해진 말투로 말을 이었다.

"그 얘긴 나중에 하자. 알겠지? 아빠가 괜한 말 하는 사람은 아니잖아. 거기 사람들을 잘 사귀어 두면 앞으로 큰 도움이 된단다. 나중에 꼭 데려간다고 약속하마. 오늘 못 가는 것뿐이야."

순간 아저씨와 내 눈이 마주쳤다.

"실망시켜서 미안하다, 애슐리."

"괜찮아요. 저는 샬럿과 노는 것만으로도 기뻐요."

그건 사실이었지만 아저씨는 내 말을 믿지 않는 눈치였다. 다시 날을 잡게 되면 나를 꼭 데려가겠다고 약속을 했기 때문이다. 샬럿도 나와 똑같이 실망한 마음이라는 듯 내 손을 꼭 잡았다. 나는 실망하지 않았다는 말은 하지 않았다.

샬럿의 집까지는 20분 남짓 걸렸는데 시드니에서 처음 본 지역을 통과했다. 가는 길에 불타서 잿더미가 된 집들과 공원 부지들도 보였는데 오후 햇살 속에 을씨년스러운 분위기마저 풍겼다. 보기만 해도 우울했지만 이런 내 마음에 피난처를 제공하기라도 하듯 멀리 주택 단지가 모습을 드러내자 마음이 놓였다. 아저씨가 계기판의 단추 하나를 눌렀다. 우리가 탄 차가 다가가자 정문이 저절로 열렸다가 우리가 통과하자 다시 닫혔다.

주택 단지 자체는 깔끔하게 정돈된 모습이었고 확실히 관리도 잘 되어 있었다. 앞쪽엔 정원이 잘 꾸며져 있고 간간이 길을 걷는 사람들도 눈에 띄었다. 우리가 지나가자 사람들이 차를 향해 손을 흔들었다. 샬럿의 집은 주택 단지 중앙 부근에 있었는데, 우리가 지나온 다른 집들보다 훨씬 더 컸다. 샬럿의 집에만 별도로 울타리가 둘러 있는 점도 다른 집과는 달랐다. 아저씨가 단추 하나를 누르자 차가 들어갈 수 있게 울타리 일부가 미끄러지듯 옆으로 움직였다.

샬럿이 말했다.

"우리 집에 온 걸 환영해."

"멋지다."

다른 집들과는 떨어진 단독 주택으로 증축한 건물처럼 보였다. 건물 한쪽에 유리 온실이 보였던 것 같은데 차를 몰고 현관 쪽으로 올라가자 시야 밖으로 사라졌다. 차 문이 활짝 열리자 샬럿과 내가 차에서 내렸다.

아저씨가 운전석 창을 통해 말했다.

"아빠는 저녁 먹는 시간에 맞춰 오마. 8시 정각이다."

"네."

"까먹은 시간은 보충하라고 했던 말 잊지 말고. 무슨 말인지 알지, 샬럿?"

샬럿이 대꾸했다.

"당연하죠, 아빠."

차는 다시 우리가 왔던 길을 되짚어갔다.

내가 물었다.

"아저씨는 일이 많으신가 봐?"

샬럿의 입이 일그러졌다.

"일이 많냐고? 아니. 많은 정도가 아니라 일만 해. 맨날맨날. 심지어 집에서도 일해. 자면서도 일하고."

나는 웃었지만, 샬럿은 웃지도 않았다.

샬럿의 방은 작아도 예쁘게 꾸며져 있었다. 창문 쪽으로 퀸사이즈 침대가 놓여 있고 벽에는 소파 하나가 붙어 있었다. 우리 둘이 한 침대를 써야 한다고 샬럿이 미리 귀띔해 주었지만 난 그건 상관없었다. 샬럿이 방귀만 뀌지 않는다면야.

전체적으로 공부를 목적으로 만들어진 방이었다. 큰 책상이 제일 긴 벽을 차지했고 책상 위에는 필기구와 옛날 책 몇 권이 놓여 있었다. 벽에는 독립형 태블릿이 붙박이로 설치되어 있었다. 태블릿 위에 있는 커다란 문구가 눈에 띄었다.

승자는 열심히 하는 것을 당연하게 받아들인다. 패자는 그것을 형벌로 여긴다. 바로 이것이 승자와 패자의 차이다. 바로 밑으로 '루 홀츠'라는 이름이 보였다.

내가 샬럿에게 물었다.

"저 사람이 누군데?"

"미국 미식축구 코치이자 20세기 스포츠계의 우상이래. 동기 부여와 관련된 명언으로 유명해."

나는 감명받은 얼굴을 하려고 노력했지만 성공적이었는지는 모르겠다.

"네 방 정말 좋다."

샬럿의 방은 정말 좋았다. 내 방은 이 방보다 세 배는 더 크고 침대도 내 것이 훨씬 더 컸지만 샬럿의 방은 뭐랄까… 아늑했다.

나는 침대에 누웠고 샬럿은 소파를 차지했다. 나는 머리 뒤로 깍지를 끼고 천장에 붙은 또 다른 문구를 읽어 보았다. *미래를 예측하*

는 *가장 좋은 방법은 직접 만드는 것이다.* 에이브러햄 링컨이라는 사람의 말이었다. 이 집은 이런 문구가 왜 이렇게 많지? 샬럿에게 물어보려다가 그냥 넘어가기로 했다.

내가 말했다.

"난 에이든이 좀 걱정돼."

"뭐가?"

나는 샬럿에게 최근 에이든이 이상하게 굴었던 부분들을 이야기했다. 혼자서 많은 시간을 보내려고 한다는 점과 그중 많은 시간을 허공만 바라보고 있는데 보아하니 생각에 빠진 것 같다는 말도 했다. 샬럿이 자고 갔던 날 밤 에이든의 방에서 우리가 나눈 이상한 대화도 요약해서 말해 주었다. 에이든이 나한테만 집중하지 않고 혼자만의 세계에 빠져 있는 것 같아서 걱정이 된다는 말은 뺐다. 예전엔 에이든이 나를 너무 챙겨서 불만이었는데 지금은 나를 너무 안 챙기는 게 불만이었다. 나야말로 혼자 생각 좀 해 봐야 할까? 나 자신을 진지하게 되돌아봐야 할 것 같기도 했다.

내 말이 끝나자 샬럿이 말했다.

"사춘기야."

"뭐?"

샬럿이 다시 한번 말했다.

"사춘기라고. 설마 사춘기가 뭔지 모르는 건 아니겠지, 애슐리?"

당연히 사춘기가 뭔지는 나도 안다. 나나 다른 누군가한테 사춘기가 올 거라는 생각을 한 번도 해 보지 않았을 뿐이다. 어쩌면 에이든과 나는 영원한 아이로 머물러 있을 줄 알았던 건지도 모르겠다.

"사춘기란 소년, 소녀 모두 부모가 될 준비를 하고 아이에서 어른이 되는 과정의 시작으로…."

"그래, 샬럿, 나도 알아…."

하지만 샬럿보다는 손을 내밀고 미친 듯이 달리는 트럭을 멈춰 세우는 게 쉬울 것 같았다.

"이 모든 것은 시상 하부에서 사춘기가 시작될 때 분비되는 생식샘 자극 호르몬 분비 호르몬으로부터 시작된다. 그 생식샘 자극 호르몬 분비 호르몬이 뇌 속의 완두콩만 한 기관인 뇌하수체에 닿으면 콰광, 연쇄 반응이 시작된다."

"알았어…."

"남성과 여성 모두에게서 두 개의 호르몬이 더 분비된다. 황체 형성 호르몬과 모낭 자극 호르몬이다. 이들 호르몬은 신체에 작용하게 되는데, 남자아이의 경우에는 고환으로 가서…."

"제발, 샬럿…."

"…테스토스테론을 생성한다. 반면 여자아이의 경우에는 난소로 가서 에스트로겐을 생성하도록 자극한다. 물론 이 모든 호르몬은 남녀의 신체에 극적인 변화를 일으킨다."

"샬럿, 넌 이런 걸 다 어떻게 알아? 넌 걸어 다니는 교과서 같아."

판에 박힌 말로 샬럿을 막으려 해 봐야 헛수고일 것 같아서 샬럿의 자만심에 호소해 보기로 했다. 효과가 있었다.

샬럿이 말했다.

"공부."

샬럿이 내 머리 위 문구를 가리키며 덧붙였다.

"공부가 내 미래를 만드는 유일한 길이야."

"그렇구나."

그보다 다른 게 훨씬 중요하지 않나? 예를 들면 음식이나 호흡 같은 거. 하지만 그 생각은 혼자서만 하기로 했다.

"그러니까 넌 이 호르몬들이 에이든을 혼란스럽게 만든다는 거야? 에이든의 사춘기가 시작되었다고?"

샬럿이 상당한 만족감을 표하며 말했다.

"그게 나의 진단이야. 호르몬은 신체 기능뿐만 아니라 감정에 대혼란을 일으켜. 기분이 안 좋아지거나 우울해지고, 완전히 예측 불가가 되기도 해. 부모들 입장에서는 자기 아이가 무슨 괴물로 변해버렸다고 생각하는 경우도 많고…."

순간 멍해졌다. 에이든이 사춘기가 시작되었다고? 그 시작점이 하필 우리의 열세 살 생일과 아주 정확히 들어맞는다는 게 우연의 일치 같기는 해도 일리가 있는 말이었다. 나는 나의 감정을 떠올려 보고 내 몸에 대해서도 곰곰이 생각해 보았지만 그 어떤 변화도 감지할 수가 없었다. 어쩌면 나도, 샬럿이 뭐랬더라? 생식샘 무슨 호르몬? 아무튼 그 호르몬이 나에게도 생겨나는 중이고 내일 아침에 일어나면 온몸이 털투성이에 불만투성이가 되어 있을지도 모른다. 생각만 해도 골치가 아팠다.

아저씨, 그러니까 샬럿의 아빠는 저녁 식사 자리에 나타나지 않았다. 사실 아저씨를 다시 만난 건 이튿날 아침 우리를 학교에 태워다 주려고 왔을 때였다. 그래서 그날 저녁, 8시 정각에 우리끼리 가짜 닭고기 조각을 곁들인 흐물흐물한 샐러드를 먹었다. 아줌마도 식탁에 앉지 않았다. 우리 앞에 놓인 접시에 음식을 놓고는 나를 보고 초조한 웃음을 짓더니 어딘가로 바삐 사라졌다. 샬럿을 포함해서 그 집 식구들은 하나같이 바쁘다는 걸 뒤늦게 깨달았다. 아저씨를 두고 한 샬럿의 말은 농담이 아니었다. 정말로 이 가족은 자면서도 일을 할 수도 있을 것 같았다.

그날 밤 침대에 누워 잠을 청하는 동시에 몰려오는 잠을 쫓아내려고 노력하던 와중에 내가 샬럿에게 그 이야기를 꺼냈다. 샬럿의 방은 바로 현관 위였는데, 나는 그때까지도 아저씨 차가 돌아오는 소리를 듣지 못했다.

"샬럿, 아저씨는 뭐 하는 분이셔?"

"보안 책임자야. 우리가 사는 이 단지, 여기 사는 가족들은 대부분 아빠네 회사 직원이야. 우리가 단지 내에서 제일 좋은 집에 사는 것도 그래서고. 아빠 밑으로 수백 명이 있는데 이 단지의 안전을 책임지는 사람도 있고 특별한 행사를 위해 고용되는 사람들도 있어."

샬럿이 하품을 했지만 샬럿 탓만은 아니었다. 대화 자체가 좀 지루한 게 사실이었다.

"사실 나도 잘 몰라. 아빠가 하시는 일에 대해선 많이 안 물어."

"이 단지는 안전이 중요해?"

샬럿이 옆으로 몸을 굴리더니 한 손으로 턱을 괴고 누워 얘가 제정신인가 하는 얼굴로 나를 빤히 쳐다보았다.

"당연하지. 그러니까 사방에 담을 쳤지. 안에 있는 우리는 지켜주고 외부인은 막고. 그게 우리 집이 이 단지에서 가장 안전한 이유 중 하나야. 담에 가까운 집일수록 담을 넘어오거나 뚫고 들어오는 침입자의 공격을 받을 일이 많으니까. 24시간 경비를 서는 것도 그 때문이고. 뭐야, 애쉬. 보안이라면 너도 잘 알 거 아냐. 너희 집에는 어떤 보안 장치가 있는데?"

나는 어깨를 으쓱했다. 보안에 대해서라면 에이든은 전부터 할 말이 많았지만, 나는 관심이 없었다. 내가 관심을 가질 필요가 없는 문제였다.

"너희 집에 있는 보안 장치가 뭔지는 몰라도 설치한 사람이 우리 아빠일 수도 있어. 보안 장치에 관한 한 우리 아빠가 전문가거든. 그런데 너희 집에 설치된 건 보나 마나 대단히 복잡한 것일 거야. 집 주변에 담이 없다는 것만 봐도 알 수 있어."

이제는 내가 하품을 할 차례였다. 슬금슬금 잠이 몰려왔다. 완전히 잠의 포로가 되기 전, 아까부터 사소하지만 찜찜하던 한 가지가 퍼뜩 떠올랐다.

"샬럿?"

"어?"

샬럿에게도 잠이 스멀스멀 몰려오고 있었다.

"아까 아저씨가 우리 내려 줄 때 너한테 까먹은 시간 보충하라는 말씀을 하셨잖아. 그게 무슨 말이야? 말하기 싫으면 굳이…."

"아, 그거. 내가 너하고 보낸 시간을 말하는 거야, 애쉬."

"그게 무슨 말이야?"

"공부할 수 있는 시간이잖아. 공부하는 데 써야 되는 시간. 그래서 오늘 허비한 시간을 이번 주 남은 기간 동안 추가로 공부를 해서 보충하겠다고 약속하라고 하셨거든."

샬럿의 말을 잠시 생각해 보았다. 허비한 시간? 이해가 되지 않았다. 친구와 노는 시간이 허비한 시간이라고?

샬럿이 말을 이었다.

"난 공부 시간표가 있어. 일주일에 몇 시간, 이렇게 정해졌지. 오늘 못 하면 나중에라도 보충을 해야 해. 밤을 새는 한이 있어도. 그건 협상 불가야."

"이해가 안 돼."

"넌 부자잖아, 애슐리 델라투어. 너희 부모님이 너를 평생 먹여 살릴 거 아냐. 그런데 대부분의 사람들한테는 어림없는 일이야. 우리 부모님은 쉬는 날도 없이 일을 하지만 이 집값과 교육비만으로도 벅차대. 내가 학교에서 등록금의 4분의 3을 장학금으로 받는데도 두 분은 나를 학교에 보내기 위해 거액의 돈을 포기하는 셈이야. 다른 건 못 해도 장래를 대비해서 최대한 열심히 공부하는 것 정도는 내가 해야지. 언젠가는 나도 너희 엄마처럼 돈 많고 힘 있는 사

람이 될 거야. 왜냐하면 저 문구대로 나는 내 미래를 만들고 말 거
니까. 내 미래를 만드는 사람은 다른 누구도 아닌 바로 나라고."

　나는 무슨 말을 해야 좋을지 몰라서 아무 말도 하지 않았다. 얼
마 후 샬럿이 고른 숨소리를 내며 잠이 들었다. 나도 따라서 잠을
청해 보려고 했지만, 너무 많은 생각이 머릿속을 맴돌았다. 나는 그
동안 너무 많은 것들을 당연하게 여겼다. 나는 샬럿이 타고난 천재
이자 뛰어난 기억력의 소유자인 줄만 알았다. 그런 모습을 보이기
위해 이 방에서 홀로 헤아릴 수 없이 많은 시간을 보내야 했을 거
라고는 생각도 못 했다. 나는 샬럿의 부모님이 부자인 줄만 알았다.
물론 우리 부모님만큼은 아니어도 막연히 부자일 거라고만 생각했
다. 불행하게 막을 내리긴 했지만 부자가 아니라면 어떻게 샬럿을
그런 캠프에 보낼 수가 있단 말인가? 나는 세상이 어떻게 돌아가는
지 제대로 모른다는 걸 새삼 느꼈다. 에이든이 옳았던 걸까? 델라
투어 가족은 불쾌감을 차단하기 위해 보기 흉한 세상과 거리를 두
기로 작정한 것일지도 모른다.

　결국 잠은 들었지만 꿈속은 어지럽고 불안하기만 했다. 그러다
한밤중에 사이렌 소리에 잠이 깼다. 깜짝 놀라 침대에서 벌떡 일어
나는데 심장이 쿵쿵거렸다. 샬럿은 거의 미동도 없었다. 샬럿이 깜
빡거리며 눈을 뜨더니 한 손을 내 팔에 얹으며 중얼거렸다.

　"괜찮아. 다시 자."

　"무슨 일이야?"

　"담에서 울리는 경보음이야. 맨날 그래. 아빠하고 직원들이 해결

할 거야. 어서 자."

하지만 난 잠을 이룰 수가 없었다. 약 30분쯤 뒤 그 소리가 멈추었지만 잠이 오지 않았다. 어두컴컴한 천장을 올려다보며 바깥에 귀를 기울인 채 누워 있었다. 그러는 동안 새벽빛이 서서히 방 안을 물들이기 시작했다.

🕸

에이든의 감정 기복과 이상한 행동을 설명해 주는 샬럿의 사춘기 이론이 머릿속을 떠나지 않았다. 이튿날 저녁을 먹고 난 뒤, 나는 에이든과 그 이론에 대해 터놓고 말해 보기로 했다. (저녁 메뉴는 감자칩이었다. 엄마는 잇따라 회의가 있어서 집을 비우고 없었다.)

"에이든, 너 완전 기분이 꿀꿀해? 좀 우울하고? 네 몸을 맘대로 할 수 없는 것 같은 기분이야?"

"네 얼굴이 꿀꿀해."

에이든이 빙그레 웃으며 말했다. 우리가 봤던 옛날 영화에 나오는 대사였다. 그 영화 속 주인공은 질문에 답을 할 때 계속 '네 얼굴'이라는 말을 붙였다. 너무 유치해서 우리 둘 다 1년 전쯤부터는 따라 하지 않던 말이었다. 둘 다 까맣게 잊고 지냈다. 잊고 있던 말이 다시 나타난 것 같아서 놀랍기도 하고 왠지 반갑기도 했다.

내가 말했다.

"나 진지해."

"네 얼굴이 진지해. 그리고 네 얼굴이 우울해."

"지금 내가 너한테 말하고 있잖아."

"하하, 좋아좋아, 애쉬-얼굴°."

"네 얼굴이 애쉬-얼굴이야."

내 말에 결국 우리 둘 다 배꼽을 잡고 웃었다.

에이든은 샬럿의 진단이 맞는지 확인해 주지는 않았다. 하지만 오늘은 에이든이 아주 기분이 좋고 수다스럽다는 것만 봐도 샬럿의 말이 맞다는 증거인 것 같았다. 에이든은 그저께 밤까지만 해도 극도로 진지했었다. 무서울 정도로. 호르몬이 에이든의 몸속을 질주하는 소리가 내 귀에까지 들리는 것 같았다.

'앞으로 2년은 우리 둘 다 사춘기로 힘든 시간을 보내겠군.'

이렇게 생각했다. 나중에 가서야 내가 몰라도 한참 몰랐다는 걸 알았지만.

그날 저녁 늦게 엄마와 아빠가 화상 통화를 하며 다투는 소리가 들렸다. 에이든과 나는 수영장에 있었지만 내가 화장실에 가려고 밖으로 나왔고 다시 수영장으로 돌아가는 길에 주방에서 아빠 목소리를 들었다. 내가 왜 멈춰 섰는지는 잘 모르겠다. 평소에는 부모님 사이의 대화엔 관심이 없는 편이다. 정말 따분하다는 게 가장 큰 이유였지만 왠지 그때는 아빠의 말투가 마음에 걸렸던 것 같다. 나는 문 옆에 서서 살짝 안을 들여다보았다. 아빠는 나에게 등을 돌린

° 애쉬(ash)가 '재', '재투성이'라는 뜻이 있어 놀린 것이다.

157

자세로 손에 쥔 태블릿을 내려다보고 있었다. 나는 한두 걸음 옆으로 걸음을 옮겼다. 엄마가 보는 화면 귀퉁이에 내가 나타나게 하고 싶지 않았다.

"당신이 자주 집을 비울 수밖에 없는 이유는 나도 이해해. 당신이 하는 일은 엄청나게 중요하고, 당신도 알지만 나는 지금까지 언제나 당신에게 지지를 아끼지 않았어…."

"그럼 지금은 뭐가 달라진 건데?"

엄마 목소리는 조금 카랑카랑하면서도 약간의 울림이 있었는데 인도 뉴델리에 있어서 수신 상태가 평소처럼 좋지는 않았던 것 같다.

"달라진 건 아무것도 없어. 그냥 애슐리가 점점 커 가고, 점점 더 독립적이 될 테니까 정말로 내 삶을 들여다봐야 할 것 같은 생각이 든 것뿐이야. 내가 지금까지 이룬 건 뭐고, 내가 이룰 수 있는 건 또 무엇인지. 너무 늦기 전에 말이야."

"당신은 늘 집에 있는 게 좋다고 했잖아…."

"맞아. 좋았어. 진심으로 좋았어. 그런데 여보, 당신은 나이가 들면 아주 많은 것을 이루고, 또 세상에 큰 기여를 하고 살았던 보람된 삶을 되돌아볼 수 있겠지. 반면에 난… 음, 살림하는 아빠가 가치가 없다는 말을 하려는 건 아니야. 가치가 있지. 그건 나도 알아. 하지만 내가 앞으로도 필요한 사람일지는 잘 모르겠어. 어쩌면 이제 시간이 온 건 아닌지 싶어. 뭔가 중요한 일을 할 시간 말이야."

"여보, 이게 중년의 위기라는 건가?"

"오, 맙소사…."

아빠가 한 손을 머리에 올리고 태블릿을 가슴에 댔다. 아빠가 심호흡을 하고 다시금 태블릿을 들어 올렸다.

"내가 하려는 말은 애들이 학교 가고 나면, 글쎄, 미약하나마 세상에 도움이 될 만한 일을 나도 할 수가 있을 것 같다는 소리야. 뭐가 있을까. 가난한 사람들을 위한 급식소에서 자원봉사를 할 수도 있겠지. 식목의 재생을 도와줄 수도 있고, 아니면 어려운 사람들에게 채소 재배에 대해 무료로 강의를 해 줄 수도 있고, 그러다 잘되면 나중에는 정식으로 일을 시작해 볼 수도 있겠지. 집에는 유모를 쓸 수도 있잖아. 일자리가 절실한 사람에게 일을 할 기회를 주는 거니까. 우리한테 그만한 돈은 있잖아."

엄마 쪽에서 몇 초간 침묵이 흘렀다.

엄마가 입을 열었다.

"나중에 집에 가면 다시 이야기해, 여보. 난 당신이 당신 삶을 불행하다고 생각하는 줄은 몰랐어. 그게 아무 의미가 없다고 느낀다면 당연히 무언가를 해야겠지. 그만 가 봐야겠어. 나중에 얘기해. 끊어."

"내 삶이 아무 의미가 없다는 말이 아니라, 여보…."

엄마는 이미 화면에서 사라지고 없었다. 아빠는 잠시 화면만 멍하니 바라보다가 태블릿을 식탁에 내려놓았다. 식탁에 닿는 느낌이 유난히 강하게 느껴졌다. 문득 아빠가 이대로 뒤를 보면 내가 엿들었다는 게 들통 나겠다는 생각에 살금살금 문 옆을 지나 수영장으로 돌아갔다.

내가 서 있던 문 앞에 흘린 물기를 아빠가 알아채지 못해야 할 텐데. 아니, 설령 보았다고 해도 내가 몰래 들었다는 결론에 이르는 일은 없기를 바랐다.

🕸

그날 밤 조로를 내 방 침대로 데려왔다. 내가 조로를 데리고 자는 건 이번이 처음이었다.

나는 베개를 툭툭 쳐서 푹신하게 만들어 놓았다. 조로는 그 베개에 누웠다가 귀 뒤를 긁어 주자 나를 빤히 쳐다보았다. 그런데 20분쯤 지나자, 침대에서 뛰어 내려가더니 조용히 닫힌 문으로 걸어가 그 앞에 앉아 낑낑거리기 시작했다.

"왜 그래, 조로? 오줌 마려운 거 아니잖아. 넌 오줌도 안 누는데. 안 그래?"

엄마한테 조로가 오줌도 눌 수 있게 해 줄 수 있나 물어봐야겠다. 그럼 훨씬 더 진짜 강아지 같을 텐데…. 집에서 조로가 실수를 해도 난 기꺼이 치워 줄 마음이 있었다.

녀석이 계속 낑낑거려서 하는 수 없이 몸을 일으켜 방문을 열어주었다. 조로는 곧바로 쪼르르 복도를 달려 에이든의 방으로 들어갔다. 얼마 뒤 방문이 닫혔다.

나는 울고 싶었다. 어쩐지 다 내 잘못 같았다. 녀석은 배우는 속도가 매우 빨랐고 에이든은 조로에게 충성심을 가르친 게 확실했다. *우리*에 대한 충성심이 아닌, 에이든에 대한 충성심이었다. 에이든이 생각 없이 방문을 열어 두었을 거라고 믿기는 어려웠다. 나는 그동안 좋은 마음으로 에이든이 계속 조로를 데리고 있게 배려해 주었다. 그런데 지금 생각하면 나의 후한 인심이 도리어 독이 된 느낌이다. 문제는 이걸 어떻게 해결해야 좋을지 모르겠다는 거다. 내 목숨을 구해 준 사람한테 분개할 수는 없는 노릇이었다. 그럼 나만 완전 나쁜 사람이 될 테니까. 그래서 난 방으로 되돌아와 책을 집어 들고 상처받지 않은 척하려고 노력했다.

열세 살이 된 지 이제 며칠밖에 안 되었는데 그사이 내 동생은 갈수록 이상해지고 있었다. 모르긴 몰라도 나에게도 다가오는 중인 바로 그 호르몬 때문이겠지. 엄마는 지구 반대쪽에 있고, 아빠는 우리를 돌보는 게 행복하지 않다고 한다. 아니, 더 심하면 억울해하고 있을지도 모를 일이다. 또 나의 강아지는 나를 좋아하지 않았다. 뭐, 나를 좋아하지 않는 것까지는 아니겠지만 에이든만큼 좋아하지 않는 건 확실했다. 그리고 내 단짝 친구는 척척박사라 옆에 있으면 바보가 된 기분이 든다. 아니, 정말 나를 바보로 만들어 버린다.

이런 걸 자기 연민에 빠졌다고 하려나. 나도 그건 잘 안다. 하지만 가끔은 그런 마음이 필요할 때도 있는 법이다. 그래서 나는 세상이 애슐리 델라투어한테 왜 이러는지 억울해하며 흐느끼다 잠이 들었고, 아침이 되자 한결 기분이 좋아졌다.

10
변화

"난 점심시간에 울타리를 넘어갈 거야."

"뭘 한다고?"

"난 제나와 이야기하고 싶어. 너도 같이 갈래?"

"너 미쳤구나, 에이든. 당연히 같이 안 가지. 지난번에 우리 엄청 혼난 거 잊었어? 또 걸리면 엄마하고 아빠가 우리를 죽일 거야."

"우리를 죽이진 않아."

"아니, 우릴 죽일 거야. 차라리 죽이는 게 낫겠다고 생각하게 만들겠지. 이건 미친 짓이야, 에이든. 하지 마."

"넌 안 가겠다고 해도 괜찮아, 애쉬. 그편이 더 나을 거야, 정말로. 내가 걸리면 혼나는 건 나 하나니까."

"넌 안 가."

"가."

"제나가 왜 거기 있을 거라고 생각해? 점심시간에 한 번 공원에 있었다고 점심시간마다 거기 있으란 법은 없잖아. 철 좀 들어."

"아, 맞아. 그러니까 알아내는 방법은 하나뿐이야."

"난 가지 말라고 경고했다."

특별히 무섭게 굴 때 엄마가 잘하는 것처럼 팔짱을 낄까도 생각해 봤지만 그래 봤자 심각하게 보이지도 않았을 것이다.

에이든이 말했다.

"잘해 봐."

"메레디스 선생님한테 말할 거야."

"아니, 넌 말하지 않을 거야."

에이든이 옳았다. 나는 말하지 않을 것이다. 난 말하지 않았다.

대신 점심시간에 울타리를 기어올라 앨버트가로 사라지는 에이든을 지켜보고만 있었다. 나는 에이든이 돌아오기를 기다리며 울타리 사이를 들여다보고 서 있을 수도 없었다. 그랬다가는 운동장을 지키는 선생님한테 의심만 살 게 뻔했다. 그래서 하릴없이 운동장을 거닐었다. 어떻게든 침착함을 유지해 보려고 했지만, 별별 걱정에 속이 버글대 죽을 지경이었다. '차라리 에이든을 따라갈걸.' 하는 후회마저 들었다. 과도한 상상에 빠져 애만 태우느니 그편이 낫지 않았을까.

20분 만에 에이든이 나타났다. 운동장 담당 선생님과 말을 하고 있는데 울타리를 향해 다가오는 에이든이 보였다.

나는 눈을 마구 깜빡이며 말했다.

"아얏! 제 눈에 뭐가 들어간 것 같아요, 선생님. 좀 봐 주실래요?"

선생님이 내 머리를 한쪽으로 틀고 눈을 살폈다. 나는 최대한 눈을 부릅떴다. 당연히 선생님은 아무것도 찾을 수 없었고 내 입장에

163

선 그다지 놀라운 일은 아니었다. 나는 두어 번 더 눈을 깜빡이고는 괜찮은 것 같다며 선생님에게 감사 인사를 건넸다. 그때 에이든이 주머니에 손을 넣고 휘파람을 불며 내 옆을 천천히 지나갔다. 나는 에이든을 따라잡으며 물었다.

"어떻게 됐어?"

"잘 끝났지. 고마워. 넌?"

에이든의 오른쪽 눈 위로 작게 베인 상처를 발견한 게 바로 그때였다.

내가 상처를 손으로 가리키자 에이든이 말했다.

"아, 이거? 내 머리가 어떤 애 손마디에 부딪친 자리야. 좀 운이 없었지."

그러면서 오른손을 들어 올리며 주먹을 쥐었다. 손등에 긁힌 자국이 보였다.

"이건 그 녀석 머리하고 부딪친 자리."

"맙소사, 에이든. 너 *싸웠어?*"

"네 눈은 못 속인다니까, 애쉬. 뭘 보고 알았어?"

나는 에이든의 소맷자락을 붙잡고 한쪽으로 당겼다. 옹기종기 모여서 깔깔거리며 수다를 떠는 여자애들 무리로부터 더 멀찍이 떼어 낼 필요가 있었다.

"너 머리 심하게 다쳤다가 나은 지 얼마 됐다고 그래. 싸웠다고? 너 미쳤어?"

에이든이 깔깔거렸다.

"나도 그런 생각을 하던 참이야. 진정해, 애쉬. 아무것도 아니야. 나하고 붙은 애 몰골을 네가 봤어야 하는데. 걔는 나만큼 멀쩡하질 않아."

나는 한숨을 내쉬었다.

"너 요새 대체 왜 그러는지 모르겠다, 에이든. 머리를 다쳐서 뇌가 어떻게 됐나 봐."

에이든은 계속 웃고만 있었다.

"그래서 싸운 보람이 있었어? 제나는 만났어?"

"아니, 그런데 지기라는 그 남자애는 봤어. 지난번하고 똑같이 나무에서 툭 떨어지더라."

"걔한테 뭐라고 했는데?"

"화려한 등장을 좀 다양화시키는 방법을 진지하게 고민해 보라고 했지."

내가 팔짱을 끼고 머리를 한쪽으로 갸웃하자, 그걸 보고 에이든은 더 크게 웃었다.

"내가 지기더러 제나가 가까이 있냐고 물었거든. 그랬더니 꺼지래. 정확히 그렇게 말한 건 아니었지만. 나는 정중하게 거절했지. 그러자 지기가 나를 보내려고 했고, 난 그걸 막았어."

에이든이 자기 손마디에 생긴 긁힌 상처를 찬찬히 살폈다.

"상황이 마무리된 다음에 지기더러 제나한테 말을 전해 달라고 했어. 제나한테 하고 싶은 말이 있으니까 내일 오후 4시경에 나타나 주면 고맙겠다고."

"그랬더니 지기가 뭐래?"

"아무 말도 안 했어. 이빨 하나를 툭 뺄고 가던데."

오후 수업의 시작을 알리는 음악 소리에 우리는 교실 쪽으로 돌아섰다.

내가 말했다.

"제나는 안 나올 거야."

"아, 난 나올 것 같은데."

"걔가 왜? 걔가 너한테 마음이라도 있대?"

에이든이 깔깔거렸다.

"음, 그럴 수도 있고. 걔도 인간이니까. 그런데 아니야, 애쉬. 여하튼 제나는 나올 거야. 내가 충분한 대가를 지불하겠다고 했거든. 순금으로."

그 말에 내가 가던 걸음을 멈추었다.

"네가 금이 어디 있어, 에이든?"

에이든이 몸을 돌려 나와 얼굴을 마주했다.

"난 없지. 그런데 엄마하고 아빠는 있잖아. 그것도 많이. 집안 곳곳 보석함에."

"그래서 뭐? 엄마, 아빠가 주시기라도 한대?"

"아니지. 설마 그러겠어? 그래서 내가 훔치려고."

하교 시간까지 줄곧 내 정신이 아니었던 것 같다. 얼마나 정신을 팔았는지 메레디스 선생님도 여느 때와 달리 나를 꽤 엄하게 대했는데, 그런 모습은 처음이었다. 하지만 에이든의 말이 머릿속을 떠나질 않았다. 엄마, 아빠 금을 훔친다고? 설마 농담이겠지? 전혀 에이든답지 않은 짓이었다. 도둑질을 한다고? 싸움이라니?(그것도 나를 보호할 목적이 아닌 싸움은 처음이었다.) 메레디스 선생님이 에이든에게 눈 위에 베인 상처가 어떻게 생겼냐고 물었을 때 에이든은 운동장에서 미끄러졌다고 답했다. 한 치의 주저함도 없었고 거짓이라곤 티끌만큼도 느껴지지 않았다. 사실이 아니라는 걸 아는 나까지도 믿고 싶은 유혹이 들 정도였다. 이 모든 걸 사춘기로 넘길 수가 있을까? 한바탕 강의를 들을 걸 각오하면서까지 샬럿에게 또 물어볼 마음은 없었지만, 사춘기가 범인일 것 같긴 했다.

그렇더라도 난 무서웠다. 에이든이 다른 사람으로 변하는 게 괜찮은 건지 고민이 되어서만은 아니었다. 나 역시 그런 변화를 겪게 될까 걱정이 됐다. 설마 벌써 변하기 시작했으려나.

나는 거짓말쟁이도, 도둑도 되고 싶지 않았다. 싸움이 젬병일 건 말할 것도 없었다.

✾

아빠가 학교로 차를 보냈고, 덕분에 집으로 오는 길에 에이든에게 따져 물을 기회가 한 번 더 생겼다. 도둑질 얘기는 하지 않기로 했다. 나를 놀리려고 하는 농담이라고 굳게 믿었다. 그런데 에이든이 했던 말 중에 한 가지가 계속 마음에 걸렸다.

"에이든, 왜 4시야?"

"어?"

"제나하고 4시에 만나자고 했다며. 학교 끝나고잖아. 어떻게 하려고?"

"아, 맞아. 아주 간단해, 애쉬. 내가 생각할 땐 5분에서 10분으로는 턱없이 모자라거든. 근데 오늘처럼 점심시간에 몰래 나가면 그 정도 시간밖에 낼 수가 없잖아. 4시에 보면 제대로 대화를 해 볼 시간이 있겠지."

"하지만 학교 끝나고 집에 가는 시간이잖아."

"넌 집으로 가겠지. 난 새로 생긴 펜싱부 모임이 있어. 우리 학교 특별 활동으로 유명한 거 알지?"

"근데 펜싱부는 없잖아, 에이든."

에이든이 깔깔 웃고 한 팔을 내 어깨에 척 올리며 말했다.

"아. *그건 너도 알고 나도 알지*, 애슐리. 하지만 아빠는 모르잖아. 안 그래?"

"아빠가 알아낼걸."

"그럴 수도 있지. 하지만 나도 말 안 할 거고 너도 말 안 할 거잖아. 그리고 아빠가 알아내면, 뭐? 나한테 뭘 어쩔 건데? 일주일 동안 태블릿 금지?"

에이든이 무서워서 벌벌 떠는 시늉을 했다.

"오오오, 무서워라."

나는 집으로 오는 동안 다른 말은 하지 않았다. 에이든의 입에서 내가 듣고 싶지 않은 다른 말이 더 나올까 겁이 나서 말을 할 수가 없었다.

🕸️

아빠는 펜싱부 얘기에 홀딱 넘어갔다. 펜싱부에 들어가겠다는 에이든의 적극성을 칭찬하기까지 하면서(에이든은 조금 더 살을 붙여서 말했다.) 5시에 차를 보내겠다고 했다. 아빠가 나는 평소와 같은 시간에 오는지 물었다.

내가 대답했다.

"난 같이 남아서 여러 가지를 확인해 봐야 할 것 같아요."

나는 존재하지도 않는 동아리를 언급하지 않으려고 조심했다. 엄격히 말하면 내가 한 말은 거짓말이 아니었으니까. 나는 정말로 확인해 보고 싶었다. 그래도 기분이 썩 좋지는 않았다. 문자 그대로 하자면 내 말이 거짓은 아니라 해도 여전히 눈가림일 뿐이라는 사실은 무시할 수 없었다.

아빠가 말했다.

"좋아, 그렇게 해. 너희가 정말 꼭 해야겠다 싶으면 제대로 된 장비를 구입하는 것도 생각해 보자. 말만 해."

에이든이 말했다.

"고마워요, 아빠. 늘 그렇듯 정말 친절하시네요. 잘못에는 너그럽고요."

에이든의 말에 아빠가 에이든을 또다시 이상하게 쳐다보았다.

나중에 수영장에서 에이든이 밑으로 잠수해 내 다리를 잡아당기며 나를 물속으로 빠뜨리려고 했지만 나는 장난칠 기분이 아니었다. 그러자 에이든이 수영장 한쪽에 있던 내 옆으로 다가와 몸을 위아래로 깐닥이며 말했다.

"애쉬, 그럼 너도 제나를 보러 간다는 말이네."

"*너를 보살펴 주러 가는 거지.* 너 하는 짓 보면 정말 누가 옆에서 지키고 있어야 해, 에이든."

에이든이 깔깔 웃었다.

"벌써부터 안심이 되는데."

"엄마하고 아빠 거 훔친다는 말은 농담이었지?"

"벌써 훔쳤는데."

에이든이 젖은 머리칼을 머리 위로 쓸어 올렸다.

"내가 아는 바로는 엄마가 한 번도 끼지 않은 반지 하나, 역시 아빠한테는 필요 없는 순금 손목시계 하나. 내 침대 밑에 숨겨 놨어. 원한다면 나중에 보여 줄게."

"그런 걸 말도 없이 가져오면 안 돼."

"음, 난 이미 가져왔어, 누나. 식은 죽 먹기였어."

"잘못된 행동이야."

"왜? 아빠는 손목시계를 골고루 수집만 해 놓고 하나도 차질 않는데."

"요새 시계 차고 다니는 사람이 어디 있어? 골동품이잖아. 아빠는 취미가 수집이야. 알면서 왜 그래?"

에이든이 코웃음을 쳤다.

"아빠 취미가 수집이라고? 좋아. 맞아. 아빠는 아무도 안 보는 서랍 속에 넣어 두려고 귀중품을 모으지. 심지어 아빠도 보질 않아. 아무짝에도 쓸모없고 어마어마하게 비싸기만 한데…. 하다못해 장식용도 아니야. 엄마가 수집하는 그림은 벽에 걸어 놓고 감상이라도 하지. 꺼내 보지도 않는 엄마, 아빠의 반지나 시계는 없다고 아쉽지도 않겠지만, 그걸 팔면 한 가족이 몇 년을 먹고살걸."

"에이든, 네가 뭐라던 그건 중요하지 않아. 훔치는 건 범죄고 잘못된 일이야."

물 밖으로 몸을 끌어올린 에이든이 수영장 끝에 걸터앉더니 뒤로 손을 뻗어 수건을 집었다.

"우리는 어떻게 해야 좋을지 모를 정도로 재산이 넘쳐. 다른 사람들은 가난해서 굶어 죽는 형편이고. 그것 때문에 상처받는 사람은 아무도 없어. 어차피 엄마와 아빠한텐 새 발의 피야. 아마 그보다도 못 할걸. 제나한테는 죽느냐 사느냐가 달린 문제일 수도 있어. 그게 어떻게 '잘못'이야, 애쉬?"

에이든이 '잘못'이란 말을 강조해서 말했다.

"납득이 되게 말을 해 봐. 내가 어떻게 해서 죄를 지었는지 알아듣게 설명을 해 봐."

설명을 해 보려고 할 수도 있었지만 말재주는 에이든이 나보다 한 수 위였다. 에이든은 공정하고 바르고 마땅하게 들리는 말을 쏟아 내겠지. 그래 봤자 추악한 잘못을 감추는 거짓말들일 뿐이다. 그건 안 될 일이다.

에이든이 말했다.

"기운 내, 누나. 세상이 끝난 것도 아닌데. 어때, 우리 경주할래? 왕복 두 바퀴, 자유형으로?"

에이든이 다시 물속으로 뛰어들었다.

나는 경주를 하고 싶은 기분이 아니었다. 내 방으로 가서 울고 싶었다. 하지만 난 에이든과 경주를 했다.

에이든이 나를 이겼다. 반 바퀴에 가까운 차이로.

11
빅토리아 공원

앨버트가는 지난번과 똑같이 을씨년스러웠지만, 나는 오히려 지금이 더 무서웠다. 지기가 몸값을 운운했던 기억이 떠올랐다. 제나의 마음이 바뀌었고 지금 우린 제 발로 호랑이굴로 걸어 들어가는 중인지도 모른다. 만일 그렇다면 그건 다 바보 같은 우리 잘못이었다. 지난번에 제나가 뭐랬지? *너희들 세상에서 나오지 마. 너흰 진짜 세상은 맘에 안 들걸.*

우리는 제나의 충고를 들었어야 했다. 이제 우리는 둘뿐이고 언제라도 공격을 받을 수 있는 위험한 지역에 있는 것도 모자라 에이든의 바지 주머니에는 큰돈이 될 귀중품까지 들어 있었다. 에이든한테 맡기고 난 평소와 같은 시간에 집으로 갔어야 했다. 스스로 위험을 자초하고 싶다면 그건 에이든의 선택이었다. 나도 똑같이 할 이유가 없었다.

하지만 나를 구하려고 강으로 뛰어들 때 에이든은 그런 걸 따지지 않았다. 에이든은 오로지 나를 위해 있어 주었다. 이번엔 내가 에이든을 위해 있어 줄 차례였다. 나에겐 선택의 여지가 없었다. 그렇다고 내가 이 일을 즐기고 있다는 뜻은 아니었다.

에이튼이 나에게 말했다.

"말은 내가 할게, 애쉬."

"잘해 봐."

에이튼에게 받은 말을 내가 돌려주지 못할 이유는 없었다.

그래서 한 마디를 덧붙였다.

"이런 말 하긴 싫지만, 동생아, 남자들이 대장을 하던 시절은 이제 끝났어."

에이튼이 힐긋 나를 쳐다보았다.

"이런 말 하긴 싫지만, 누나, 대대로 모두가 그런 생각에 동의하긴 했지. 문제는 아무것도 변하지 않았다는 거야."

에이튼이 한 바퀴를 빙 돌며 따라오는 사람이 없는지 확인했다.

"그런데 확실히 변할 필요가 있어. 그러니까, 좋아. 네 말이 맞아. 하고 싶은 말 있으면 뭐든지 해."

"우아, 허락해 주다니 너무 고맙네."

에이튼이 깔깔 웃었다. 나는 웃고 싶은 기분이 아니었다. 대신 사방을 두리번거리며 내 머릿속이 만들어 낸 온갖 위험에 혼자서 움찔거리느라 바빴다.

에이튼이 말했다.

"그것도 맞는 말이야, 애쉬. 미안. 내가 성차별주의자 같은 말을 했잖아. 용서하고 앞으로도 계속 지적해 줘. 남자들은 맨날 까먹든지 개의치 않든지 둘 중 하나거든. 난 까먹는 쪽이고."

나는 계속 대화를 이어 가고 싶었다. 남자들에게 올바르게 행동하는 방법을 일깨워 주는 게 여자의 책임이라고 말하는 것 자체가 성차별적이라는 사실을 지적하고 싶었다. 지금이야말로 에이든과 내가 제대로 된 토론을 한다고 말할 만한 바로 그런 순간이었다. 이렇게 대화를 나눈 게 얼마 만인지 기억도 나질 않았다. 그런데 빅토리아 공원의 괴상한 입구가 우리 앞에 모습을 드러내자 공기 중에 감도는 긴장감에 하려던 말을 까맣게 잊어버렸다. 혹시 제나가 기다리고 있나 보려고 아치 안쪽을 살폈지만 사람이라곤 눈 씻고 봐도 보이지 않았다. 공원 전체가 텅 비어 있는 것 같았다. 에이든과 나는 20미터쯤 걸어 들어간 뒤 고개를 들고 가까운 나무들을 올려다보았다. 역시 아무도 없었다.

내가 말했다.

"안 올 거야."

에이든이 말했다.

"올 거야. 아, 그렇다고 네 의견을 묵살하려는 건 아니다⋯."

"아, 닥쳐."

"심하네."

우리는 10분을 기다렸고 내가 막 돌아가자고 하려는데 에이든이 나를 쿡 찔렀다. 공원 맨 끝에서 한 무리의 아이들이 나무 사이를 통과해 곧장 우리를 향해 다가오고 있었다. 빈터에 다다르자 여덟에서 아홉 명의 아이들이 작은 여자애를 가운데 두고 한 줄로 늘어섰다.

에이든이 고개를 돌리지 않은 채로 나에게 속삭였다.

"저게 얼마나 바보처럼 보이는 줄 모르나? 우리 지금 복고풍 서부 영화 찍어? 나한테 역마차가 있으면 동그랗게 모아 줄 텐데 말이야."

나는 아무 말도 하지 않았다. 내 동생은 농담이 나올지 몰라도 나는 입이 바짝 마르고 갑자기 또 화장실에 가고 싶어졌다.

"네가 말해."

내 말에 에이든이 웃었다.

4미터쯤 앞에서 아이들이 멈춰 섰다. 제나가 다른 아이들보다 한 걸음 앞으로 나오더니 좌우로 두세 걸음 서성였다. 제나의 선명한 초록색 눈동자는 에이든의 얼굴을 떠나지 않았다.

제나가 입을 열었다.

"다시는 여기 오지 말라고 했던 것 같은데. 대체 뭐가 문제야, 부잣집 꼬맹이들? 돈이 너무 많으니까 남의 말이 아예 귓구멍으로 들어오질 않아?"

우리는 아무 말도 하지 않았다. 힐긋 옆을 보니 에이든이 배 앞으로 손깍지를 끼고 두 다리를 옆으로 벌렸다. 그 동작에 아이들 두어 명이 바짝 긴장을 했다. 우리는 기다렸다.

제나가 다시 물었다.

"뭔데? 할 말이 없어?"

에이든이 대답했다.

"미안해. 돈이 너무 많아서 귀가 먹었나 봐. 네가 더 크게 말해야

176

겠다.”

내 상상이었는지는 모르겠지만 제나의 입술에 잠깐 미소가 스치는 걸 본 것도 같았다.

제나가 물었다.

“원하는 게 뭔데?”

에이든이 대답했다.

“그냥 얘기 좀 하자고. 그리고 난 네 시간에 대한 비용을 지불할 준비가 되어 있어.”

“지기한테 들었어. 어디 보여 줘 보시지.”

에이든이 주머니에서 꺼낸 반지와 시계를 손바닥에 올려 앞으로 내밀었다.

“반지에는 1캐럿짜리 다이아몬드가 박혀 있는 것 같아. 손목시계는 롤렉스야. 순금.”

“손목시계가 뭔데?”

이번에는 내가 대신 답했다.

“옛날에 사람들이 시간을 알려고 쓰던 거.”

어디서 그런 용기가 나왔는지는 모르겠지만, 나도 모르게 입 밖으로 말이 나왔다. 제나가 내 쪽으로 방향을 틀었다. 기뻤다. 방금 전까지만 해도 나를 깡그리 무시했으니까. 나는 신경 쓸 가치도 없는 사람처럼.

내가 덧붙였다.

“넌 이게 얼마나 귀한 건지 말해 줘도 안 믿을걸.”

제나가 말했다.

"아마 안 믿을 거야. 난 모르는 사람이 하는 말은 잘 안 믿는 편이라."

에이든이 말했다.

"이 시계 값으로 아빠가 10만 달러를 치렀어. 그 정도면 몇 분 정도는 나한테 내줄 가치가 있잖아. 안 그래?"

제나가 팔짱을 꼈다.

"난 모르는 사람이 하는 말은 안 믿는다고 했을 텐데. 너 진짜 청력에 문제가 있구나?"

"좋아, 그럼. 네가 결정해. 말하기 싫다고 10만 달러를 포기할 여유가 있다면야. 우리 그냥 갈까?"

제나가 깔깔거렸다.

"그건 곤란한데. 우리는 아홉이고 너희는 둘이야. 지기 말이 너는 싸움 좀 할 줄 안다지만 여기 네 누나는 글쎄…. 기분 나쁘게 듣지는 마, 공주님. 그런데 넌 별로 무섭지가 않아. 그러니까 내가 너를 때려눕히고 가진 걸 뺏기로 마음만 먹으면…."

내가 말을 잘랐다.

"아, 닥쳐!"

나는 거의 고함을 지르다시피 세게 나갔다. 내가 대체 무슨 짓을 한 거지? 모두의 눈이 일제히 나에게로 쏠렸다.

"이건 바보 같은 짓이야. 내 동생은 너희한테 거액을 주겠다는데 말도 하기 싫다? 너희들 왜 그래? 뭐가 문제인데?"

침묵이 흘렀다.

잠시 후 제나가 입을 열었다.

"내가 저 물건, 저 손목시계를 어디다 팔까?"

에이든이 대답했다.

"우리 아빠가 살 거야. 내가 우리 아빠에 대한 정보를 줄게. 8만 달러 달라고 하면 싸다고 생각하실 거야."

제나가 물었다.

"너희 아빠한테 훔친 시계라 이 말이야?"

"맞아."

"그런데 도둑맞은 시계를 너희 아빠가 도로 살 거라고?"

"생각해 볼 것도 없이 당장! 아마 그게 아빠 시계였는지도 모르실걸."

"이런 말 하기는 싫은데 난 네가 마음에 들어, 꼬마야. 넌 뭐랄까… 스타일이 있어. 좋아. 20분 줄게. 그 물건…."

제나가 고갯짓으로 에이든의 손을 가리켰다.

"…때문은 아니고, 네가 좋아서야. 자, 말해."

"난 다른 사람 없는 데서 말하고 싶은데."

에이든이 힐긋 내 쪽을 보고 한 마디를 더 했다.

"단둘이서만."

"좋아."

내가 막아섰다.

"잠깐만!"

에이든의 팔을 붙잡아 내 쪽으로 확 돌리곤 조그맣게 물었다.

"뭐야? 성차별주의자니 뭐니 하더니, 헛소리가 아니었네. 안 그래도 난 지금 거지같이 덤이 된 기분인데 지금에 와서 나만 쏙 빼겠다?"

"그 얘긴 나중에 하면 안 될까?"

"싫은데."

에이든이 양손으로 내 뺨을 감쌌다.

"부탁이야, 애쉬. 나를 믿어. 이건 나 혼자서 해야 하는 일이야. 너를 믿지 못하거나 네가 나보다 못한 사람이라서가 아니고…."

에이든의 입이 일그러졌다.

"그 무엇도 아니야. 그런데 난 지금… 너를 지켜 주고 있어. 난 항상 너를 지켜 줬잖아, 맞지? 한 번만 더 그렇게 하게 해 줘."

나는 내 뺨을 감싼 에이든의 두 손 사이로 팔을 올려 내 얼굴에서 에이든의 손을 떼어 냈다.

"넌 내 목숨을 구해 줬어, 에이든. 그러니까 우리 솔직해지자. 내가 너한테 빚을 진 거야."

"그럼 난 이로써 네가 그 빚을 갚길 바라."

"…그런데 난 이건 싫어. 알겠어? 이건 싫다고."

나는 곧장 제나에게로 걸어갔다. 제나가 재미있다는 듯한 얼굴로 나를 쳐다보았다.

내가 말했다.

"내가 묻고 싶은 건 이거야. 넌 왜 우리를 그냥 보내 줬어? 지난번에 우리를 인질로 잡고 몸값을 받을 수도 있었는데 안 그랬잖아. 네가 인정 많은 사람이라서 그런 것 같지는 않은데. 기분 나쁘게 듣지는 말고. 그러니까 이유가 뭐야?"

제나가 그 환상적인 눈으로 나를 올려다보았고 내 상상일지는 모르겠지만 나를 처음으로 제대로 보고 있다는 느낌이 들었다. 또한 제나의 얼굴에서 지금 머릿속에서 밀고 당기는 줄다리기가 벌어지는 중이라는 것도 느낄 수 있었다. 제나가 나한테 답을 해 줘야 하는 이유가 있을까? 하지만 그건 어차피 그 애가 알아서 할 일이었다.

마침내 제나가 입을 열었다.

"음, 요것 봐라. 공주님도 생각이라는 걸 하네. 좋아. 대답 못 할 거 뭐 있어? 사연이 있어. 공주님, 나도 예전에 쌍둥이 오빠가 있었답니다. 나보다 4분 먼저 태어났다나. 근데 내가 18개월 됐을 때 죽었어. 온몸의 피를 토해 내고. 그냥 무슨 병이었대. 그런데 내가 바보인가. 오빠를 죽인 건 가난이었어."

제나가 깔깔거렸고 그 새하얀 이를 보자 다시금 움찔했다.

"너희 둘을 봤는데… 음, 내가 좀 마음이 여린가 봐. 너희 둘을 보니까 오빠 생각이 나더라. 그래서 보내 준 거야. 오빠 때문에."

제나가 내 뺨을 톡톡 쳤다.

"또다시 그런 결정을 할 거라고 약속은 못 해, 공주님."

우리는 또다시 눈이 마주쳤고, 몇 초밖에 안 되는 그 시간이 나에게는 몇 분처럼 길게 느껴졌다.

내가 말했다.

"고마워. 너희 오빠 일은 안타깝다."

그러나 제나와 나의 시간은 제대로 시작도 하기 전에 끝이 났다. 에이든과 제나는 나만 두고 공원 깊숙한 곳으로 사라졌고 나는 다른 아이들과 공원 입구에 남아 불공평한 대결을 벌이고 있었다. 나를 노려보는 아이 여덟, 겁먹지 않은 척하는 나 하나.

기나긴 20분이 흘렀다.

마침내 에이든과 제나가 우리 쪽으로 걸어왔고 에이든은 다시 내 옆으로 왔다. 제나가 휘파람을 불자 기다리고 있던 아이들이 제나를 향해 움직였다. 만남은 끝이 났고 우리는 서로 반대쪽으로 걷기 시작했다. 나는 기분이 좋지 않았다. 에이든은 기분이 좋았는지 그건 잘 모르겠다. 에이든의 표정에는 아무것도 드러나지 않았고 학교로 올 때까지도 별 말이 없었다.

✺

우리는 부드러운 자동차 시트에 몸을 기댔다.

내가 에이든에게 물었다.

"어땠어?"

"나는 변했어. 그 사고 이후로 난 변했고, 넌 그걸 눈치챘고, 네가 걱정하고 있다는 것도 알아."

내가 물은 건 제나와의 대화였고 에이든도 모르지 않았다. 하지

182

만 에이든의 이 말은 그에 못지않게 흥미로웠고 어쩌면 그보다 더 중요한 듯했다. 혹시 그 둘이 무슨 관련이라도 있는 건가.

내가 말했다.

"넌 거의 딴사람이 됐어. 그리고 맞아. 난 걱정이 돼. 당연히 걱정이 되지."

"옛말 중에 이런 말 있잖아. 두들겨 패서라도 정신이 번쩍 들게 해야 된다는 말."

나는 고개를 끄덕였지만 에이든은 눈치채지 못한 것 같았다.

"어떤 면에선 그때 그 사고가 나한테 매와도 같았나 봐, 애쉬. 전에는 내 삶의 단 하나의 목적, 내 삶의 유일한 목적은 너를 돌봐 주고 모든 위험과 위협으로부터 너를 지키는 것이었어."

에이든이 한숨을 내쉬었다.

"아주 오래전에 엄마가 우리한테 가르쳤던 교훈 기억나? 남매는 누구 하나가 넘어지면 서로를 붙잡아 주기 위해 존재하는 거라고. 미친 소리처럼 들리겠지만 그때부터 난 그걸 내가 존재하는 유일한 이유로 삼았어. 너를 돌봐 주고, 너에게 눈곱만큼이라도 나쁜 일이 생기지 않게 하는 것. 나에 대해, 그리고 내가 원하는 것이 무엇인지에 대해서는 정말 생각해 본 적이 한 번도 없었어."

에이든이 한 말을 생각하니 기분이 묘하면서도 눈물이 날 것 같았다. 너무나 명백한 사실이라서 눈물이 쏟아지려고 했다. 에이든은 진정한 자기 자신으로 살 기회가 전혀 없었다. 나는 여태껏 에이든의 성장을 방해하며 에이든이 발전하지 못하게 만드는 가장 큰

걸림돌이었던 셈이다.

"난 네가 날 지켜 주는 게 좋았던 것 같아. 안전하다고 느꼈어."

내 목소리는 떨리지 않았고 고마움이 담겨 있었다.

에이든이 말했다.

"난 앞으로도 널 지켜 줄 거야, 애쉬."

에이든이 손을 뻗어 내 손을 잡았다.

"그건 변하지 않았어. 앞으로도 변하지 않을 거고. 그런데 난 사람들을 지킬 다른 방법들이 있다는 생각이 들기 시작했어. 어쩌면 다치지 않게 보호하는 게 최고의 보호 형태는 아닐지도 몰라. 내 말 무슨 말인지 알겠어?"

내가 웃었다.

"아니. 말이 안 되는 얘기잖아."

에이든은 웃지 않았다.

"애슐리, 우리는 잠자리에 들 때 엄마가 읽어 주곤 했던 동화 중 하나와도 같아. 아름다운 탑 속의 공주와 그 공주의 남동생인 왕자. 멋지고 영광스럽지. 우리는 주인공이야. 그런데 우리는 바깥세상은 아무것도 몰라. 농부, 대장장이, 병사, 거지, 술주정뱅이. 죽은 자들, 그리고 개천에서 죽어 가는 사람들, 누추하고 지저분한 것들. 진짜 세상, 우리는 그런 것들에 대해 알아야만 해, 애쉬. 아무것도 모른 채 특권만 누리면서 일평생을 헛되이 보낼 수는 없어. 우리는 우리가 할 수 있는 한 도울 줄 알아야 해. 우리를 인간으로 만드는 건 바로 그거야. 아니, 인간이라면 그래야 마땅해."

문득 샬럿이 생각났다. 잠깐이나마 들여다보았던 샬럿의 삶과 사고방식이 생각났다. 에이든과 나에 대해 샬럿이 했던 말도 떠올랐다. 그 말속에는 우리는 부자라서 대부분의 사람들이 매일같이 직면하는 문제들을 이해할 수 없을 거라는 은근한 속뜻이 담겨 있었다.

"제나와 한 이야기가 그거야?"

"20분이었지만 제나는 메레디스 선생님이 학교에서 10년 동안 가르쳐 줄 수 있는 것보다 더 많은 것을 나에게 가르쳐 주었어."

"그래서 뭘 배웠는데?"

"죽은 사람들, 그리고 죽어 가는 사람들에 대해 약간."

나는 조금 더 자세히 말해 달라고 할까 생각했지만, 에이든이 다 말해 주지는 않을 것 같았다. 뭔가 정리가 되면 제나와 나눈 이야기를 구체적으로 말해 줄 수도 있겠지만 지금은 그럴 때와 장소가 아니었다.

내가 물었다.

"넌 네가 지금 사춘기인 것 같아, 에이든?"

에이든이 웃었고 그걸 보니 좋았다. 한편으로는 에이든의 말이 남긴 암울한 분위기를 덜어 보려고 던진 질문이기도 했으니까. 죽은 사람들과 죽어 가는 사람들이라니?

에이든이 대답했다.

"어쩌면. 그럴 나이잖아. 안 그래? 온몸으로 호르몬이 미친 듯이 퍼져 나가고 감정 기복이 심하다…."

에이든이 절망에 빠진 척 양손을 허공으로 올렸다.

"맙소사, 털도 모자라 여드름까지!"

에이든은 목소리를 한껏 깔고 덧붙였다.

"사랑하는 주님, 털과 여드름은 사양할게요."

나는 에이든을 따라 웃었다. 그리고 잠깐이었지만 다 괜찮다고 믿을 뻔했다.

차가 우리 집 정문 앞에 멈춰 섰다. 정문이 열림과 동시에 에이든이 말했다.

"너도 변했어. 그거 알아?"

"아니, 난 안 변했어."

그런데 에이든은 나에 대한 말을 계속했다.

"네 관심은 오로지 하나뿐이었어, 애슐리 델라투어. 가장 좋아하는 주제, *유일한 주제*, 모든 게 너를 기준으로 돌아가지. 우주의 중심처럼."

차 문이 소리 없이 열렸지만 우리는 앉은 자리에서 일어나지 않았다.

내가 말했다.

"에이든, 사실대로 말해 줘. 내 마음 다칠까 봐 신경 쓰지 말고."

"내가 한 말이 바로 그거야, 애쉬. 난 이제 네 마음이 다칠까 봐 조심하지 않아. 네 기분을 맞춰 주는 게 널 지켜 주는 것 같지만 사실은 아니거든. 너를 좋아하는 사람들이 많지 않았어. 너는 그 사람들에게 관심이 전혀 없었으니까. 옛날에 웃기는 말 중에 이런 말 있었잖아. *내 얘기는 그만하면 됐어. 네 얘기 하자. 넌 나를 어떻게 생각해? 딱 네 얘기였어.*"

에이든이 옳다는 걸 알면서도 눈물이 날 것 같았다. 나는 고개를 숙인 채 차 안에 앉아 있었다. 솔직히 난 이런 기분을 느껴도 싸지 않을까.

"옛날의 애쉬는 이런 말을 들으면 분통을 터뜨렸을 텐데…. 떼를 쓰고, 울고, 장난감을 내던지고. 그런데 넌 변했어. 넌 나하고 같이 제나도 보러 갔어. 나를 지켜 주고 싶었으니까. 아빠가 우리를 대신해서 캠프장 조교 아들한테 선물을 보냈다는 말씀을 하시더라. 넌 내가 아픈 동안 나를 보살펴 주었어. 조로를 내 방에 있게도 해 주었고. 네가 조로를 얼마나 데려가고 싶은지 내가 모르겠어? 정말 인정하고 싶진 않지만, 넌 점점… 친절해지고 있어."

"지금 넌 점점 지독하게 굴고 있고."

내 말에 우리 둘 다 웃음이 터졌다.

"어쩌면 그 사고로 우리 둘 다 정신이 번쩍 들었나 봐."

"아니면 우리 둘 다 사춘기를 겪는 중이든지."

내가 소리를 질렀다.

"털과 여드름은 사양할게요!"

우리는 차에서 내렸다. 우리 뒤로 문이 닫히며 차가 차고로 출발했다. 에이든이 다시 한번 내 손을 잡더니 고갯짓으로 현관문을 가리키며 말했다.

"디즈니랜드로 들어갈 준비 됐어, 애쉬? *지구상에서 가장 행복*

*한 곳*으로?"

"도대체 디즈니랜드가 뭔데, 에이든?"

"아, 신경 쓰지 마, 미니마우스. 다 옛날 일이야."

❊

인도에서 돌아온 엄마가 주방 안을 부산스럽게 움직이며 채소 카레를 요리했다. 엄마는 우리 둘을 껴안아 준 뒤 다시 양파를 썰고 절구로 향신료를 갈았다.

엄마가 말했다.

"채식 하면 인도를 따라갈 수가 없거든, 애슐리. 수천 년 동안 채식을 하며 산 사람들이니까…. 세상에, 너무 맛있다. 엄마가 향신료를 다 챙겨 왔어. 여기서는 구할 수가 없는 향신료들이야. 쿠민, 호로파, 고수씨, 향두구, 가람 마살라. 먹어 보면 너도 정말 좋아할걸."

에이든이 물었다.

"회의는 잘 되셨어요?"

엄마가 프라이팬에 향신료를 넣고 가볍게 식물성 기름을 둘렀다. 기름을 넣기가 무섭게 더없이 좋은 냄새가 주방 안을 가득 채웠다.

"아주 생산적이었지. 물어봐 줘서 고맙구나."

"가난을 직접 접하긴 하셨나요?"

• '지구상에서 가장 행복한 곳'은 디즈니랜드의 대표적인 선전 문구다.

나는 힐긋 에이든을 보았다. *이상한 질문* 같았다. 음, 이상한 질문이라기보다는 뭔가… 부적절한 질문이랄까. 엄마도 그렇게 느낀 게 확실했다. 순간 향신료를 젓던 손을 멈추고 아들을 쳐다보았으니까.

"가난을 눈으로 보지는 못했는데, 에이든. 엄마는 최고급 호텔에 묵었으니까. 하지만 엄마가 그 회의에 참석한 큰 이유가 *빈곤과 기아* 때문이었어. 우리 회사가 도움이 될 방법을 찾기 위해서이기도 했고."

엄마가 다시 프라이팬을 휘저으며 말을 이었다.

"너희가 알 수도 있고 모를 수도 있지만, 인도는 기후 변화와 그로 인한 경작지 파괴로 그 어느 곳보다도 고통을 겪은 나라야. 수백만 명이 굶주렸고. 우리 회사는 인간이 일하기 어려운 곳의 토지를 관리하고 작물을 재배할 수천 개의 작업 로봇을 생산 중이야. 우리가 인도를 먹여 살리는 거야, 에이든."

"그 로봇들로 떼돈을 벌고 있잖아요. 안 그래요?"

이번에는 나도 어쩔 수가 없었다. 나도 모르게 헉 숨을 삼켰다. 엄마가 볶고 있던 양파와 향신료 위로 나무 주걱을 내던지고 양손을 옆구리에 올렸다. 격앙된 엄마의 얼굴에 나는 움찔 놀라 한 걸음 뒤로 물러났다. 에이든은 아니었다.

"절반은 인도 정부가 구매했고 나머지 절반은 우리가 기증했어."

엄마는 말을 자제하려는 사람처럼 천천히 또박또박 말을 하고 있었다. 내 기억상 엄마가 이렇게까지 화난 모습은 처음이었다.

"왜 *전부 다* 기증하지 않았냐고, 에이든? 지금 네가 묻는 게 그거니? 사람들을 돕는 방법을 계속 연구하려면 돈이 필요하니까. 인공지능에 투입되는 자금이 없으면, 세상은 서서히, 그러나 틀림없이 사라지게 될 거야. 우리 회사가 하는 일이 바로 그거야."

에이든이 말했다.

"우아, 세상을 구하는 일이네요. 감동적이에요."

엄마와 아들이 나로서는 이해하지 못할 대치 속에 1분이 다 되도록 얼굴을 마주하고 서 있었다. 결국 먼저 눈을 깜빡인 사람은 엄마였다. 엄마가 다시 국자를 들고 팬을 휘저었다.

"샤워하고 저녁 먹을 준비 해. 30분이면 돼. 그때까지는 너희 둘 다 보고 싶지가 않구나."

❋

조로는 에이든을 보자 신나서 펄쩍펄쩍 뛰었다. 낑낑거리고, 끙끙거리고, 다리 위로 뛰어오르고, 바닥에 등을 대고 굴렀다.

내가 말했다.

"야, 너 그동안 훈련 많이 시켰구나. 에이든, 얘 점점 애정 결핍이 되는 거야, 뭐야?"

에이든이 무릎을 꿇고 앉아 조로의 배를 문질렀다. 조로가 황홀감에 몸부림치며 에이든의 손을 핥으려고 거의 두 동강이 날 정도로 몸을 비틀어 댔다.

"난 저렇게까지 좋아하지 않던데."

에이든이 말했다.

"넌 훈련에 정성을 쏟지 않았으니까."

"조로는 네 방에서만 지니까."

"넌 훈련에 정성을 쏟지 않았으니까."

한숨이 나왔다. 나는 조로를 사랑했지만, 조로가 나보다 내 동생을 더 좋아한다는 사실을 받아들이고 살아야 할 것 같았다. 내가 그동안 읽은 고양이와 개에 대한 글만 봐도 반려 동물들은 한 주인을 다른 주인보다 더 좋아한다고 나와 있었다. 그리고 난 조로가 그 뭐지… 뭐더라…? 내가 빙그레 웃었다.

아! 생각났다. 뼈다귀!

에이든과 내가 서로 차지하려고 싸우는 뼈다귀가 되는 건 원치 않았다.

내가 물었다.

"또 할 수 있는 게 뭐야?"

에이든이 일어나서 손가락을 튕겼다. 조로가 벌떡 일어나 발치에 앉더니 꼬리를 흔들며 우러르는 듯한 얼굴로 에이든을 올려다보았다. 손동작이 바뀌자 조로가 다리를 빙 돌아 에이든의 왼쪽으로 가서 나를 마주 보고 앉았다.

"대단한데."

에이든이 빙긋 웃었다.

"아, 하나 더 있다. 볼래?"

191

"물론이지."

에이든이 손으로 나를 가리키며 말했다.

"가!"

조로는 망설이지 않았다. 나에게로 쏜살같이 달려와 내 오른쪽 종아리를 물었다. 생각지도 못한 일이라 1, 2초 동안은 아픈 줄도 몰랐다. 그러다 내가 소리를 질렀다.

"놔!"

에이든이 소리치자 조로가 내 종아리를 놓고 앉았다. 그러고는 꼬리를 흔들며 칭찬을 기대하기라도 하는 듯한 얼굴로 나를 올려다보았다.

내가 놀라서 소리쳤다.

"무슨 짓이야, 에이든?"

허리를 숙이고 다리를 살폈더니 이빨 자국 두 군데에서 피가 약간 흘렀다.

에이든이 어쩔 줄 몰라 하며 사과했다.

"세상에! 미안해, 애쉬."

에이든이 다가와 내 앞에 무릎을 꿇었다.

"세게 물라는 뜻으로 시킨 건 아니었어. 살갗이 찢어질 정도가 아니라 입으로 살짝 물기만 하라는 거였는데. 정말 미안해. 어서 가자. 가서 소독약 바르자."

몇 분이 지나고서야 진정이 되었다. 상처는 심하지 않았고 조금 긁힌 정도였지만 무엇보다 깜짝 놀랐던 게 컸다. 에이든이 물린 자국을 소독약으로 씻어 내고 반창고를 붙여 주며 말했다.

"훈련을 다시 생각해 봐야 할 것 같아."

"경비견이 되면 좋지. *우리까지* 물지 않는다면야. 그러려는 건 아니잖아."

"이건 우리끼리 비밀로 하자, 애쉬. 엄마하고 더 부딪치기 싫어."

나는 동의했지만, 에이든의 목표가 *정확히* 엄마와 부딪치는 게 아닌가 하는 생각을 하지 않을 수 없었다.

※

"에이든, 너 내일 다시 병원 가야 돼."

채소 카레를 먹으면서 아빠가 말했다. 엄마 말이 맞았다. 카레는 맛있고, 크림처럼 부드럽고, 또 뭐랄까… 음, 나는 채소가 이렇게 맛있을 수 있는지 처음 알았다. 엄마가 이 한 그릇에 남은 향신료를 몽땅 써 버리지 않았기만을 바랐다.

에이든은 우리와 함께 식탁에 앉아 있었다. 에이든한테 미안했다. 삼시 세끼 초록색 찐득이라니. 카레를 맛볼 기회도 없이. 그것만으로도 괴로운데 우리가 먹는 걸 지켜보는 건 고문이나 마찬가지가 아닐까.

에이든이 말했다.

"다 끝난 줄 알았는데요."

아빠가 말했다.

"우리도 그런 줄 알았지. 그런데 너희들이 학교에서 돌아오기 전에 주치의 선생님한테 전화가 왔었어. 채취한 혈액 샘플 중 일부가 실험실에서 잘못돼서 다시 채취를 해야 한대. 하루만 입원하면 돼."

엄마는 일부러 아주 천천히 카레를 먹고 있었다. 대화에도 끼어들지 않았는데 아마 말을 많이 했다가는 다시 에이든과 말싸움으로 번질 것 같아 일부러 참는 눈치였다.

에이든이 물었다.

"이게 마지막인가요? 거기 가면 얼마나 힘든지 말도 못 해요."

아빠가 포크로 카레를 푹 뜨면서 말했다.

"그러길 바라야지. 하지만 그건 의사들이 결정하는 거니까, 우리가 아니라."

12
통제 불능

결국 하루가 아니었다. 에이든은 사흘이나 병원에 있었다. 엄마와 아빠에게 그 이유를 묻자 치료상의 합병증이 생겨서라고 했다. 크게 걱정할 일은 아니지만 검진에서 감지한 다소간의 출혈을 막기 위해 외과의가 머리 수술을 다시 진행했다고 했다. 아주 일상적인 수술이라 내일이면 집으로 올 예정이었다. 그 말을 들으니 기뻤다. 에이든이 보고 싶었다. 조로도 에이든을 보고 싶어 했다. 사흘 밤을 내 침대에서 자긴 했지만 에이든 옆에 너무 있고 싶어 하는 그 마음을 내가 모를 리 없었다.

　마침내 퇴원한 에이든을 보고 나는 깜짝 놀랐다. 다행스럽게도 다시 장치를 끼지는 않았지만 머리에 붕대가 친친 감겨 있었다. 기운이 하나도 없어 보였고 의욕이라곤 보이지 않았다. 조로는 에이든이 문으로 들어오자 좋아서 난리가 아니었다. 펄쩍펄쩍 뛰고 왈왈 짖고 낑낑 울어 댔다. 에이든이 웃으며 핥으라고 한 손을 내주었지만 조로마저도 에이든의 기분을 북돋워 주지는 못하는 것 같았다. 에이든은 자러 갔고 아침이 되도록 방에서 나오지 않았다. 나는 들어가서 에이든과 이야기를 나누고 기분을 띄워 주고 싶기도 했지만 에이든의 휴식을 방해할까 봐 참았다.

에이든은 이튿날이 되자 조금 나아지긴 했지만 어떤 투지 같은 건 사라지고 없는 것 같았다. 엄마, 아빠가 말을 붙이면 예의 바르게 대답을 했고, 그동안 학교는 어땠고, 옆에 자기도 없는데 괜찮았는지 이것저것 물으며 나를 매우 걱정했다. 그런 반응 자체가 잘 이해가 되지 않았다. 지금의 고분고분한 동생은 옛날의 에이든과 훨씬 닮아 있었지만, 그래도 웬지….

"엄마?"

내가 엄마를 찾았다. 엄마는 도서관에서 책을 읽고 있었고, 그사이 아빠는 텃밭을 가꾸고 있었다. 초저녁이었고, 기온이 많이 내려간 뒤라 실외도 꽤 쾌적했다.

"왜?"

"에이든은 뇌에 손상을 입었나요?"

그 말에 엄마가 읽던 책을 내려놓았다.

"왜 그런 말을 하지, 애슐리?"

"에이든이 감정의 기복이 컸었거든요. 사고 전에는 아주 차분했었는데 사고 이후로… 뭐랄까, 좀 이상해졌다고 할까. 그냥 좀 궁금해서요."

엄마가 바로 옆의 의자를 톡톡 쳐서 내가 그 의자에 앉았다. 엄마가 잠시 아랫입술을 깨물고 한숨을 내쉬었다.

"우리도 에이든이 내내 걱정스러웠어, 애쉬. 엄마는 너한테 거짓

말은 하지 않을래. 에이든이 달라졌다고 느낀 사람은 너만이 아니야. 에이든은 나서부터 줄곧 뭐랄까… 예상이 가능한 아이였으니까. 너는 에이든에게 완전히 의지할 수가 있었고. 그런데 지금은… 음, 솔직히 조금 이려워졌어. 에이든의 행동이… 예측이 안 돼."

"샬럿은 사춘기 같대요. 호르몬의 변화래요. 그것도 말이 되죠. 그렇죠?"

엄마가 눈썹을 치켜떴다.

"아, 너 이 얘기를 샬럿한테도 했구나. 그 말을 들으니 네가 얼마나 걱정했는지 알겠다. 맞아, 사춘기라는 말도 설명이 되긴 하는데 캠프에서 머리에 외상을 입은 것도 한 이유일 거야. 에이든의 감정의 변화가 그 직후에 시작되었으니까. 그래서 엄마는 네가 걱정하는 게 맞다고 생각해, 애쉬. 엄마도 정말 걱정하고 있고."

"하지만 괜찮아지겠죠?"

엄마가 생긋 웃고 내 다리를 툭툭 쳤다.

"당연히 그렇지. 아빠하고 엄마가 에이든을 원래대로 되돌리기 위해 돈을 아낄 사람이 아니라는 거 너도 알잖아. 그 병원 *진짜* 비싸거든."

"아, 엄마, 난 에이든이 원래대로 돌아오는 건 원하지 않아요. 에이든은 지금이 훨씬 더 재밌거든요. 전에는… 어, 아까 뭐랬죠? 예상이 가능하다. 나는 예나 지금이나 에이든을 사랑하지만 지금의 에이든도 좋아요. 내 말 무슨 말인지 알죠? 나는 예측 불가능한 것도 좋아요. 난 그냥 에이든이 *아프지 않으면* 좋겠어요."

조로는 정말이지 성질 나쁜 개가 되기 시작했고, 그건 에이든의 회복에 도움이 되었다.

에이든이 퇴원하고 이틀 뒤 우리는 수영을 하러 갔다. 늘 그렇듯이 조로는 우리가 수영장을 왕복하는 동안 수영장 옆을 돌아다녔다. 이제 물속으로 뛰어들지 않았고 물을 좀 겁내는 것 같기도 했다. 엄마에 따르면 그건 조로가 학습을 하고 있기 때문이라고 했다. 엄마의 설명은 이랬다.

"아기들도 처음엔 물을 전혀 무서워하지 않아. 하지만 크면서 물을 위험과 연관시켜 생각하는 걸 배우게 되거든. 아기가 물을 무서워하기 전에 수영을 가르치는 게 좋은 것도 그래서야. 너무 오래 놔두면 그사이에 생긴 두려움을 극복하는 법까지 훈련해야 되니까."

조로는 신체적으로 물에 빠져 죽는 게 불가능하지만, 엄마가 말하는 소위 '딥 러닝'을 통해 익사를 자연스럽게 걱정하게 된 것처럼 보였다.

아무튼 에이든과 나는 몇 번 수영장을 왕복한 후 이런저런 이야기를 나누다 조로가 사라지고 없다는 걸 알았다. 에이든이 휘파람을 불어도 조로는 나타나지 않았다. 그러다 얼마 뒤 우리는 조로를 까맣게 잊어버렸다. 나는 에이든에게 병원에 대해 묻고 있었다. 예

• 사람의 사고방식을 컴퓨터에게 가르치는 기계 학습의 한 분야.

전엔 관심도 없었는데 갑자기 그 병원이라는 곳과 그곳에서 일어나는 일이 완전히 수수께끼와도 같다는 생각이 들었다.

내가 물었다.

"의사들은 어때? 간호사들은?"

"병원에 가면 여러 사람 안 만나, 애쉬. 내가 들어가면 주치의인 싱클레어 선생님하고 진료실에서 잠시 면담을 해. 그럼 간호사가 와. 항상 똑같은 간호사야. 말이 많고 친절해. 항상 자기를 수라고 부르래. 내가 침대에 누워 있으면 그 수라는 간호사가 나한테 주사를 놔. 그러고 나서… 깨어나 보면 1인실에 누워 있어. 싱클레어 선생님이 와서 몇 가지 검사를 하고 나면 퇴원하는 거야. 좀 따분해. 수술실은 한 번도 못 봤어."

"네 장을… 긁어내든가, 뭔가 그런 수술을 할 때마다 매번 그러는 거야?"

"매번."

에이든이 수영장 벽을 발로 차고 나와 물 위에 등을 대고 누웠다.

"캠프에서 머리를 다쳤을 때도 크게 다르지 않았어. 한 가지만 빼고. 이번엔 내가 깨어났을 때 싱클레어 선생님이 나한테 그걸 주더라. 어… 지능 검사지라고 하나, 이상한 질문이 잔뜩 있는 시험지. 내 뇌가 여전히 정상적으로 작동하는지 확인하려는 것 같아."

에이든이 양팔을 쭉 뻗으며 몸을 일으키더니 선혜엄을 쳤다.

"다들 내 뇌를 걱정해. 너도 엄마도 아빠도. 넌 안 그랬으면 좋겠어. 내 뇌는 그 어느 때보다 잘 돌아가고 있는 것 같으니까."

나중에 에이든이 내 방 문을 두드렸다.

"와서 이것 좀 봐, 애쉬."

조용히 에이든을 따라 그 방으로 건너갔다. 자기 방이 생긴 지 얼마 되지도 않았는데 에이든이 직접 꾸민 방을 보고 참 놀랍다는 생각을 했다. 천장에는 태양계를 투시한 영상과 멋진 소형 철로도 장식되어 있었다. 지름 1미터에, 달리는 열차도 한 대뿐이었지만 굉장히 귀여워 보였다. 학교 친구인 대니얼에게 받은 기차였다. 대니얼이 어렸을 때 가지고 놀던 기차지만 지금은 필요가 없다고 했다. 그때 에이든은 나한테 이랬다. *엄마, 아빠한테 골동품 사랑을 물려받았나 봐.*

그런데 에이든의 방으로 들어간 순간, 헉 소리가 날 정도로 나를 놀라게 만든 것은 지금 내가 말한 그런 것들이 아니었다.

"세상에, 에이든. 어떻게 이런 일이?"

에이든 방의 거의 모든 물건, 그러니까 침대보, 의자에 걸쳐 둔 셔츠. 하다못해 침대 옆 작은 러그까지 모조리 갈기갈기 찢겨 있었다. 난장판이 따로 없었다. 그리고 에이든의 침대 한가운데, 이 모든 난리통 속에 흡족한 얼굴로 떡하니 앉아 있는 주인공은 다름 아닌 조로였다. 조로는 칭찬을 기대하는 녀석처럼 에이든을 보고 꼬리를 흔들었다. 나는 방금 전 내 질문에 대한 답을 아주 빠르게 알아낼 수 있었다.

에이든이 말했다.

"엄마가 알면 멘붕이겠는데."

사실 엄마는 화를 내지 않았다. 처음엔 그랬다. 엄마는 오히려 흥미롭게 여기면서 에이든에게 어떤 훈련 기술을 썼는지 물었다. 에이든이 명령을 내릴 때 쓴 손 모양을 설명하자 엄마가 고개를 끄덕였다.

"아, 알 것도 같다. 너는 손을 움직이면 무언가를 하는 거라고 생각하게끔 조로를 가르친 거야. 그런데 문제는 조로가 네 모든 손의 움직임을 명령으로 본다는 거지. 조로가 이런 짓을 하려고 사라졌을 때 너희 둘 다 수영장에 있었다는 거잖아, 맞지?"

우리는 고개를 끄덕였다.

"너는 수영을 하면서 손을 움직인 건데 조로는 그걸 어떤 명령에 복종하라는 의미로 받아들였던 것 같구나. 녀석이 왜 그걸 파괴의 의미로 해석을 했는지는 알 수 없지만."

내 머리에 반짝 형광등이 켜졌고, 에이든의 머리에도 똑같이 형광등이 켜진 게 분명했다. 에이든이 엄마에게 손가락으로 대상을 가리키면서 '가!'라는 명령어를 내리면 그 대상을 입으로 잡게끔 훈련을 시켰다고 말했다. 그러면서 같은 명령에 조로가 나를 물었다는 사실도 고백했다.

"네 누나를 다치게 했다고, 에이든?"

그 순간 엄마의 말투를 보니, 결국 멘붕에 빠진 듯했다.

"네가 그렇게 무책임한 행동을 하다니 믿을 수가 없구나. 대체

년 무슨 생각을 하고 있었던 거야?"

내가 대신 말했다.

"그건 사고였어요, 엄마. 나를 입으로 살짝 잡기만 해야 되는데 조로는 자기 힘이 얼마나 센지 몰랐던 것 같아요. 그건 에이든의 잘못이 아니었어요."

엄마가 대답했다.

"글쎄, 정말 그럴까? 난 진짜 모르겠는데. 아무튼 그 말을 들으니 네 방을 이렇게 갈기갈기 찢어 놓은 게 설명이 되는 것 같구나. 이 개는 네가 이렇게 하라는 지시를 내린 걸로 생각을 했어. 이 개는 지시에 복종한 것뿐이야."

에이든이 말했다.

"나는 '가!'라는 명령어를 쓰지 않았어요. 그리고 이 개가 아니라 조로예요."

"네가 그렇게 확신을 가진다니 기쁘구나. 하지만 이 개는 기계야. 절대 그걸 잊지 마. 이 개의 학습을 담당하는 알고리즘은 굳이 명령어가 필요하지는 않다고 결정을 내린 게 확실해. 이 개는 스스로 학습을 한다고 엄마가 말했지? 그리고 그런 학습에 있어서는 진짜 개나 사람과 똑같이 잘못과 실수가 생길 때가 있어. 하고자 하는 말은 다 했고…."

엄마가 고개를 한쪽으로 갸웃하고 조로를 쳐다보았다. 조로는 아직 에이든의 침대에 있었지만 지금은 머리를 앞발에 기대고 엎드린 채 그 큰 갈색 눈동자로 우리를 올려다보고 있었다. 조로는 숨이 막힐 정도로 사랑스러웠고, 엉망진창이 된 주변 때문에 더더욱 예쁘게 보였다. 조로는 이렇게 말하는 것 같았다. *미안해요. 내가 무슨 나쁜 짓을 했는지는 모르겠지만 미안해요.* 이 부분만큼은 나 역시 에이든과 같은 생각이었다. 조로는 기계일지는 몰라도 우리 둘에게 있어서만큼은 진짜 개였다.

에이든이 엄마에게 물었다.

"왜 그러세요?"

"나는 녀석의 행동 알고리즘에 제한 장치를 넣었어."

우리에게 하는 말이라기보다는 혼잣말처럼 들렸다.

"어떤 훈련을 받고 어떤 학습을 하든 그것보다 우선할 수는 없는 건데, 어딘가에서 내가 실수를 한 게 틀림없어."

엄마가 몇 초를 더 그대로 서 있다가 짝짝 박수를 쳤고 그 바람에 조로가 깜짝 놀라서 눈을 감빡거렸다. 나 역시 깜짝 놀랐고, 에이든도 마찬가지인 것 같았다.

"좋아. 엄마가 앞으로 계속 지켜볼게. 자, 너희들, 먼저 이 난장판부터 깨끗이 치워. 새 침대보는 어디 가면 있는지 알지? 청소 다 끝나면 개를 처음부터 다시 교육시키면 돼."

엄마가 조로를 손으로 가리키며 덧붙였다.

"저건 장난감으로 만든 거야. 뭐가 됐든 다른 걸 망가뜨린다면 없앨 수밖에 없어."

엄마가 한 손을 들어 올린 걸 보면 우리 둘 다 끔찍한 신음 소리를 냈었나 보다.

"이건 협상 불가야. 엄마는 이 집에 너희들에게 신체적 해를 가할 수 있는 기계는 두지 않을 거야."

엄마가 나를 쳐다보고 덧붙여 말했다.

"그게 사고든 아니든. 엄마는 경고했다. 그러니까 개를 계속 키우고 싶으면 다시 교육을 잘 시키는 게 좋을 거야."

나는 엄마의 말이 무섭지 않은 척할 수가 없었다. 설령 조로가 나를 물고 말썽을 부린다고 해도 우리는 우리의 개를 사랑했다. 하지만 엄마의 표정 하나만 봐도 단순한 엄포가 아니라는 걸 우리 둘 다 잘 알았다. 나는 집에 있는 건 무엇 하나라도 망가뜨리지 않게 조로를 열심히 훈련을 시키겠다고 다짐했다. 하지만 조로가 장난으로 우리를 무는 일이 생기면… 그냥 참고 말 것이다. 비밀로 하는 건 말할 것도 없었다.

🕸

방학 전 마지막 주였고 솔직히 너무 좋았다. 2주일에 불과한 짧은 기간이긴 했지만 그래도 방학이 기다려졌다. 엄마가 방학 중에 예정된 나흘간의 퍼스 출장에 우리를 데리고 갈 수도 있다고 했다. 지금까지 한 번도 엄마를 따라가 본 일이 없어서 잔뜩 기대가 됐다. 우리가 가고 못 가고는 몇 가지 경우에 따라 달라질 수 있다고 했는데, 물론 가장 큰 문제는 웨스턴오스트레일리아주의 날씨였다. 그 계절에 퍼스에 몰려온 사이클론이 세 개나 되었고, 40년 전

다윈에 불어닥친 사이클론을 연상시킬 만큼 위험할 정도로 퍼스에 근접했다. 그 당시 다윈은 완전 초토화 상태였다. 그 누구에게도 도시를 재건할 기운도, 돈도, 노동력도 남아 있지 않았다. 엄마가 언젠가 다윈의 상공을 비행한 적도 있었는데 이제는 바다와 오지가 되어 버렸다고 했다.

따라서 가장 중요한 요인은 날씨였다. 그리고 엄마는 우리가 따라가더라도 낮에는 호텔에서 나오지 못할 거라고 했다. 대신 저녁에는 일이 많지 않으면 몇 군데 정도는 구경시켜 줄 수 있을 거라고 말했다.

우리는 두 손가락을 꼬며 행운을 빌었다.[*]

하지만 그 후로 일어난 사건으로 모든 게 무의미해졌다.

✸

사건의 시작은 단순했다. 방학 하루 전인 목요일 오후였다. 메레디스 선생님이 오스트레일리아 역사에 대한 퀴즈를 내는 중이었다. 반 전체가 나른한 분위기였다. 바깥 날씨가 너무 더워서 에어컨도 감당해 내기 어려울 지경이었다. 어쩌면 모든 게 덥고 나른한 날씨 때문이었는지도 모르겠다.

메레디스 선생님은 우리 모두를 일으켜 세운 뒤 진실 혹은 거짓 퀴

• 영어권에서는 행운을 빌며 손가락의 검지와 중지를 꼰다.

즈를 시작했다. 예를 들면 이랬다. "그레이트배리어리프*는 2030년에 공식적으로 생명 활동을 정지했다고 선언되었다. 진실일까, 거짓일까?" 진실이라고 생각하는 사람은 깍지를 끼고 머리 위로 손을 올린다. 거짓이라고 생각하는 사람은 양손을 허리에 올린다. 틀린 사람은 자리에 앉고 맞힌 사람은 계속 서서 다음 문제에 도전한다. 마지막 한 사람이 남을 때까지 새로운 질문이 주어진다. 마지막까지 살아남은 우승자에게는 메레디스 선생님이 상을 주겠지만 큰 기대는 말라고 했다. 선생님은 이 퀴즈가 '동전 던지기'라는 아주 옛날 게임에서 따왔다고 했지만 옛날 게임이든 퀴즈든 관심을 가지는 사람은 아무도 없었다. 나는 문제없이 2회전까지 진출했다. 물론 그냥 자리에 앉아서 공상에 빠질 수도 있었다.

마지막으로 세 명이 남았다. 대니얼, 샬럿(빠질 리가 없지!) 그리고 에이든. 내가 보기에 대니얼은 샬럿이 하는 대로 따라 해서 그때까지 남은 것 같았다. 꽤 괜찮은 작전이었고 메레디스 선생님도 나와 똑같은 의심을 했던 게 분명했다. 마지막 세 명이 남자, 서로 등을 돌리고 서게 했기 때문이다.

대니얼은 다음 문제에서 탈락했고 결국 두 명이 남았다. 에이든에게 앉으라고 진작 말해 줄걸. 샬럿은 실수를 모르는 아이다.

메레디스 선생님이 말했다.

"훌륭하군요. 어때요, 최후의 2인을 보니 흥미진진한가요? 그럼

• 오스트레일리아 북동부 해안에 있는 세계 최대 규모의 산호초 군락.

이제 최후의 1인을 가리기 위해 결판이 날 때까지 싸워 볼까요?"

아뇨. 모두 속으로 답했다. 음, 다른 아이들은 몰라도 아무튼 내 대답은 그랬다. 그리고 내 생각이 교실 안의 다른 아이들과 크게 다르지는 않을 것 같았다.

"자, 그럼 문제 나갑니다. 어쩌면 마지막 질문이 될 수도 있겠죠. 진실일까, 거짓일까? 오스트레일리아에서 역사상 가장 높은 온도로 기록된 기온은 사우스오스트레일리아주 운드너다터의 섭씨 59.8도다."

샬럿은 재깍 머리 위로 양손을 들었다. 에이든은 몇 초 뜸을 들이다 허리에 손을 올렸다. 승자는 결정되었다. 나는 당연히 샬럿의 우승을 예상했다.

"정답은…."

메레디스 선생님은 긴장감을 유지하려고 했지만, 애초부터 긴장감 같은 건 없었다는 사실을 깨달았는지 곧바로 마음을 접었다.

"진실입니다. 따라서 우승자는 샬럿입니다. 잘했다, 샬럿, 너는 상으로…."

에이든이 선생님의 말을 잘랐다.

"그건 틀린 답이에요."

그 말에 모두 동작을 멈추었다. 우리는 그대로 얼음이 됐다. 승리감에 환히 웃고 있던 샬럿, 여전히 허리에 손을 짚고 선 에이든, 그리고 그저 멍한 나머지 우리들까지.

메레디스 선생님이 말했다.

"내가 확실히 말하지만 틀린 답이 아니야. 퀴즈로 낸 질문은 사실 확인을 위해 어젯밤에 선생님이 일일이 찾아봤어, 에이든. 미안하지만 그건 진실이란다."

"지금까지 기록된 최고 기온은 퀸즈랜드주 버즈빌의 섭씨 61.1도입니다."

선생님은 에이든을 빤히 쳐다보고만 있었다. 그러자 에이든이 항복의 뜻으로 양손을 들고 말했다.

"난 상관없어요. 샬럿이 우승자라고 해도 괜찮아요. 정말로요."

에이든은 샬럿 쪽을 바라보며 엄지를 치켜들었다.

"그런데 선생님이 찾아본 기온은 기상청의 마지막 공식 기록일걸요. 그로부터 약 10년 후 버즈빌의 기온이 섭씨 61도가 넘었지만, 당시 기상청은 기록을 중단했어요. 다 의미 없는 일이었으니까요. 어쨌든 비공식적인 기록은 버드빌이 가장 높았지만, 아마 그 기록도 나중엔 깨졌을 거예요. 그거야 모르는 일 아닌가요?"

"넌 패배를 인정할 줄을 모르는 자식이야, 델라투어."

뒤에서 어떤 목소리가 말했다. 우람한 체구의 저스틴이라는 남자애였는데, 나는 걔가 수업 중에 듣는 시늉이라도 하는 걸 본 적이 없었다. 샬럿에 따르면 저스틴은 가업을 물려받을 예정이었고 그때까지 빈둥빈둥 날짜만 세고 있다고 했다. 메레디스 선생님은 전에도 저스틴 때문에 골치를 앓은 적이 있었다.

에이든이 돌아서서 차분하게 말했다.

"패배를 인정할 줄 모르는 게 아니야, 저스틴. 사실을 바로잡으려고 하는 것뿐이지."

메레디스 선생님이 가만히 두면 안 되겠다고 직감했는지 주목하라며 양손을 들고 말했다.

"좋은 지적이었다, 에이든. 선생님이 *공식적으로* 가장 높은 기록이라고 말했어야 했어. 그럼 승자를 결정짓기 위한 문제를 하나 더 풀어 볼까? 샬럿, 괜찮겠니?"

에이든이 말했다.

"그럴 필요 없어요. 저는 샬럿이 이겨도 괜찮아…."

"음, 네 목소린 전혀 괜찮게 들리지가 않는데, 에이등-신아."

에이든이 다시 한번 저스틴 쪽으로 돌아섰다.

"적당히들 해!"

메레디스 선생님이 소리를 치며 말렸지만 이미 분위기가 험악해진 뒤였고, 이쯤 되면 중간에 멈추기가 쉽지 않은 법이다.

에이든이 말했다.

"에이등-신아? 내 이름으로 말장난을 했네, 저스틴? 감동적이야. 우리 반에서 짧은 시간에 그렇게 재치 있는 말을 떠올릴 수 있는 사람은 너 말곤 없을 거야."

"지금 비꼬는 거냐?"

"그만하면 됐다!"

메레디스 선생님이 다시 소리쳐 말렸다. 에이든은 빙그레 웃었다. 에이든의 그런 침착함이 오히려 나를 불안하게 만들었다.

에이든이 말했다.

"저스틴, 학교에 다녀도 그 무식함은 어쩔 수 없다니 너도 보통 인물은 아니야."

"뭐?"

에이든이 반 아이들에게로 몸을 돌리며 말했다.

"저스틴이 바보처럼 보이기도 하고, 또 하는 소리도 바보 같아도 거기에 속지 마. 쟤는 *진짜* 바보거든."

선을 넘는 말이었다. 저스틴이 당장 에이든을 향해 몸을 날렸고, 내 동생은 침착하게 옆으로 비키며 저스틴의 복부에 주먹을 꽂았다. 교실 안은 순식간에 아수라장으로 변했다. 메레디스 선생님은 어떻게든 둘을 갈라 놓으려고 했고, 아이들은 싸움을 구경하려고 우르르 몰려들었다. 나는 에이든을 돕기 위해 밀치락거리는 아이들 틈을 비집고 들어가려고 안간힘을 썼다. 마침내 아이들 사이를 뚫고 들어갔을 때는, 에이든이 저스틴의 배를 깔고 앉아 양팔을 무릎으로 찍어 누르고 있었다. 한쪽 주먹은 저스틴의 얼굴을 때리려고 쳐든 상태였다.

"에이든!"

내가 소리쳤지만 에이든은 내 말을 듣지 못한 것 같았다. 메레디스 선생님이 때리지 못하게 에이든의 주먹을 꽉 붙잡고 있었다. 나는 반대쪽으로 자리를 옮겼고 그와 동시에 에이든이 왼팔을 번쩍 들었다. 오른팔이 안 되니 왼팔로 때리려는 게 분명했다. 내가 왼팔을 붙잡았지만 내 힘으로 에이든을 막는 건 역부족이었다. 에이든이 잡힌 주먹을 비틀며 팔을 뒤로 확 젖혔고 그 바람에 내 입을 정통으로 때리고 말았다. 순간 혀 위로 싸한 피 맛이 느껴졌고, 나는 정신이 멍해지며 바닥으로 쓰러졌다.

에이든도 힐긋 뒤를 돌아보다 자기가 무슨 일을 저질렀는지 알아챈 게 분명했다. 정신을 차리고 보니 내 얼굴 위에 에이든의 얼굴이 있었다. 에이든이 어쩔 줄 몰라 하며 말했다.

"세상에, 애쉬, 정말 미안해. 정말 미안해. 넌 줄 몰랐어. 난…"

그런데 에이든은 말을 끝맺기도 전에 다음 일이 벌어졌고, 나는 에이든에게 경고조차 하지 못했다. 에이든의 왼쪽 어깨 너머로 바닥에 무릎을 대고 몸을 일으키는 저스틴이 보였다. 저스틴의 얼굴은 분노로 벌겋게 달아올라 있었다. 저스틴이 오른쪽 어깨를 뒤로 젖히는 순간 나는 무슨 말인가를 하려고 했다. 에이든에게 경고를 해 주려고 했지만 머리에 충격이 와서 어지러웠던 탓인지 모든 게 너무나 빠르면서도 동시에 너무나 천천히 일어났다. 그 와중에 저스틴의 주먹이 내려오는 걸 보았고 뒤이어 손마디가 뼈에 부딪치는 소리가 들렸다. 에이든의 눈이 휘둥그레지면서 흰자위가 드러나는가 싶더니 어느샌가 에이든의 무거운 몸이 내 위로 쿵 쓰러졌다.

내 얼굴을 살펴본 보건 선생님이 입술을 베어서 며칠 멍이 남을 것 같다고 했다. 그것 말고는 별달리 다친 곳은 없었다. 내가 괜찮다는 확인이 끝나자, 엄마가 메레디스 선생님에게 정확한 진상을 물었다. 머리 검사를 위해 에이든은 차에 태워 병원으로 보낸 뒤였다. 몇 분 뒤 정신을 차린 에이든은 아무렇지 않다고 했지만, 당연히 엄마는 일말의 의심이라도 남아서는 안 된다는 생각이었고, 보건 선생님보다는 전문의에게 이상이 없다는 확진을 받아야 한다고 고집했다. 그 말을 들은 보건 선생님은 입을 앙다물었지만 아무런 말도 하지 않았다.

에이든은 불만을 토했지만 엄마한테는 따져 봤자 소용이 없는 일이었고 나 역시 엄마가 심하다고는 말할 수 없었다. 에이든에게도 말했지만 건강은 조심해서 나쁠 건 하나도 없었다. 뇌진탕을 일으켰을 가능성도 충분히 있는 데다가 돌다리도 두드려 보고 건너라고 했다. 에이든은 내 말에 고개를 끄덕이고 순순히 병원으로 향했다.

교장실 안에서 대화가 이루어지다 보니 엄마가 선생님에게 하는 말을 다 듣지는 못했다. 하지만 메레디스 선생님과 비교했을 때 엄마가 말하는 시간이 긴 걸로 봐서(문이 닫혀 있어서 소리가 잘 들리지는 않아도 아예 들리지 않는 건 아니었다.) 그동안 나와 에이든의 안전을 제대로 지켜 주지 못한 점에 있어서 엄마의 실망이 이만저만이 아닌 것 같았다. 학교 울타리를 넘어 공원에 갔다 온 일과 캠프장에서의 참사에 이어 오늘 일까지. 이번에는 엄마가 메레디스 선생님 편에 서 주지 않을 것 같아서 걱정스러웠다. 엄마는 한 번은 사고로, 두 번은 부주의로 넘긴다 쳐도, 세 번째는 완전한 업무 태만이라고 여기는 것 같았다. 한편, 나는 복도 의자에 앉아 웅얼웅얼 들리는 목소리들에 귀를 세우면서도, 머릿속에서는 에이든의 생각을 떨칠 수가 없었다.

제발 스스로 화를 자초하는 일은 그만하기를 바랐다. 머리도 좀 조심하고. 그게 그렇게 어려운 일일까? 보아하니 그런 것 같았다. 병원에서 돌아오면 에이든하고 얘기를 해 봐야 할 일이었다.

에이든을 태우고 갔던 차가 돌아왔고 엄마와 나는 마침내 집으로 출발했다. 엄마는 메레디스 선생님에게 아무래도 방학식이 있는 내일은 우리 둘 다 학교에 오지 않는 게 좋겠다고 알렸다. 선생님은 엄마와 아빠에게 오늘 일을 정리한 보고서를 전달하겠다고 약속하면서, 안타깝지만 에이든은 다음 학기에 얼마간 정학 처분을 피하기 힘들 거라는 말도 했다. 물론 싸움에 연루된 다른 남학생에게도 비슷한 처벌이 적용될 거라고 했다. 하지만 엄마는 그 어느 말에도 개의치 않는 듯 보였다. 혹시 다른 학교로 전학시키려는 걸까? 설마 또 홈스쿨을 하게 되는 건 아니겠지?

집으로 오는 차에서 엄마는 나에게 오늘 있었던 일을 처음부터 다시 한번 말해 보라고 했다. 나는 먼저 신경을 긁은 사람은 저스틴이라는 사실을 분명히 했고, 싸움을 시작한 사람도 저스틴이었다는 사실을 거듭 강조했다.

엄마가 말했다.

"하지만 누구 얘기를 들어 봐도 에이든은 끝장을 보려고 했잖아. 네가 끼어들기 전에 그 남학생 얼굴을 주먹으로 치려고 했어. 요약하면 그런 거지?"

"네, 하지만….”

"그러다 에이든이 너도 때렸고.”

"나를 때린 건 아니었어요, 엄마. 어쩌다 보니 주먹이 내 입술에 닿은 거지, 그게 다예요. 에이든은 그때 너무 화가 난 상태였어요. 게다가 나를 돌보는 사이에 다른 남자애한테 에이든을 칠 기회가 생긴 거고. 에이든은 나를 지키려고 하다가 머리에 주먹을 맞은 거예요.”

"흠.”

엄마는 입술만 오므리고 앉아 있었다. 하지만 질문을 멈추었고 집으로 가는 내내 창밖만 내다보았다. 다행이었다. 입술을 다치고 이 하나가 좀 흔들리는 것 같긴 해도 나는 아프다는 말은 하지 않을 생각이었다. 엄마가 침묵하는 사이 나는 다시 에이든 걱정에 빠졌다.

※

집에 가서 나는 아빠에게 오늘 일을 또다시 처음부터 줄줄이 읊어야 했다. 엄마는 나를 내려 주고 에이든을 챙기러 다시 병원으로 떠났다. 에이든에게 안부를 전해 달라는 내 말에 엄마가 고개를 끄덕였다.

나는 수영장을 두어 번 왕복해 보려고 했지만 그럴 기분이 아닌 데다가 혼자 하는 수영은 크게 재미도 없었다. 대신 조로와 놀려고 했더니 *조로가 그럴 기분이 아니었다.* 조로는 현관문만 뚫어져라 쳐다보았다. 그렇게 간절히 쳐다보면 에이든이 문으로 들어오기라도 하는 것처럼.

내가 말했다.

"야, 똥강아지, 나는 언제? 나를 좀 사랑해 주면 어떠냐고?"

그러나 보아하니 내 몫으로 남은 사랑까지는 없는 것 같았다. 나는 대신 샬럿과 화상 통화를 했지만, 샬럿이 온통 그 싸움 얘기만 하려고 해서 저녁을 먹으러 가는 척하며 급하게 태블릿을 껐다. 훅 하고 사라지는 홀로그램 속 샬럿의 얼굴에는 실망한 기색이 역력했다.

엄마는 저녁 식사 시간이 다 되어서야 집으로 돌아왔다. 아빠가 채소 라자냐를 만들어 놓았지만 다들 입맛이 없어서 깨작거리기만 하다가 거의 다 남겼다. 평소 같으면 음식을 남기는 걸 질색하는 엄마라 얼마나 걱정이 큰지 알 수 있었다. 엄마는 나와 아빠에게 에이든이 검사를 받고 있고 다시 병원에 하룻밤 입원을 하게 될 거라고 전했다.

내가 말했다.

"에이든은 집보다 병원에서 보내는 시간이 더 많아지기 시작하네요."

나는 분위기를 띄우려고 했지만, 엄마와 아빠는 아무 말도 하지 않고 계속 파스타만 깨지락거렸다. 에이든에게 안부를 전했는지 묻자 엄마는 그렇다고 했지만, 대답을 하면서 내 눈을 쳐다보지 않은 걸 보면 깜빡 잊은 게 분명했다.

　잠자리에 들기 전에 잠시 도서관에서 시간을 보냈지만 역시 집중이 되지 않았다. 에이든과 화상 통화라도 하고 싶었지만, 엄마는 에이든이 전신 마취를 했다고 했다. 그게 아니더라도 에이든이 병원에 있을 땐 방해하면 안 된다는 걸 나도 알고 있었다. 전체적으로 심란한 분위기였다. 어느 순간 엄마, 아빠가 주방에서 다투는 소리가 들렸다. 목소리가 높아졌고, 듣자하니 목소리를 낮추려고 하는데 마음처럼 안 되는 듯싶었다. 얼핏 너무 충격적이라는 아빠 목소리가 들렸다. 혹시 아빠가 결국 다시 일을 시작하겠다고 하니까 엄마가 단호히 반대하는 상황인가.

　내가 상관할 문제는 아니라서 모른 척하기로 했다. 이른 샤워를 마치고 태블릿으로 게임을 했지만 게임도 재미가 없었다. 그만하고 막 자려는데 복도 아래에서 고함 소리가 들렸다. 심지어 욕하는 소리까지 들렸다. 뒤이어 내 방으로 오는 발소리가 나더니 방문이 확 열렸다. 엄마가 조로를 안고 문 앞에 서 있었다. 엄마는 기분이 좋아 보이지 않았다. 사실상 화가 머리끝까지 치민 상태였다.

　"네 빌어먹을 개가 너희 아빠를 물었어."

　엄마가 조로를 내 품에 거칠게 떠안겼다.

　"이 개를 네 방에 가둬 놔. 엄마 말 알겠지? 오늘 나는 참을 만큼 참았어."

　그 말과 함께 쾅 하고 문이 닫혔고 엄마는 사라졌다.

　엄마 기분을 알 것 같았다. 나 역시 오늘 참을 만큼 참았다. 나는

216

조로를 껴안았다. 이제는 조로를 걱정해야 할 차례였다. 엄마가 뭐라고 했었지? 한 번만 더 사고가 생기면 '없앨 수밖에 없다'고 했었나? 나는 속으로 생각했다. *그건 절대로 안 돼.* 우리한테 그런 짓을 할 수는 없었다. 우리한테는 그동안 조로를 다시 교육할 시간도 없었다. 엄마가 그렇게 인정머리 없는 사람은 아니겠지, 설마?

스르륵 잠이 들 때까지 그 생각이 내 머릿속을 떠나지 않았다.

※

그렇게 이른 시간에 왜 잠이 깼을까. 나는 왜 냉장고로 가야겠다는 생각을 했을까. 아마 저녁때 깨작거리기만 해서 배가 고팠고 그래서 일찍 잠이 깬 듯했다. 지금 생각하면 그건 하나도 중요하지가 않다.

조용히 복도를 내려가 주방으로 향하던 중 미디어실에서 목소리가 들렸다. 엄마와 아빠였다. 대화 중인 듯했다. 아니, 말다툼일까. 모르는 척 간식을 챙겨 곧바로 방으로 돌아왔어야 했다. 그런데 도저히 참을 수가 없었다. 뭔가 나와 관련된 말을 하고 있다는 걸 알았고, 그게 뭔지 알아야 했다.

살짝 문이 열려 있길래 조금 더 문을 밀고 소리 없이 안으로 들어갔다. 내가 눈에 띌 걱정은 없었다. 미디어실은 옛날 영화관 구조라 좌석이 전부 화면 쪽으로 향해 있고 입구는 맨 뒤에 있었기 때문이다. 엄마, 아빠가 맨 앞줄에 있어서 나는 뒷줄 바닥에 앉았다.

이제 두 사람이 하는 말이 다 들렸다.

"이 사실을 알면 애슐리가 완전히 망가질 거야. 당신도 알잖아, 안 그래?"

"당연히 알지. 난 바보가 아니야, 여보. 하지만 계속 이대로 둘 수는 없어. 그렇게는 안 돼. 그런 위험을 감수할 수는 없어."

가슴이 철렁했다. 엄마는 조로를 우리에게서 앗아 가려 하고 있었다. 그건 너무 불공평했다. 나는 울음을 뱉어 내지 않으려고 아랫입술을 깨물며 참았다.

"그래서 어떻게 하려고? 애슐리한테 다 솔직히 말하려고?"

"그게 최선일 수도 있어. 하지만 아니야. 그냥 자다가 죽었다고 할래. 당연히 속상해하겠지. 하지만 애슐리는 어려. 시간이 지나면 이겨 낼 거야. 애슐리는…."

"난 이겨 내지 못할 거예요."

내가 소리쳐 말했다. 얼굴에서 눈물이 줄줄 흐르고 온몸이 떨렸다. 깜짝 놀란 엄마, 아빠가 벌떡 일어나 나를 쳐다보고 있었다. 나는 더 어른스럽고 싶었다. 엄마, 아빠에게 내가 어떤 상황이든 성숙하게 대처할 수 있다는 것을 보여 주고 싶었다. 엄마, 아빠에게 논리적으로 설명을 하고, 조로는 괜찮을 거라고, 우리 모두 괜찮을 거라고 설득을 하고 싶었다. 그런데 나는 바닥에 대고 발을 구르며 울부짖고 있었다.

"엄마는 조로 안 죽여! 못 죽여!"

엄마가 양손으로 내 어깨를 붙잡았지만 나는 엄마 얼굴을 보고 싶지 않았다. 아빠가 "여보?" 하고 부르는 소리가 들렸다. 걱정이 가득한 목소리였지만, 나를 붙잡은 엄마의 손은 단호했고, 나는 어쩔 수 없이 고개를 들었다. 엄마와 눈이 마주쳤다.

엄마가 말했다.

"엄마는 네 개 얘기를 하는 게 아니야, 애슐리."

"여보!"

"엄마는 에이든 이야기를 하는 거야."

"뭐라고요?"

사레 걸린 것 같은 목소리가 나왔다.

"여보, 하지 마!"

아빠의 만류에도 엄마는 나에게서 눈을 떼지 않았다.

"너도 알아야 할 때가 되었어, 애슐리. 네가 알 때가 왔어. 에이든은 사실 네 동생이 아니야. 에이든은 사람이 아니야. 무슨 말인지 알겠어?"

나는 고개를 저었다. 그저 멍했다. 다 말도 안 되는 헛소리였다.

"내가 에이든을 만들었어, 애슐리. 엄마가 너를 지키기 위해 실험실에서 에이든을 만들었다고. 에이든은 기계야."

13
드러난 진실

아빠가 나에게 물을 먹였다. 나는 물을 마시고 싶지 않았다. 물이 입에서 주르륵 흘러 바닥으로 쏟아졌다. 엄마, 아빠는 나를 맨 앞줄 의자에 앉혔고, 엄마가 차가운 수건을 가져와 내 얼굴을 닦아 주었다.

"여보, 난 당신이 그렇게 말해 버릴 줄은 몰랐어."

아빠 목소리였다.

엄마가 나에게 물었다.

"괜찮니, 애슐리?"

나는 고개를 저었다. 양탄자의 무늬가 흔들리고 붉은색과 초록색의 작은 소용돌이무늬가 비틀리고 일그러졌다. 당장이라도 기절할 것 같았다. 그건 괜찮았다. 내가 있는 여기가 싫었다. 아무것도 이해가 되지 않았다.

아빠가 말했다.

"여보, 우리 얘기 좀 해."

엄마가 대답했다.

"아니, 당신과는 할 얘기 없어. 애슐리하고 내가 얘기를 해야지.

애슐리하고 내가 얘기를 할 거야. 우리는 얘기가 끝날 때까지 이 방을 나가지 않을 거야. 무슨 말인지 알겠지, 애슐리?"

아빠가 말했다.

"이건 미친 짓이야…."

"여보, 부탁 하나 할게. 주방에 가서 독한 술 한 잔씩만 가져다줘. 나는 얼음 넣은 위스키 한 잔, 애슐리는 브랜디에 물 타서 한 잔."

"애슐리는 애야. 술은…."

"애슐리가 애라는 건 나도 알고 애슐리가 충격에 빠진 것도 알아. 브랜디 조금 마신다고 안 죽어. 이제 그만 좀 따지고 가져오기나 해, 여보."

엄마의 목소리… 분노하고 단호한.

팔꿈치를 무릎 위로 올리고 손으로 머리를 감쌌다. 내 뒤 어딘가에서 문이 닫히는 게 희미하게 느껴졌다. 토하고 싶었지만 아무것도 나오질 않았다. 힐긋 보니 엄마가 태블릿으로 무언가를 하고 있었다. 커다랗게 딸깍 소리가 나더니 곧바로 엄마 목소리가 들렸다.

"여보, 내가 미디어실에 애슐리와 나를 가뒀어. 당신은 못 들어와. 보안 프로그램을 중단시킬 생각은 하지 마. 시스템은 나한테만 응답하니까 소용없을 거야. 내 딸하고 난 대화를 할 거고 나는 모든걸 애슐리에게 설명해 줄 거야. 시간이 걸릴 수도 있어. 시간이 걸릴 거야."

"여보…."

아빠 목소리였다. 걱정스럽고 상처받은.

"지금 통신 채널 끌 거야. 기다려 줘."

침묵.

엄마는 미디어실 화면 앞을 서성이고 있었다. 내 눈엔 이쪽에서 저쪽으로 움직이는 엄마의 다리만 보였다. 그 모습이 정말 이상했다. 머릿속이 윙윙거렸다.

"애슐리, 화면을 봐."

나는 고개를 들었다. 내가 고개를 들고 안 들고는 하나도 중요하지 않았다. 화면에는 오스트레일리아 지도가 있었는데, 실제 지도보다 땅이 넓은, 낯설고 이상한 모양이었다. 학교에서 수업 시간에 보았던 기억이 났다.

"21세기 초 오스트레일리아 지도야, 애슐리."

엄마는 내 오른쪽에 있었지만, 나는 엄마 쪽을 보지 않았다. 그저 화면만 뚫어져라 쳐다보았다. 엄마가 태블릿의 무언가를 누른 게 분명했다. 이번엔 진짜 지도, 내가 잘 아는 지도로 바뀌었다. 옛날 지도와 비슷한데 가장자리의 상당 부분이 쪼그라든 지도였다.

"만년설을 녹인 기후 온난화로 야기된 해수면 상승이 아주 단기간에 이 나라를 이렇게 만들었지. 전체 인구 중 꽤 많은 비율의 사람들이 해안에서 50킬로미터 이내에 살았어. 추정컨대 85퍼센트쯤. 시간이 지나면서 그중 대다수인 2천만 명의 오스트레일리아인들이 노숙자 신세가 되었고. 너도 학교에서 배워서 알지?"

나는 아무 말도 하지 않았다. 오로지 지도에만 집중했다. 엄마가 잠시 뜸을 들이다 말을 이었다.

"다른 나라로 이민을 가려는 사람들도 있었지만 거의 다 되돌아 왔어. 전 세계를 휩쓸다시피 한 맹렬한 폭풍우에 바다에서 많은 사람들이 죽었지."

엄마가 일그러진 듯한 미소를 지었다.

"역사학자들이 종종 말하지만 참 아이러니한 일이야. 과거 이 나라 정부는 배를 타고 오스트레일리아로 오는 이민자들을 계속 못 오게 막았거든. 이제 도움이 필요한 쪽은 우리였지만 뿌린 대로 거둔다는 걸 깨달은 셈이지."

에이든은 뭘 하고 있을까. 깨어 있을까? 엄마는 나한테 자다가 죽었다고 말하겠다고 했다. 그 말은 에이든이 이미 죽었다는 말일까, 아니면 앞으로 그렇게 된다는 말일까. 나는 그 말을 잘 생각해 보려고 했지만 도무지 뭐가 뭔지 알 수가 없었다. 쾅쾅 문 두드리는 소리가 났고, 아빠가 알아듣기 힘든 목소리로 무어라 외쳐 대고 있었다. 나는 무슨 말인지 알 수가 없었다. 잠시 후 소리가 그쳤다. 엄마는 계속 말을 했다.

"…그리고 자연스럽게 이 모든 일의 결과 중 하나로 국제 무역은 거의 중단이 되었고 우리나라의 많은 농지가 파괴되면서 식량이 부족해졌지. 거기에 토네이도, 사이클론, 극심한 더위, 집중 호우와 같은 자연재해까지 더해지면서 인구는 700만 명을 겨우 넘길 정도에 이르렀어. 우리는 지구 온난화를 만들었고, 이제 그 온난화가 수백만 명의 우리를 죽인 거야."

내가 말했다.

"에이든….”

엄마가 내 앞에 쪼그리고 앉았다.

"뭐라고 했니, 아가? 뭐라고?”

하지만 나는 기억이 나질 않았다. 잠시 후 엄마가 몸을 일으켰고 다시 서성이기 시작했다.

"우리나라도 매우 심한 타격을 입었지만 상황이 더 심각한 나라도 많았어. 인류는 멸종의 위기까지 갔지만 우리는 살아남았어, 애슐리. 흠씬 두들겨 맞긴 했지만 그래도 살아남았다고. 너도 알다시피 많은 동물은 그렇지 못했어. 한때는 환상적이고도 다양한 동식물군이 살던 나라인데…. 식물과 동물 말이야.”

동식물군이 뭔지는 나도 알고 있었지만 그건 중요하지 않았다.

"대부분 자취를 감추었어. 제일 먼저 포유류가 사라지고, 뒤이어 조류와 곤충까지. 그로 인해 이미 파괴된 환경은 더욱 심각한 상황에 처했고.”

엄마는 잠시 말을 멈추었다. 화장실에 가고 싶다고 할까 고민했지만 미디어실에는 화장실이 없다는 게 떠올랐다. 엄마가 됐다고 하기 전까지는 나는 여기서 나가지 못한다. *기계라고? 어떻게 내 동생이 기계일 수가 있지?*

"필요한 식량은 키워 내는 수밖에 없었어. 하지만 사실상 기계 장치에 쓸 연료가 없었어. 그 당시에는 재생 에너지 대신 화석 연료를 사용했으니까. 그 또한 문제의 큰 부분을 차지했지. 지금 세상 사람들이 채식주의자나 다름이 없는 것도 그 때문이고. 식용으로

224

기르는 가축이 우리 인간이 먹을 식량의 상당량을 먹어 치우게 되니까. 어리석은 자원 낭비지. 그 당시 고기를 먹는 건 옳지 않은 일이었어. 지금은 더 옳지 않고."

나는 계속 멍한 상태였지만 머릿속은 또렷해지기 시작했다. 엄마가 하는 말은 거의 흘려듣고 있었지만, 어차피 대부분은 이미 아는 내용이었다. 한편으로는 우리가 왜 지난 역사를 하나하나 짚어 가고 있는지 의아한 생각이 들었다. 그때 엄마가 나에게 말했다.

"엄마는 지금 맥락을 이야기하는 거야, 애슐리. 맥락은 지극히 중요해. 무슨 말인지 아니?"

내가 고개를 끄덕였던 것 같았다. 엄마가 곧바로 말을 이은 걸 보면 아마 그랬었나 보다.

"정부가 계속 바뀌었지만 대부분 아무것도 해내지 못했어. 그러다 50년쯤 전에 한 법안이 통과되었어. 어떤 여성이라도 한 자녀 이상은 가질 수 없다는 법안이었지. 그 법을 무시하는 사람들도 있긴 했지. 주로 문명과 떨어져 정부의 통제와 법의 테두리 밖에서 자급자족하며 사는 사람들. 애슐리, 아무튼 중요한 건 그건 좋은 법이라는 거야. 식량이 충분하지 않으면 인구를 억제해야 해. 우리 스스로 인구를 억제하지 않는다면 식량 부족이 결국 인구를 억제하는 결과를 낳겠지. 우리가 더 악화시키지 않아도 이미 너무 많은 사람이 굶주리고 있어."

다시 침묵. 하지만 난 이게 끝이 아니라는 것을 알고 있었다.

"한 아이를 출산하면 불임 수술을 받게 돼. 영구적으로! 만약 어쩌다 쌍둥이나 세쌍둥이가 태어나면 그건 괜찮아. 그 아이들은 당연히 키울 수가 있지만 그다음엔 불임 수술을 받아야 돼."

긴 침묵.

"그래서 내가 에이든을 만든 거야."

엄마가 내 옆자리에 앉았다. 순간, 엄마가 내 무릎 위에 손을 올리려는 줄 알았다. 엄마의 손가락들이 잠시 내 무릎 위를 맴돌다 시야 밖으로 사라졌다.

"지구 온난화라는 대재앙 이후 확실히 개선된 한 가지는 과학에 대한 투자였어. 인류의 미래에 희망을 준 게 과학이었으니까. 특정 식품의 유전자를 편집함으로써 급격한 기후 변화 속에서도 살아남고 더 나아가 번성할 수 있게 되었지. 결국엔 세계 각국은 우주에 대한 투자를 더욱 면밀히 검토할 거야. 그렇게 되면 이 행성을 벗어나 새롭게 시작할 수 있는 세상으로 우리를 인도해 줄 수 있을 테니까. 냉소적인 사람들은 인간이 새로운 세상도 또다시 파괴할 거라고 하겠지. 하지만 그건 먼 미래의 일이고. 당분간 이곳에서 살아남기 위해 우리가 할 수 있는 일은 과학에 대한 투자뿐이야. 그중 하나가 엄마의 전문 분야인 인공 지능이었어. 인공 지능은 할 수 있는 일이 무궁무진해. 학습과 적응과 변화가 가능해. 인공 지능은 어떤 작업이 주어지든 효율성을 높일 방법을 찾을 수가 있어. 지금은 효율성이 그 어느 때보다 중요한 시기야. 인공 지능이 우리의 생존의 열쇠라는 건 과장된 표현이 아니야. 지난 50년 동안 인공 지능은 경이로운 속도, 믿기지 않는 속도로 발달해 왔어. 그게 당연한 거지. 그렇게 하도록 설계된 게 인공 지능이니까."

엄마는 다시 내 앞에 쪼그리고 앉아 한 손가락으로 내 턱을 들어 올렸다. 나는 저항할 기운도 없었다. 나는 엄마와 눈을 마주쳤다.

"13년 전 엄마는 예쁜 딸을 낳았고 애슐리라는 이름을 지어 줬어. 그런데 그 애슐리는 외동딸이 되리라는 걸 알았지. 애슐리는 외동딸이 될 수밖에 없었어. 너를 낳자마자 불임 수술을 받았으니까. 너를 품에 안고 사랑스러운 너의 얼굴을 보는데 문득 그런 생각이 들더구나. 내가 유전적 사고로 쌍둥이를 갖게 되었다면 너에겐 너를 보살피고 지켜 줄 남동생이 생겼을 텐데. 만약 엄마, 아빠가 죽으면 애슐리는 어떻게 될까? 너는 혼자가 될 거고 냉혹하고 위험한 세상에서 홀로 커야만 해. 너에게 남동생을 만들어 주기로 결심한 것도 바로 그때야. 그 남동생은 너를 사랑하고 너를 보호하고 필요하다면 너를 위해 죽는 것도 학습하게 될 테니까."

내가 너무 오랫동안 멍해 있던 탓이었을까. 엄마는 엄마의 뺨을 날리기 위해 움직이는 내 손을 보지 못했다. 손바닥이 따끔하며 요란한 철썩 소리와 함께 엄마가 옆으로 얼굴을 돌렸다. 엄마는 잠시 그대로 멈췄다가 다시 천천히 얼굴을 돌리고 나를 쳐다보았다.

그러고는 아무 일도 없었다는 듯 말을 이었다.

"에이든은 일정한 기간마다 우리가 병원이라고 불렀던 그곳을 찾아야 했어. 사실, 그곳은 엄마의 실험실이었어. 나는 그곳에서 에이든의 크기를 조정했어. 그래서 너와 함께 성장하는 것처럼 보일 수가 있었던 거야. 외모도 너와 똑같아 보이게 만들고, 학습 알고리즘도 업데이트시켰지. 정상적인 아이로 정신적인 발달을 이룰 수 있도록 말이야. 에이든의 창조에 있어서 엄마가 한 모든 일에는 한 가지 목적밖에 없었어. 너를 지키는 것. 그리고 에이든은 그 목적을 이루어 냈잖아, 애슐리. 네 목숨을 구했으니까."

나의 뇌는 잘 돌아가고 있지 않았지만, 불현듯 한 가지 깨달음이 머리를 스쳤다.

"에이든(Aiden). 에이아이(AI). 인공 지능."

엄마가 웃음을 지었고 나는 또다시 엄마를 때리고 싶었다.

"맞아. 내가 그 아이를 위해 고른 이름은… 적절했다고 볼 수가 있지."

엄마는 일어서서 다시 서성이기 시작했다. 이번에는 나도 몸을 일으켰다. 비틀거릴 뻔도 했지만, 나는 이 대화에서 계속 어중간하고 애매모호한 사람이 되고 싶진 않았다. 나는 생각을 해야만 했다. 이해를 해야만 했다. 집중을 해야만 했다.

"그 머리 부상 이후 엄마는 에이든의 모든 기능을 자세히 확인해 보았지만 이상이 없어 보였어. 엄마가 설치한 여러 가지 알고리즘도 심층 검사를 해 보았지만 모두 제대로 작동하고 있는 것 같았지. 그런데 에이든은 변했어. 에이든은 달라지고 있었고, 나는 에이든이 자신이 존재하는 유일한 목적을 망각할까 봐 걱정이 되었어. 너의 안전 말이야. 나는 그 알고리즘을 강화하려고 했지만, 에이든은 그걸 무시했어. 그런데 그건 불가능한 일이야. 에이든은 내가 통제할 수 없는 어떤 존재가 되었어. 폭력을 사용한 것만 봐도 그래."

엄마가 내 어깨를 붙잡고 내가 무슨 잘못이라도 저지른 사람처럼 몸을 흔들어 댔다.

"애슐리, 에이든이 너를 다치게 하면, 만약 에이든이 너의 죽음을 초래할 수 있는 그 어떤 일이라도 하게 된다면, 엄마에게 아이는 없어. 엄마는 그런 위험을 감수할 수는 없어. 넌 그걸 이해해야만 해. 에이든은 정지를 당해야만 해. 그것이 너의 보호자가 너의 파괴자가 되지 않도록 하는 유일한 방법이야."

나는 엄마의 얼굴을 살폈다. 지금이라도 엄마가 이 모든 건 웃기지도 않는 농담이자, 나를 재밌게 해 주기 위해 지어낸 이야기라고 고백해 주었으면 하는 마음이었다. 어렸을 때 엄마가 우리에게 들려주곤 했던 그런 동화 같은 이야기라고. 그런데 엄마의 눈 속엔 진실의 추악함만이 남아 있었다.

내가 물었다.

"에이든은 아직 살아 있나요?"

내 목소리는 놀라울 정도로 흔들림이 없었다.

엄마가 고개를 갸웃했다.

"아직 기능을 하고 있어. 의식이 없긴 하지만, 아직… _그래_, 네 말이 의미하는 게 그것이라면."

"에이든을 봐야겠어요."

엄마가 고개를 저었다.

"그건 정말 좋은 생각이 아니야, 애쉬. 속만 상할 거야."

"에이든은 자신이 무엇인지 아나요?"

"아니. 그리고 엄마는 에이든이 알기를 원하지 않아. 괜히 에이든을 속상하게 만들 이유가 없잖아?"

"에이든을 죽이겠다면서 에이든의 감정을 걱정해요?"

그 순간 나는 점점 강해지고 있었고 마음속에서 깊고 강렬한 분노가 타오르고 있었다.

"엄마는 에이든을 죽일 수가 없어, 애슐리. 에이든은 산 사람이 아니야."

"나는 에이든을 봐야겠어요."

엄마가 고개를 저었다.

"에이든을 보지 못하면 나는 다시는 엄마나 아빠와 말을 하지 않을 거예요. 그냥 하는 말이 아니에요. 내 눈을 똑바로 보고 내 말을 믿지 않는다고 말씀해 보세요."

엄마가 짧게 웃다가 문득 지금 상황에서는 적절치 않다는 생각이 들었는지 웃음을 뚝 그쳤다.

"넌 어려, 애슐리. 시간이 지나면 극복하게 될 거야. 엄마를 믿어. 그리고 이건 엄마가 가볍게 하려는 일이 아니야. 오랫동안 고심한 일이야. 아빠와 엄마도 에이든을 좋아해. 너도 알잖아. 에이든은 네가 태어나면서부터 우리 가족의 일원이었어."

나는 다시 심호흡을 하고 반복해서 말했다.

"나는 다시는 엄마하고 말을 하지 않을 거예요. 최대한 빠르게 이 집을 나갈 거고 엄마는 두 번 다시 나를 보지 못할 거예요. 나는 엄마와 연락하지 않을 거예요. 절대로! 내가 아이를 낳아도 엄마는 손자든 손녀든 절대 만나는 일도 없을 거예요. 엄마는 그 아이의 존재도 모를 거예요. 나는 엄마 장례식에도 오지 않을 거고, 엄마도 내 장례식에 오지 못할 거예요. 내가 죽었다는 것도 모를 테니까요. 맹세코 정말이에요."

순간 엄마는 내 눈을 똑바로 보았고 내 눈 속에서 무언가를 발견하고 섬뜩한 느낌을 받은 듯싶었다. 그러기를 바랐다. 내 말은 한 마디 한 마디 진심이었으니까.

이윽고 엄마가 말했다.

"알았다. 그건 좋은 생각이 아니야, 애슐리. 그래 봤자 네 마음만 아프겠지만 작별 인사를 할 수 있게 한 번은 만나게 해 주마."

"그게 언제인지는 내가 정해요. 이제 문 여세요. 나는 내 방으로 가고 싶어요. 오늘은 엄마도 아빠도 보고 싶지 않아요."

엄마는 내 말대로 해 주었다. 문 밖에서 기다리고 있던 아빠가 나를 안아 주려고 했지만, 나는 아빠 옆을 스치고 지나 곧바로 내 방으로 향했다. 내 방문은 잠글 수가 없었다. 이 집의 보안 장치는 모두 엄마의 통제하에 있었으니까. 그래서 난 문고리에 의자 하나만 받쳐 놓았다. 침대에 눕자 조로가 꼬리를 흔들었다. 나는 조로를 끌어안았다. 그리고 밤새 울었다. 하지만 소리를 내지는 않았다. 엄마, 아빠에게 만족감을 주지는 않을 생각이었다.

14
인간 vs AI

아침 일찍 아빠가 내 방문을 두드렸다.

"애쉬?"

나는 대꾸하지 않았다.

"애쉬? 괜찮니?"

지금 같은 상황에서 할 수 있는 가장 바보 같은 질문이 아닐까 싶었지만 그 말을 하기도 귀찮았다. 나는 피곤했다. 잠이 부족해서가 아니었다. 뼛속까지 피곤했다.

"애쉬, 너 아무 말도 안 하면 아빠 이 문 부수고 들어간다. 그냥 하는 말 아닌 거 알지?"

"가시라고요."

"너 괜찮아?"

"아뇨. 가세요."

긴 침묵이 이어졌다.

"그 방에 평생 있을래, 애슐리? 아빠가 아침밥 가져왔어. 마실 것도. 목마르잖아. 제발 문 좀 열어."

그 말을 듣고 생각했다. 아빠 말이 옳았다. 나는 이 방에 평생 있을 수는 없었다. 가장 큰 이유는 그러면 에이든을 볼 수 없어서다.

"아빠가 감자칩 만들었어."

평소 같으면 그 말에 마음이 아팠을 것이다. 하지만 내 마음은 이미 산산이 부서져 있었다. 아빠가 나를 위해 아침부터 감자칩을 만들었다니. 그럼 이제부터 아무 일도 없었던 것처럼 지내 볼까? 그럴까? 감자칩으로 날려 버리지 못할 큰 비극이 있는 것도 아닌데. 가엾은 아빠. 순간 아빠가 안쓰럽게 느껴졌다.

내가 말했다.

"문 열게요. 하지만 아빠만이에요, 알겠죠? 엄마는 안 돼요."

아빠가 대답했다.

"다 좋아. 아빠만 들어갈게."

문고리 밑에서 의자를 당겨 살며시 문을 열었다. 내가 왜 아빠 말을 믿어야 하지? 엄마가 쳐들어오려고 아빠 뒤에 숨어 있는지도 모르는 일이었다. 하지만 엄마는 없었다. 무거운 쟁반을 들고 바보처럼 웃고 있는 아빠만 있을 뿐. 아빠가 안으로 들어와 침대 옆 탁자에 쟁반을 놓는 사이 나는 문고리 밑에 다시 의자를 받쳐 놓았다. 아빠가 침대에 앉아 와서 앉으라며 옆자리를 툭툭 쳤다.

내가 말했다.

"아빠는 내 침대에 앉지 마세요. 내가 거기 앉을게요."

아빠가 내 방을 둘러보았지만, 의자는 하나뿐이었고 그 의자는 자물쇠로 쓰이고 있었다. 내가 바닥을 가리켰다.

"서 계시든지 저기 앉으세요. 아빠가 고르세요."

아빠는 선 채로 한쪽 발에서 다른 발로 체중을 옮겨 가며 살살 몸을 흔들었다. 나는 물잔을 들었다. 음식엔 관심이 없었지만, 목이 말랐고 수분 보충이 필요했다. 무슨 일이 벌어지고 있든지 간에 똑바로 정신을 차려야 했다. 나는 물잔을 비운 뒤 주전자에서 새로 물을 따랐다.

"애슐리, 우리는 너를 잃을 위험을 감수할 수는 없었어. 그리고 만약 네 엄마와 네 엄마가 한… 일이 아니었다면 우린 너를 잃을 수도 있었어. 넌 그 캠프에서 죽었을 거야. 너도 그건 알잖아."

나는 조로의 털을 쓰다듬었고 조로는 기분이 좋아서 혀를 말고 옆으로 누워 있었다.

"내 목숨을 구한 건 에이든이었어요."

"맞아."

적어도 아빠는 깨끗이 잘못을 인정하고 줄곧 고개를 숙이고 있었다.

"하지만 네 엄마는…."

내가 말을 잘랐다.

"엄마하고 말하고 싶어요. 지금 말고, 오늘 오후에. 2시에 내가 거실로 나갈게요. 내가 질문을 할 거예요. 엄마한테 솔직한 대답을 원한다고 말해 주세요. 그리고 오늘 저녁에 나는 에이든을 보러 갈 거예요. 엄마한테 그렇게 준비해 달라고, 어떻게든 꼭 그렇게 만들어 달라고 전해 주세요. 제 부탁 들어주실 수 있나요, 아빠?"

아빠가 고개를 끄덕였다.

"아빠가 정말 미안하구나, 애슐리."

아빠가 나에게 한 발 다가왔다가 이내 뒤로 물러났다.

"아빠가 얼마나 미안한지, 얼마나… *심란한지* 네가 알아줬으면 좋겠다. 아빠는 에이든을 사랑했다. 에이든은 지금껏 내 아들이었지만…."

나는 다리를 꼬았고 아빠의 다음 말을 기다렸다.

나는 그냥 간단히 넘어갈 생각이 없었다. 안 해! 못 해! 이미 내 동생을 과거 시제로 언급한 그 누구에게도 너그럽게 봐줄 마음은 눈곱만큼도 없었다.

"네 엄마 생각엔… 아니, 생각하는 게 아니라 네 엄마는 이렇게 하는 게 옳다고 *확신해*. 아빠 말은, 아빠는… 그래, 어려운 일이야. 아니, 그 말이 아니다. '어렵다'는 건 맞는 말이 아니야. 이건 재앙이야. 이건…."

"아빠."

아빠가 말을 그쳤다.

"엄마한테 말해 주세요. 알겠죠?"

아빠가 고개를 끄덕이고 방문 쪽으로 물러났다.

"음식은 가져가세요. 물만 두고요."

아빠가 허둥지둥 협탁으로 다가와 쟁반을 들고 물 주전자를 침대 등 옆에 놓았다. 나는 의자를 치우고 문을 연 뒤 아빠가 나갈 수 있게 한쪽으로 비켜섰다. 아빠가 문간에서 멈춰 섰다.

아빠가 다시 말했다.

"우리는 너를 잃고 싶지 않았어, 애쉬."

나는 문을 닫으면서 아빠에게 말했다.

"누군가를 잃는 방법은 한 가지만 있는 건 아니에요, 아빠."

❋

먹는다는 생각만 해도 토할 것 같긴 했지만 그래도 뭘 좀 먹었어야 했을까. 나는 맑은 정신이 필요했지만 내 혈당은 형편없이 떨어져 있을 게 확실했다. 말 한 마디면 아빠가 순식간에 감자칩을 대령했겠지만, 나는 엄마, 아빠에게 그 무엇도 원하지 않았다. 물이면 된다. 허기가 내 정신을 무디게 하기보다 더욱 예리하게 만들어 주었을 수도 있다. 2시가 되면 나는 피고측 변호인이 되어야 하기에. 검사인 엄마는 사형을 주장할 것이다. 엄마는 유식한 데다 엄청나게 똑똑하고, 말도 잘하고… 무자비한 사람이었다.

나는 준비해야 할 발표가 있었다. 사실 발표는 완전 꽝이다. 지금까지 매번 그랬다. 하지만 이번엔 달라야 한다.

❋

엄마는 거실 소파에 앉아 있었다. 창문은 흐릿하게 밝기를 낮춰 둔 상태였지만, 거실 안이 아주 어둡지는 않았다. 엄마는 한숨도 못

잔 사람처럼 얼굴이 말이 아니었다. 엄마를 향한 작은 연민이라도 남아 있을까 하고 내 마음속을 뒤져 보았지만, 그런 마음은 이미 말라붙고 없었다. 아빠는 엄마 옆에 앉아 있었다. 입술을 깨물고 한 손으로는 귓불을 잡아 뜯으면서. 엄마는 조각상 같았다. 나는 유리 탁자를 사이에 두고 그 반대쪽 안락의자에 자리를 잡았다. 그 탁자 역시 소파나 의자, 벽에 걸린 그림들과 마찬가지로 골동품이었다. 난 늘 이 거실이 아름답다고 생각했다. 하지만 지금은 그렇게 느껴지지가 않았다.

내가 말했다.

"에이든은 죽을 필요가 없어요."

엄마가 한 손을 들며 내 말을 막았지만, 나는 엄마가 무슨 말을 할지 이미 알고 있었다. 나에겐 모든 반응에 대하여 철저히 생각하고 대비할 시간이 많았다.

"에이든은 생물학적 의미로 살아 있었던 적이 없으니까 죽을 수도 없다고 말씀하시려는 거잖아요. 그건 그냥 말일 뿐이에요. 나는 삶과 죽음에 대해 말하는 거예요. 엄마는 그런 용어를 좋아하지 않겠지만 솔직히 내 알 바는 아니죠. 엄마랑 낱말의 의미를 두고 입씨름하지는 않을 거예요. 그건 이야기에 방해만 되니까요."

엄마는 무슨 말인가를 하고 싶어 했다. 반박을 하고 싶은 듯했다. 엄마 얼굴만 봐도 알았다. 하지만 엄마는 고개를 끄덕이고 무릎 위에 손을 포갠 채 나에게 눈을 고정했다.

나는 다시 말을 이었다.

"좋아요. 그럼 다시 제 이야기로 돌아와서 먼저 두 가지를 묻고 싶어요. 에이든이 먹는 그 찐득이는 에이든의 생존에 꼭 필요한 건가요?"

엄마는 고개를 저었다. 엄마의 입장은 확고했다. 우리는 느낌보다는 사실을 이야기하고 있었고 사실로 말하자면 엄마를 따라올 사람은 없었다.

"사이보그, 아니면 네가 무슨 단어를 쓰고 싶든, 인간형 에이아이는 음식이 필요 없어. 내가 만든 기계 중엔 음식이 필요한 건 하나도 없다. 네 장난감 개를 봐. 사람들도 식량이 부족해서 난리잖니. 먹을 게 필요하다면 네 개에게도 줬겠지. 너도 알다시피 반려동물이 불법인 것도 그래서고."

나는 엄마가 일어나 서성이며 그 주제를 두고 매우 흥미로운 강의를 이어 가고 싶어 한다는 걸 알 수 있었지만, 하고 싶은 대로 하게 내버려둘 생각은 없었다. 난 *나의 안건*에 집중할 필요가 있었다.

"그럼 그 찐득이는 왜 먹었죠?"

"에이든을 인간으로 인정받게 하려면 *무언가는* 먹어야 하니까. 그래서 찐득이를 준 거지. 식량을 낭비할 일도 없고."

"클린스만 병은요?"

"내가 만든 병이야."

"인터넷에 나와 있던데요. 제가 찾아봤어요."

"당연히 나와 있지. 엄마도 확인했으니까."

내가 고개를 끄덕였다.

"그럼 에이든은 어떻게 기능을 해요? 나는 음식을 먹고, 그 음식이 에너지로 전환되잖아요. 에이든은 어떻게 에너지를 얻어요?"

"좋은 질문이야."

정말이지 엄마한테 욕이라도 날려 주고 싶었다. 지금 여긴 강의실이 아니었고 나는 똑똑하다고 머리를 쓰다듬어 줄 학생이 아니었다. 그래도 계속 감정을 억제해야만 했다. 감정을 다스리지 못하면 모든 걸 잃게 될 것이다. 감정을 터뜨릴 시간은 나중에라도 있을 테니 지금은 참아야 했다.

엄마가 말을 이었다.

"사실, 우리 뇌에 필요한 에너지는 램프에 달린 구식 전구 하나가 소비하는 에너지보다도 적어. 우리 몸의 에너지는 거의 신진대사에 쓰이니까. 인체는 놀라우리만치 비효율적인 체제라고 볼 수 있지. 간단히 말해서 에이든의 몸은 효율적이야. 기본적으로 태양이나 바람과 같은 재생 에너지로 움직인다고 보면 돼."

"에이든의 내장을 청소할 필요가 없다면, 그 병원이라는 곳에 갈 때마다 실제로 무슨 일이 생기는 거죠?"

"엄마가 말했잖아. 성장했다는 착각을 불러일으키기 위해 외형을 수정하고 학습 능력을 높이는 인공 신경망을 확인하지. 필요하면 미세하게 조정도 하고. 얼마 전 두개골 외상 후 행동의 변화가 생겼을 땐 알고리즘을 원래 설정으로 다시 변경해서 폭력의 가능성을 제거하려고 했었어. 결국엔 실패했지만. 온갖 방법을 다 써 봤지만 실패했어."

"에이든이 그 병원으로 다시 가지 않으면 어떻게 되는데요?"

엄마가 얼굴을 찌푸렸다.

"음, 에이든은 자라질 않겠지. 항상 똑같은 열세 살 소년의 모습으로 머물러 있을 거야. 음… 아마도 영원히."

"재밌네요. 근데 엄마는 에이든을 말할 때마다, 그것이 아니라 에이든이라고 하잖아요. 엄마는 차갑고 냉정한 과학자가 되려고 노력할지 몰라도 엄마는 에이든을 사람으로 보는 거예요. 엄마는 에이든을 엄마 아들로 본다고요."

그 말에 엄마의 눈이 반짝였지만, 그 눈의 의미를 읽기란 쉽지 않았다. 엄마는 마음을 가다듬었고 그건 확실히 의지력이 필요한 일이었다.

"내가 그 기계를 '그것'이라고 하면 좋겠니, 애슐리? 그래?"

엄마가 심호흡을 하고 말을 이었다.

"나는 아닌 것 같은데. 그리고 만약 내가 어느 하나라도 즐기고 있다고 생각한다면 그건 틀렸어. 틀렸다고. 나는, 나는…."

"됐어요, 더 이상 말하지 마세요. 그러니까 에이든은 죽을 필요가 없어요. 그냥 내버려두시면 되잖아요."

"엄마가 설명했잖아. 에이든은 지금처럼 행동을 해서는 안 돼. 나는 인공 지능 신경 회로망에 제한을 두었어. 에이든이 그 어떤 폭력도 저지르지 못하도록 말이야. 에이든이 그걸 피하거나 완전히 제거하는 방법을 찾은 게 확실해. 에이든은 너를 지키기 위해 만들어졌어, 애슐리. 그런데 지금은 너를 해칠 수도 있어. 너를 죽일지도 모른다고."

"에이든은 절대 나를 해치지 않을 거예요."

"이미 해쳤잖아. 너는 사고라지만 중요한 건, 너는 모른다는 거야. 내가 만들었지만 나도 몰라. 에이든은 교실에서 싸울 때 그 남자애를 죽였을 수도 있어. 너를 죽일 수도 있었다고."

"알았어요."

계획했던 것보다 더 빠르게 이 지점에 다다랐고, 그건 내가 엄마를 상대로 거의 진전이 없었다는 걸 보여 주는 것일 수도 있었다. 에이든은 나를 해치지 않을 거라고 주장해 봤자 효과가 없다는 게 분명해졌다.

"그럼 에이든을 병원에 놔두면 되잖아요. 계속 에이든을 병원에 가둬 놔요. 거기서는 어떤 해도 끼칠 수가 없잖아요. 나는 언제라도 에이든과 말을 할 수 있고 정기적으로 가서 볼 수도 있고요. 큰 병을 앓아서 퇴원을 못 하는 거하고 같을 거예요. 에이든을 죽일 필요는 없어요."

엄마는 이제 일어나 있었지만 내 옆으로 오지는 않았고 그건 감사한 일이었다. 대신 엄마는 창가로 다가가 주머니에서 태블릿을 펼치더니 어떤 명령어를 쳤다. 흐릿했던 창문이 맑아졌다. 엄마는 나에게 등을 돌린 채 정원을 내다보았다. 멀리 텃밭이 길게 뻗어 있었다. 순간 나는 진심으로 엄마가 내 말을 고민 중인 줄 알았다.

엄마가 여전히 나에게 등을 돌린 채로 말했다.

"나는 에이든을 만들 때 불법을 저질렀어. 법은 AI에 대해 매우 명확해. 모든 기기는 등록을 해야만 해. 그런데 나는 에이든을 등록하지 않았어. 사실, 그 개도 마찬가지고. 모든 기기가 등록이 되어야 하는 이유는 혹시라도… 오작동이 생기면 신속한 조치가 가능하기 때문이야. 신속한 조치, 그 말은 곧 정지시킨다는 의미지. 에이든을 병원에 두는 건 아무 의미도 없고, 그렇게 했다가는 엄마만 감옥행이야."

"엄마는 그래도 할 말이 없죠."

그러자 엄마가 얼굴에 희미한 미소를 띠며 돌아섰다.

"그럴지도 모르지. 감옥에 가는 게 너를 지키기 위해 치러야 할 대가라면 난 그걸 해 볼 만한 거래라고 생각할 거야. 그런데 엄마가 말했잖아. 에이든을 지금 그대로 두는 건 아무 의미도 없다고."

"이해가 안 돼요."

"스티븐 호킹이라고 들어 봤니?"

"훌륭한 과학자였던 것 같은데요."

엄마가 고개를 끄덕였다.

"정말 훌륭한 과학자였지. 지난 200년 동안 가장 위대한 사람 중 한 명이었고. 호킹은 인공 지능의 미래를 염려했어. 그리고 예언을 했지. AI의 발전이 기계 사고의 혁명을 불러올 거라고. 이후 그 예언은 현실이 되었어. 우리 인간의 정신은 느려. 우리는 진화하지만 진화에는 아주, 아주 오랜 시간이 걸리지. 수백만 년이 걸릴 거야. 심층 신경망 AI 학습이 하는 일은 그 수백만 년의 학습 시간을 몇 주, 며칠, 몇 시간… 어쩌면 몇 초로 줄이는 거야. 우리는 알 수가 없어. 그리고 인간의 간섭 없이 더 나은 버전의 자신을 만들고, 또 다시 더 발전된 버전의 자신을 계속해서 만들 수 있는 기계가 있다고 상상을 해 봐. 개미와 비교하면 우리 인간이 훨씬 발달한 존재인 것 같지? 인공 지능 기계의 사고력과 비교하면 어떨까? 인공 지능 기계는 우리를 한낱 지적인 개미처럼 보이게 만들 수 있지."

"하지만 그런 기계의 사고력이 우리 모두의 문제를 해결해 주는 거잖아요."

"우리의 문제를 *알아채지* 못하게 하겠지. 개미가 겪고 있을지 모르는 문제에 대해 네가 마지막으로 걱정한 게 언제였지?"

"엄마는 사악한 기계를 말하는 거잖아요. 에이든은 사악하지 않아요."

"엄마는 악을 말하는 게 아니야. 엄마는 압도적인 능력을 말하는 거야. 만약 인간이 그들에게 방해가 된다고 판단한다면 무슨 일이 벌어질지 알 수가 없어. 우리는 무시되고 말 거야. 개미처럼."

"에이든은 초지능적인 기계가 아니에요. 그냥 남자아이일 뿐이에요."

"지금은 그렇지. 하지만 내가 아까 했던 말로 돌아가 보자. 에이든은 내가 심어 놓은 제한을 무시할 방법을 생각해 냈어. 에이든은 통제가 안 돼, 애슐리. 에이든이 앞으로 어떻게 변할지는 엄마도 모르겠지만, 네가 지금까지 알고 있던 착한 소년의 모습은 아닐 거야. 그렇기 때문에 넌 에이든을 지금 모습으로 기억해야 해. 인류를 파괴한 첨단 AI가 아니라 너의 목숨을 구해 준 동생으로."

"이건 바보 같은 소리예요."

나는 당황했다. 나는 이 모든 말에 반박할 수가 없었다. 세계 최고의 인공 지능 전문가라 할 수 있는 사람과 나의 싸움이라니? 나는 엄마의 논리에서 빈틈을 찾기를 희망했지만, 애초부터 나는 아주 멍청하기 이를 데 없다는 걸 다시금 깨달았을 뿐이다.

엄마가 말했다.

"내가 어리석었어. 애초에 에이든을 만든 게 어리석었어. 이 세상에 태어난 대부분의 다른 아이들처럼 너도 외동으로 클 수밖에 없다는 사실을 인정하고 받아들였어야 했는데…. 나는 너를 위해 더 나은 것을 원했어. 그리고 그렇게 만들기 위해 너무 많은 위험을 감수했지. 내가 이기적이었어. 그리고 이제 나의 이기심 때문에 우리 모두 고통을 겪고 있고. 엄마가 미안하다, 애슐리. 엄마가 정말 미안해."

"하지만 에이든이 어떤 천재가 될지 모른다는 사실은 엄마가 에이든을 더 연구해야 한다는 뜻 아닌가요?"

나는 최후의 저항이자 새로운 주장을 생각해 냈다. 괜찮은 얘기처럼 들렸다. 과학자들이 좋아할 만한 주장 같았다.

"엄마는 에이든 같은 AI로부터 많은 것을 배울 수가 있잖아요. 엄마는 에이든의 생각 속에 심어 줄 더 나은 그거… 아까 엄마가 뭐랬죠? 아, 더 나은 제한 장치를 만들어 내기만 하면 되잖아요."

엄마가 한숨을 내쉬었다.

"그럼 괜찮을까?"

엄마가 다시 창문의 밝기를 낮추었다.

"전에 누군가가 AI에 대해 이런 말을 했었지. AI에는 스위치가 있으니까 계속 인간의 통제가 가능하다고. 플러그를 뽑으면 문제 끝. 그것 말고 또 다른 이야기도 있어. 어떤 사람이 초지능 AI에게 물었지. '신은 있습니까?' 그러자 AI가 답했어. '이제 있습니다.' 그러더니 플러그를 사라지게 만들었다는 이야기야."

"그건 정말 바보 같은 소리예요. 그건 공상 과학 소설이지 과학이 아니에요. 방 안에 갇혀 있으면 에이든은 세상을 파괴시킬 수 없어요."

"엄마는 너를 방에 가둘 수가 있어. 그럼 넌 네 태블릿으로 인터넷에 접속하겠지. 그럼 넌 집안의 문을 여닫을 수가 있어. 조명과 난방도 조정할 수가 있고. 간단히 말해서 넌 세상의 변화를 만들어 낼 수가 있다는 얘기야. 그런데 엄마가 말하는 AI는 태블릿도 필요가 없을 거야. 생각만으로도 원격으로 모든 제어가 가능해."

"그건 환상이에요."

엄마가 말했다.

"그건 가능해. 개연성이 있는 말이야."

엄마가 한숨을 쉬고 다시 말했다.

"이 대화는 끝났다, 애슐리. 엄마는 오늘 밤 너를 데리고 에이든을 보러 갈 거야. 너한테 약속했으니까. 너는 작별 인사를 할 거고 그 뒤에 엄마가 에이든을 정지시킬 거야. 엄마에겐 선택의 여지가 없지만, 네가 생각하는 그 이상으로 미안해한다는 것만 알아줘."

그리고 그 말과 함께 나의 모든 주장도, 논리적이고 냉정하고 이성적으로 생각하겠다는 나의 다짐도 눈 녹듯 사라져 버렸다. 나는 흐느꼈다. 바닥에 쓰러져 태아처럼 몸을 웅크린 채. 어느 순간 어깨에 닿는 아빠의 손이 느껴졌던 것 같기도 하다.

15
마지막 면회

나는 30분 동안 찬물이 쏟아지는 샤워기 아래에 서 있었다. 사실
상 그냥 찬물이 아니라 얼음장 같은 찬물이었다. 내가 그렇게 설정
을 해 놓았으니까. 찬물이 내 몸을 때릴 때마다 피부에 불침이라도
맞는 것 같았다. 참을 수 없을 것 같았지만 참아 낼 수 있다는 걸 알
았다. 사람은 뭐든 시간이 지나면 익숙해진다. 피할 수 없는 일이라
해도.

샤워를 마치고 나자, 입고 갈 옷을 한참을 고민했다. 결국 언젠
가 에이든이 마음에 든다고 했던 노란 원피스를 입기로 했다. 노란
색은 에이든이 제일 좋아하는 색이라 두 배로 적절한 선택이었다.
검은색 샌들을 신은 다음 머리를 올리고 노란색 머리띠로 고정시
켰다. 거울 속 나를 보았다. 전체적인 느낌이 영 아니었다. 일그러
진 햇살처럼 보였지만 갈아입기 귀찮았다. 원래 나는 원피스를 잘
입지 않았다. 대체 무슨 생각을 하고 있었던 걸까? 축하의 시간으
로라도 만들 셈인가? 신경을 쓰기도 싫었다.

태블릿을 접어 원피스 옆 주머니에 넣었다. 그런 다음 조로를 안

아 들고 말했다.

"우리는 에이든을 보러 갈 거야."

에이든이라는 이름에 조로가 꼬리를 흔들었고 그걸 보니 다시 울음이 터질 것 같았다. 그런데 지금은 평정심을 잃지 않는 게 중요했다. 내 동생을 위해 그 정도는 해 줘야 했다. 에이든은 더한 일을 해 줘도 아깝지 않은 동생이었지만 내가 줄 수 있는 것에는 한계가 있었다.

내가 조로의 귀에 대고 속삭였다.

"얌전히 굴어야 해. 알겠지? 절대 물면 안 되고. 알겠어?"

엄마, 아빠는 주방에서 나를 기다리고 있었다. 두 사람 다 속상한 얼굴이었지만 괴물이 아닌 다음에야 그럴 수밖에. 하지만 다시 생각해 보면 나는 계속해서 감정과 판단에 흔들림이 없어야 했다. 진짜 괴물이라면 이런 표정까지도 꾸며 낼 수 있을 테니까.

아빠가 말했다.

"차가 대기 중이야. 갈 준비 됐어?"

"아뇨. 난 죽을 때까지 준비는 안 될 거예요. 그러니까 그냥 가서 끝내자고요. 조로와 나는 뒤에 탈게요. 둘이서만요."

엄마는 간단히 고개만 끄덕였다. 우리는 천천히 어둠 속으로 걸어 나갔다. 차가 와서 섰고 문이 열렸다. 아빠가 운전석에 앉았고 엄마는 조수석에 앉았다. 조로와 나는 뒷자리에 탔다. 아빠가 직접 운전석에 앉은 것만 봐도 얼마나 스트레스를 받고 있는지 알 수 있었다. 아빠는 불안하면 손을 썼다. 하지만 아무도 나에게 말을 걸지만 않는다면 그런 건 중요하지 않았다.

아무도 나에게 말을 걸지 않았다. 나는 차창 밖을 볼 수 있게 창문을 계속 투명하게 유지시켰다. 언제나처럼 도로에는 거의 차가 없었다. 차를 타고 다닐 형편이 되는 사람이 드물기도 했고 어차피 갈 데도 많지 않았다. 역사 시간에 배워서 알았지만 원래 시드니는 볼거리가 넘쳐나는 대도시였다. 극장도 있었고 식당도 있었다. 수년 전 토네이도로 파괴되기 전 오페라 하우스 사진을 본 적도 있었다. 그때는 사는 게 훨씬 좋았던 것 같다. 인적이 드문 거리를 내다보고 있는 지금 오페라 하우스는 내 기분만큼이나 암울해 보였다. 먼 하늘에서 번갯불이 번쩍이고 멀리서 낮게 우르릉거리는 소리가 들렸다. 차바퀴를 통해서도 그 진동이 느껴지는 것만 같았다.

이런 세상에서 다른 사람들은 어떻게 살아갈까. 태양 돛이나 태양 전지판이 없으면(더 가난한 사람들은 옛날에 쓰던 재활용 전지판을 쓴다고 들었다.) 불을 켜고 요리할 전기가 없을 것이다. 옛 시드니에는 물건을 파는 상점들이 넘쳐났다고 한다. 원하는 건 뭐든 살 수 있는 거대한 쇼핑몰들! 지금은 다른 가게들은 고사하고 음식점조차 없다. 사실, 상점이 있다는 생각 자체가 나로선 말도 안 되는 소리처럼 느껴졌다. 나한테 돈 나가는 물건이 있다고 광고할 이유가 있을까? 그건 도둑더러 어서 오라는 소리나 다름이 없었다.

왠지 제나가 떠올랐다. 나는 지난번에 빅토리아 공원에서 제나와 에이든이 무슨 이야기를 나누었는지 모른다. 하지만 오늘 밤 에이든에게 그걸 물으며 시간을 허비할 생각은 없었다.

병원까지는 차로 30분쯤 걸렸다. 불빛이 보이고 뒤이어 철책과 경비 초소가 눈에 들어오는 것으로 보아 이제 곧 도착한다는 걸 알 수 있었다. 탐조등 두 개가 건물 주변을 훑었다. 모든 병원은 무장한 경비원들이 지켰다. 병원에는 의약품이 있었고, 그보다 중요한 건 입원할 여유가 있는 환자들을 위한 식량이 있었다. 이곳은 사설 연구소였다. 엄마의 사유지. 엄마가 경비를 소홀히 했을 리 없다.

우리는 정문 앞에 차를 세웠고 엄마가 정문 옆 전자 패드를 손가락으로 눌렀다. 무슨 보안 시스템이 사용되고 있는지는 몰라도 엄마의 지문을 인식했고 스르륵 정문이 열렸다. 아빠는 정문을 지나 출입구 가까운 자리에 차를 세웠다. 누구도 선뜻 움직이지 않았다. 그러다 잠시 후 차 문이 열렸다. 나는 차에서 내리면서 조로를 안고 하늘을 향해 얼굴을 들었다. 폭풍우가 다가오고 있었다. 혓바닥에 쇳내가 느껴졌다. 죄책감도 느껴졌다. 나는 그동안 에이든의 행동을 걱정하며 엄마와 이야기를 나누었다. 엄마에게 에이든이 뇌를 다쳤냐고도 물었다. 에이든이 보이는 말과 행동이 이상하다고 아주 분명하게 전했다. 그리고 그 모든 과정에서 에이든에게 불리하게 작용될 수 있는 많은 증거를 스스로 엄마에게 제공했다. 나는 지금까지 내 남동생의 재판에서 가장 중요한 검찰측 증인이었다.

내가 나를 용서할 수 있을까?

그건 안 될 것 같았다.

아빠가 내 팔을 잡으려다 생각을 고쳤다. 나는 비틀거리지 않으려고 무섭게 집중하며 부모님보다 한 발 앞서 계단을 올랐다. 건물 안으로 들어서자 와락 울음이 터질 것 같았다. 모든 게 진짜 병원처럼 꾸며져 있었다. 존재하지도 않을 혈액학 연구실과 엑스레이실, 이비인후과를 가리키는 표지판들. 에이든은 지금까지 이 문들을 수없이 지났고, 엄마가 지어낸 거짓말을 곧이곧대로 믿었다. 엄마를 믿고, 의학적 절차라고 믿은 그것을 위해 기꺼이 이곳을 찾았다. 자기 엄마를 믿지 않을 아들이 누가 있을까? 에이든은 자신이 환자인 줄 알았다. 사실 에이든은 실험 쥐였다.

나는 여기가 병원이라는 최면에 빠져 순간 걸음을 멈추었지만, 엄마는 빠르게 내 옆을 스치고 지나갔다.

"이쪽이야."

엄마가 왼쪽으로 뻗은 복도로 거침없이 걸어갔다.

나는 엄마의 뒤를 따랐고 아빠가 맨 끝에 섰다. 우리는 마침내 복도 끝에 있는 문 앞에 다다랐다. 벽 쪽으로 의자 두 개가 붙어 있고 문에는 키패드 하나가 달려 있었다.

"에이든은 이 안에 있어."

엄마가 키패드 쪽으로 손을 뻗었다.

내가 막았다.

"잠깐만요."

호흡이 가빠지는 것 같아서 숨을 고르려고 노력했다. 어지럽기도 했다. 의자 하나에 앉아 팔에 힘을 풀었다. 문득 내가 조로를 너무 꽉 안고 있었다는 걸 알았다. 조로는 당황한 얼굴로 나를 쳐다보고 있었다. 귀 뒤를 긁어 주자, 조로의 얼굴이 조금 편안해졌다.

나는 엄마, 아빠에게 말했다.

"두 분은 밖에 계세요. 나하고 조로만 들어가요."

엄마가 말했다.

"알았다. 하지만⋯."

"제가 이 문을 다시 나왔을 땐 속이 많이 상해 있겠죠?"

처음 든 생각은 아니지만, 이럴 때 보면 어떤 낱말들은 너무 한심하고 약하고 도무지 쓸모가 없었다. 나는 한 번 더 심호흡을 해 보았지만 도움이 되는 것 같지는 않았다.

나는 되풀이해서 말했다.

"당연히 속이 상해 있을 거예요. 그러니 나한테 어떤 말도 시키지 마세요. 나는 엄마, 아빠 얼굴을 보기도 싫어요. 그리고 난 여기도 오래 있지 않을 거예요. 나는⋯ 나는⋯."

나는 아랫입술을 깨물었고 빠르게 느껴진 통증 덕에 다시 정신을 차렸다.

"나는 곧장 집으로 갈 거예요. 차를 프로그램해 두세요. 엄마, 아빠는⋯ 나중에 태우러 오게 해 놓든지 말든지. 나는 눈곱만큼도 상관없으니까. 나는 내 방에 있을 거지만 *내가* 어떻게 하겠다는 결정을 하기 전엔 내 근처에도 오지 마세요, 아시겠어요?"

아빠가 안타깝게 말했다.

"애슐리⋯."

엄마가 말했다.

"그래. 알아들었어."

나는 일어섰지만, 다리에 힘이 풀려서 한 손으로 벽을 붙잡고 있어야 했다.

"문 여세요."

❋

에이든은 침대에 있었다. 등에 베개 서너 개를 받치고 기대앉아 책을 읽는 중이었다. 문 열리는 소리에 고개를 든 에이든이 나를 보자 놀라서 한 번 더 쳐다보았다.

"애슐리! 여긴 어떻게 왔어?"

내 품에 안겨 있던 조로가 꿈틀대며 몸을 마구 비틀었다. 조로를 바닥에 내려놓았다. 어쩔 도리가 없었다. 에이든을 보고 너무 흥분해서 도저히 안고 있을 수가 없었다. 조로는 발이 바닥에 닿기가 무섭게 바닥을 쪼르르 가로질러 침대 위로 뛰어올랐다. 에이든이 깔깔 웃으며 양팔을 내밀었지만 조로는 얼굴로 달려들더니 보이는 데마다 마구 핥았다. 그야말로 온몸이 기쁨에 겨워 어쩔 줄을 몰랐다. 몇 분이 흐른 뒤에야 에이든은 겨우 조로를 진정시킬 수가 있었고, 그사이 나는 침대 옆 의자에 앉아 있었다. 조로는 잠시나마 나에게 마음의 평정을 찾을 수 있는 시간을 주었다. 아니, 마음의 평정을 찾은 듯한 착각이라고 해야 하나.

"잘 있었어, 동생?"

나는 웃어 보려고 했지만 그래선 안 될 것 같았다.

"여기는 어떻게 왔어? 너는 출입이 안 되는 줄 알았는데."

"나도 그런 줄 알았어. 그런데 조로가 네가 보고 싶어서 제정신이 아니길래 너를 꼭 보러 가야겠다고 내가 생난리를 쳤지."

"그랬더니 효과가 있었어?"

"아니, 우리는 허락 못 받았어. 이건 다 환상이야."

어디서 그런 말이 나왔는지 모르겠다. 그냥 혀에서 굴러 나와서 말이 되는 소린지 아닌지도 알 수가 없었다. 그래도 에이든이 미소를 짓는 걸 보니 아예 허튼 말을 한 건 아닌 것 같았다. 에이든의 그 미소에 내 마음은 또다시 와르르 무너져 내릴 뻔했다.

에이든이 조로의 귀 뒤를 문지르며 물었다.

"조로가 나를 보고 싶어 했어? 내 누나는 아니었고? 너 지금 그 말을 하는 거야?"

"당연히 나도 네가 보고 싶었지. 머리가 이상해질 정도로• 생각해 보면 참 아이러니하네. 너야말로 여기에 머리가 이상해서 온 거잖아."

"너 언제부터 코미디언이 된 거야?"

에이든이 으스스한 목소리로 덧붙였다.

"내 누나한테 무슨 짓을 한 거냐? 내 누나를 내놔."

잠시 정적이 흘렀다. 계속 이렇게 있을 수만은 없었다. 사이클론

• 원문의 a hole in the head는 '머리에 난 구멍'이라는 뜻이면서 '전혀 아니다'라는 이중적인 의미가 있는데, 그걸 이용해 말장난을 하는 장면이다. "Of course I missed you. Like a hole in the head.(당연히 보고 싶었지. 그런데 전혀 안 보고 싶었어.)"라고 말이 안 되는 말이지만 농담처럼 말하고 있는데, 우리말 그대로 옮기면 어색해져서 위와 같이 의역하였다.

처럼 일어난 감정이 내가 힘들게 세워 둔 방어벽을 때리고 있었다. 그 방어벽은 오래 버틸 힘이 없다는 걸 나는 잘 알고 있었다. 만약 그 방어벽마저 무너져 버리고 나면 나는 저 파괴적인 힘과는 상대도 되지 않을 것이다. 그건 에이든에게는 공평하지 않은 일이었다. 마지막에 그래선 안 될 일이었다. 끝에 와서 에이든에게 내가 그럴 수는 없는 일이었다. 별안간 요란하게 천둥이 치면서 방 안의 창문들이 덜컹거렸고, 번개가 번쩍이며 하얀 벽을 은빛으로 물들였다.

온갖 폭풍이 한꺼번에 몰려오고 있었다.

내가 말했다.

"나 가야 돼, 에이든."

에이든이 괴로운 표정을 지었다.

"방금 와 놓고서. 조금만 더 얘기하고 가, 애쉬. 여기 있으면 외롭고, 난 언제 나갈지도 모르겠어."

방어벽이 또 한 군데 터지는 순간이었다.

"나 가야 돼."

나는 몸을 일으키며 에이든의 손에서 조로를 떼어 냈다. 조로는 싫은 표정이었지만 억지로 품에 안았다.

"내가 너를 얼마나 사랑하는지 말했던가, 에이든?"

"너 점점 이상해진다, 애쉬. 무슨 일이야?"

"너는 내 목숨을 살렸고 난 널 사랑해. 네가 나를 살리지 않았을 때도 난 널 사랑했어."

"애쉬?"

하지만 나는 이미 돌아서 있었다. 나는 문을 열었고 고개를 숙인 채 조로를 꽉 끌어안았다. 눈에서 눈물이 흐르기 시작했다. 내가 빠르게 옆을 지나치자 의자에 앉아 있던 엄마, 아빠가 벌떡 일어났던 것도 같다. 아니, 잘 모르겠다. 나는 아무것도 알지 못했다. 복도를 달려가 여러 개의 문을 통과한 뒤 건물 밖으로 나와 앞이 보이지 않을 정도로 퍼붓는 빗속으로 뛰어들었던 것도 알지 못한다. 차가 미끄러져 올라와 문이 열렸던 기억이 없다. 비바람과 우박을 뚫고 집으로 향하던 그 길과 번개가 번쩍이며 밤하늘을 가르던 장면도 생각이 나질 않는다. 방문을 닫고 침대에 몸을 던지며 자포자기에 빠졌던 기억도 전혀 남아 있지 않았다.

16
탈출 작전

나에겐 그런 기억이 없다. 그런 일은 일어나지 않았으니까. 그건 엄마가 그렇게 *생각했을* 거라고 나 혼자 상상해 본 장면이었다. 진짜는 이랬다.

✺

에이든은 침대에 있었다. 등에 베개 서너 개를 받치고 기대앉아 책을 읽는 중이었다. 문 열리는 소리에 고개를 든 에이든이 나를 보자 놀라서 한 번 더 쳐다보았다.

"애슐리! 여긴 어떻게 왔어?"

내 품에 안겨 있던 조로가 꿈틀대며 몸을 마구 비틀었다. 조로를 바닥에 내려놓았다. 어쩔 도리가 없었다. 에이든을 보고 너무 흥분해서 도저히 안고 있을 수가 없었다. 조로는 발이 바닥에 닿기가 무섭게 바닥을 쪼르르 가로질러 침대 위로 뛰어올랐다. 에이든이 깔깔 웃으며 양팔을 내밀었지만 조로는 얼굴로 달려들더니 보이는

데마다 마구 핥았다. 그야말로 온몸이 기쁨에 겨워 어쩔 줄을 몰랐다. 몇 분이 흐른 뒤에야 에이든은 겨우 조로를 진정시킬 수가 있었고, 그사이 나는 침대 옆 의자에 앉아 있었다.

내가 말했다.

"우리는 시간이 많지 않아, 에이든. 지금부터 내가 하는 말 잘 듣고 정확히 내가 하라는 대로 해야 돼. 알겠지?"

에이든이 웃었다.

"지금 상황에서는 내가 기대하는 게 꼭 포옹은 아니야, 애슐…."

"에이든, 잘 들어."

나는 에이든의 손을 잡고 말했다.

"조용히 하고 잘 들어. 내가 말하는 대로 똑바로 안 하면 넌 죽어. 이건 농담이 아니야. 과장도 아니야. *넌 죽을 거야.*"

에이든이 고개를 내저었다.

내가 말했다.

"캠프 기억하지, 에이든. 무슨 일이 벌어지고 있는지 난 하나도 몰랐지만 넌 나를 구해 줬어. 지금 넌 무슨 일이 벌어지고 있는지 하나도 모르겠지만 이번엔 내가 널 구해 줄 차례야. 에이든, 넌 나를 믿어?"

"응, 당연하지. 하지만…."

"우리는 옷을 바꿔 입을 거고 나는 침대로 들어가서 너인 척하고 누워 있을 거야. 너는 조로를 데리고 저 문을 열 거야. 고개 푹 숙이고 있어. 이왕이면 화난 척해. 하지만 무슨 일이 있어도 멈춰선 안 돼. 엄마, 아빠는 지금 복도에 있어. 엄마, 아빠한테 절대 아무 말도 하지 마. 최대한 빨리 바깥쪽 문으로 뛰어. 차가 너를 기다리고 있을 거야. 차에 타. 네가 타면 차는 집으로 출발할 거야."

에이든의 얼굴은 혼란과 질문으로 가득했지만 나는 무시하고 말을 이었다.

"그다음이 아주 중요해. 내가 얼마나 오래 너인 척 버틸 수 있을지는 모르겠지만 조만간 네가 사라지고 없다는 걸 알게 되겠지. 그러니까 가능하면 빨리 차 안의 긴급 정지 버튼을 누르고 차에서 내려서 뛰어. 집으로 가면 안 돼. 제나를 찾아. 네 태블릿은 내 원피스 주머니 속에 있어. 내가 최대한 빨리 너한테 연락할게."

"하지만 이건 미친 짓이야, 애슐리. 아무 설명도 없이 무조건 그걸 다 하라는 게 어디 있어?"

나는 이미 머리 위로 원피스를 벗고 있었다. 머리띠를 침대 위에 던지고 샌들도 벗어 던졌다.

"설명해 줄게. 하지만 우선 침대에서 내려와서 나하고 옷부터 바꿔 입어."

"너 지금 진지하구나?"

"완전. 그러니까 서둘러."

"하지만⋯."

버럭 소리를 지르고 싶었지만 그건 불가능했다. 대신 에이든의 어깨를 붙잡고 흔들었다.

"빨리 해, 에이든. 지금 당장!"

그래서 에이든은 내가 하라는 대로 했다. 나는 에이든이 새로 옷을 입게 도와주었고 에이든의 얼굴에서 머리칼을 쓸어내리며 머리띠도 씌웠다. 그런 다음 뒤로 물러나 에이든을 위아래로 확인했다. 우리가 일란성 쌍둥이라는 게 확실히 도움이 되었다. 내 눈앞에서 나를 보고 있는 사람은 집에 있는 거울 속에서 나를 보고 있던 바로 그 사람이었다. 걸음걸이까지 같을 수는 없지만 그 누구도 그걸 빠르게 포착해 내지는 못할 것이다. 특히나 달리는 걸음을 보고 그 차이를 알아내기란 쉽지 않을 터였다. 나는 에이든의 원피스 한쪽 끝자락을 매만진 뒤 고개를 끄덕였다. 에이든의 눈엔 여전히 당황스러운 기색이 역력했지만, 그 속에는 두려움도 섞여 있었다. 진짜로 자신의 목숨이 위험에 처했다는 걱정 때문인지, 아니면 자기 누나가 미친 게 아닌가 하는 불안감 때문인지는 나도 잘 모르겠다.

"나 아직 정신 멀쩡해, 에이든."

나는 에이든을 꼭 안아 주고 덧붙였다.

"미친 건 내가 아니라 세상이야."

나는 포옹을 풀었지만, 에이든의 손을 잡고 한 마디를 더했다.

"무사히 있어야 해, 내 동생. 약속해."

"약속할게."

"네 얼굴이 약속이야."

내 말에 에이든이 웃었지만 웃는 목소리가 조금 갈라졌다.

이불을 젖히고 침대로 들어갔다. 이불에서 에이든 냄새가 났다. 조로가 내 손에 코를 비비더니 에이든을 봤다가 다시 나를 쳐다보왔다. 개가 헛갈릴 정도라면….

내가 말했다.

"조로 받아. 그리고 빨리 가. 잊지 마. 고개 숙이고, 달리고, 누가 와도 멈추지 않는다. 공원으로 가서 내 전화를 기다린다."

에이든이 조로를 받아 품에 안았다. 순간 에이든이 무슨 말인가를 하려는 것 같았다. 다가와서 나를 안아 주려던 건지도 모른다.

내가 재촉했다.

"이제 가."

에이든이 돌아서서 문을 열고 밖으로 사라졌다. 에이든이 나가자마자 문을 등지고 누워 머리끝까지 이불을 뒤집어썼다. 나는 아직 에이든을 구해 낸 게 아니었다. 만일 우리가 바뀐 걸 엄마가 금방 알아내기라도 한다면 에이든을 태운 차가 건물을 채 벗어나기도 전에 다시 프로그램을 조작해 차를 멈춰 세울 것이다. 나는 에이든에게 시간을 벌어 주어야 했다. 최소한 5분. 할 수만 있다면 조금이라도 더. 1초, 1초가 중요했다. 그 말은 엄마, 아빠가 들어왔을 때 내가 아무 말도 해서는 안 된다는 뜻이었다. 우리는 일란성 쌍둥이니까 겉모습만 보면 나를 에이든이라고 착각하는 게 가능하다고 보지만 내 목소리를 들으면 단박에 들통이 날 게 뻔했다.

30초가 흘렀고, 문이 닫히고 침대로 다가오는 발소리가 들렸다. 자는 척할 수는 없는 일이었다. 자기 누나가 떠나고 30초 사이에 잠이 든다는 걸 믿을 사람은 아무도 없으니까. 내가 생각할 수 있는 유일한 선택지는 속상한 척 연기하는 것이었다. 그래서 훌쩍이는

261

울음을 참으려고 노력하는 사람처럼 어깨를 조금 들썩이는 시늉을 했다.

"에이든?"

엄마 목소리였다. 나는 대꾸하지 않았다. 엄마가 어깨에 손을 올렸지만 휙 뿌리쳤다. 엄마한테 화가 나고 마음이 상한 것처럼 보이면 내가 입을 다물고 있는 게 납득이 되지 않을까. 하지만 이렇게 시간을 끄는 데는 한계가 있었다. 머릿속으로 시간을 가늠해 보았다. 1분도 되지 않았다. 지금쯤이면 에이든은 밖으로 나가 차를 찾고 있겠지.

"에이든, 왜 그래?"

이불 밑으로 오른팔을 내밀어 엄마를 향해 내저었다. 나가라는 손짓이었다. 몸을 돌려 아빠가 엄마 옆에 있는지 확인하고 싶은 마음이 굴뚝같았다. 꼭 지켜 달라고 했던 내 말은 이미 무시를 당했을지도 모른다. 괴로움에 휩싸인 딸을 달래 주려고 아빠가 곧바로 그 뒤를 쫓아갔을지도 모른다. 만약 그랬다면 큰일이었다.

"왜 그래, 아들?"

아빠 목소리였다. 그제야 조금 편하게 숨이 쉬어졌다. 간신히 1분을 넘겼다. 에이든은 지금쯤이면 차 안에 있어야 했다. 다시 1분이면 정문을 통과하겠지. 나는 입을 꾹 다문 채 이불로 몸을 더욱 단단히 에워싸고 두 사람의 목소리로부터 떨어지려는 사람처럼 침대 끝으로 움직였다.

"애슐리가 너한테 말했어?"

이번엔 모험을 감행했다. 몸을 돌리고 이불을 바로 코 밑까지 내렸다. 내 눈은 충혈되어 있었겠지만, 어차피 질끈 감고 있었다. 나는 고개를 끄덕이고 다시 돌아누웠다.

"애슐리가 뭐랬는데? 에이든, 애슐리가 무슨 말을 한 건데?"

나는 더 큰 소리로 더 격렬하게 흐느꼈다. 침묵이 흘렀고 엄마와 아빠가 속삭이는 소리가 들렸다. 침대에서 물러날 가능성을 따져 보고 있는 게 확실했다. 잘된 일이었다. 그 시간이 길어지기를 바랐다. 1분 30초. 아직 병원 땅을 떠나지는 못했을 것이다.

"네가 누구라고 애슐리가 말한 거야, 에이든? 그래서 그렇게 속상해하는 거야?"

이번엔 울부짖었다. 울부짖거나 히스테리를 부리는 소리는 성별이 드러나지 않을 거라는 계산이었다. 감정이 폭발하면 남자나 여자나 다를 바가 없다.

"내 말 잘 들어, 에이든."

엄마가 고함을 치다시피 말했다.

"엄마가 너한테 몇 가지 설명해 줄 말이 있어."

하지만 나는 더욱 요란하게 울부짖었다. 목이 아팠지만 그건 중요하지 않았다. 2분, 아니면 조금 모자랐으려나. 조로를 안고 차 뒷좌석에 앉은 에이든을 상상했다. 차가 다가가자 정문이 스르륵 열리는 장면을 상상했다. 몇 미터만 더 가면, 몇 초만 더 있으면 자유다.

아빠가 침대 반대쪽으로 돌아왔다. 이제 엄마와 아빠가 양쪽을 지키는 상황이라 나는 이불 밑으로 얼굴을 파묻었다. 아빠 손이 어깨에 닿는 게 느껴지자 내가 몸부림을 쳤다. 그래도 아빠는 나를 잡은 손에 힘을 풀지 않았다.

아빠가 소리쳤다.

"에이든! 네 누나가 뭐라고 했든 그건 사실이 아니야. 알겠어? 그건 사실이 아니야. 다 괜찮아. 다 괜찮아질 거라고."

그 말에 숨이 턱 막혔다. 바로 앞에서, 바로 마지막 순간까지, 두 사람은 에이든에게 거짓말을 하려고 했다. 다 잘될 것처럼. 내 어린 시절의 마지막 부분이 나와 영원한 작별을 고한 게 바로 그때였던 것 같다. 이 일이 결국 어떤 결과에 다다를지는 모르겠지만 나는 결코 부모님을 용서하지 않을 것이다. 시간이 지나면 부모님을 이해하고 어쩌면 이따금 한 번씩 부모님이 측은해질 때도 있겠지만 결단코 두 분을 진정으로 용서하지는 않을 것이다. 그걸 깨닫자, 마음이 씁쓸해졌다.

엄마가 갑자기 이불을 확 벗겼다. 아빠는 나를 더욱 세게 붙잡았고, 나를 일으켜 세워 침대 밖으로 끌어내리려고 했다. 내가 히스테리 상태라는 결론을 내리고 억지로라도 두 분의 말을 듣게 하려는 것 같았다. 아니, 어쩌면 바로 그 자리에서 나를 정지시키려는 것이었을지도 모르겠다. 하지만 만약 내가 히스테리를 부린다고 생각하고 있다면, 히스테리가 뭔지 제대로 보여 줄 작정이었다.

나는 아빠의 손아귀를 빠져나오려고 몸을 비틀었다. 의외로 너무 쉬웠다. 아드레날린이 방출되며 힘이 세진 느낌이랄까. 천하장사가 된 기분이었다. 내가 배를 들이받는 순간 숨이 턱 막힌 아빠가 '커헉!' 하는 외마디 소리를 내뱉었다. 아빠는 배를 잡은 채 그대로 고꾸라졌다. 문으로 달려가 문고리를 돌려 방을 빠져나가려는 찰나, 엄마가 뒤에서 나를 붙잡아 다시 안으로 끌고 들어갔다. 내가 비명을 지르며 내지른 팔꿈치가 이번엔 엄마의 몸을 때렸다. 엄마가 숨을 삼키는 소리가 들렸고, 그와 동시에 나는 다시 자유가 되었다. 나는 이제 전속력으로 달렸다. 뒤에서 "잡아! 놓치면 안 돼!" 하고 외치는 소리가 들렸다.

　나는 닥치는 대로 방향을 틀며 복도를 수도 없이 달려 내려갔다. 모퉁이 하나를 도는 순간 바로 1미터 앞에 흰 가운 차림의 아저씨가 나타났다. 나는 아저씨를 향해 주먹을 날렸고 빗겨 맞긴 했지만 내 앞엔 다시 아무도 보이지 않았다. 나는 속으로 시간을 계산하며 달리고 또 달렸다. 3분 30초. 아마도 지금쯤이면 긴급 정지 버튼을 눌렀어야 했다. 정문을 나서자마자 누를 수는 없을 것이다. 그럼 엄마가 경비원들을 보내 수색을 시작했을 때 더 쉽게 잡히고 말 테니까. 내가 에이든에게 그 말을 했던가? 그 말까진 하지 않은 것 같았다. 부디 그건 에이든이 알아서 해결했기만을 바랐다. 따라서 만약 모든 게 계획대로 풀리기만 했다면 지금 에이든은 이 연구소에서 1분 30초 떨어진 거리에 있어야 했다. 차 문이 열리고 비바람 속으로 뛰어든 에이든에게 어둠이 어쩌면 피난처가 되어 주지 않았을까.

　내 위치가 어디쯤인지도 모른 채 다시 모퉁이 하나를 도는 순간, 눈앞에 연구소 입구가 나타났다. 문을 박차고 뛰어나가려고 했지만 실패했다. 어디서 나타났는지 모르겠지만 아빠의 손이 잠옷 어깨를 붙잡았다. 나는 몸을 확 비틀었고 그 바람에 잠옷이 죽 찢어졌다. 나는 이제 비바람 속에 서 있었다. 앞이 하나도 보이지 않았다. 비가 너무 세차게 내려서 채 2미터 앞도 보이질 않았다. 밖으로 나온 지 1초도 되지 않아 집에 있는 수영장에 뛰어든 사람처럼 온몸이 흠뻑 젖었다. 그래도 시간을 더 벌어야 했고, 잘하면 비바람이 내 편이 되어 줄 수도 있을 것 같았다. 나는 어디로 가는지도 모른채 무작정 달렸다.

비바람은 내 편이 아니었다. 나는 한 경비원에게로 직행했고, 그 경비원의 손에 붙잡히고 말았다. 내가 물리칠 수 있는 상대가 아니었다. 힘이 센 사람이었다. 나는 몸부림을 멈춘 대신 다리를 절뚝였다. 경비원은 반은 끌고 반은 안다시피 하며 나를 다시 연구실로 데리고 들어갔다. 구시렁거리는 것만 봐도 나 때문에 흠뻑 젖어서 성질이 난 것 같았다. 상관없었다. 4분이 넘었다. 지금쯤이면 멀리 가고 없을 게 확실했다.

엄마와 아빠가 경비원을 시켜 나를 다른 방으로 데려갔고, 그 방에서 간호사가 나를 침대에 묶었다. '나를 수라고 부르라는' 그 친절한 간호사인 것 같았다. 수는 나에게는 썩 친절한 것 같지는 않았다. 또 한 사람이 방으로 들어왔다. 아까 도망치다가 내 주먹에 빗겨 맞았던 바로 그 아저씨였다. 그 아저씨 역시 친절해 보이지는 않았다. 주사를 놓으려는 조짐이 보이자마자 나라는 걸 밝혀야겠다는 생각이 퍼뜩 머리를 스쳤다. 내 목숨을 잃으면서 에이든의 목숨을 구하는 건 최선의 결과는 아닐 테니까. 동생을 사랑하긴 하지만 그래도….

그런데 그럴 필요도 없었다. 엄마가 수건으로 내 얼굴을 닦아 주고 젖은 머리칼을 이마 위로 쓸어 올렸다. 그러다 엄마의 눈이 휘둥그레졌다. 엄마가 알아챘다.

그와 거의 동시에 엄마가 태블릿을 꺼내 명령어를 입력했다. 딱히 천재가 아니더라도 엄마가 에이든이 탄 차를 소환 중이라는 건 알 만한 사실이었다. 에이든에게 충분히 시간을 벌어 준 것 같긴 하지만 확신할 수는 없었다. 만에 하나 에이든이 긴급 정지 버튼을 누르지 않았다면 아마도 차가 되돌아가는 걸 보고 누를 것이다. 만약 그렇게 되면 엄마 같은 전문가는 원격으로 그 기능을 아예 해제시켜 버릴 수도 있다.

아빠가 물었다.

"뭐 해, 여보?"

엄마는 대답하지 않았다. 대신 내 옆에 섰다.

"에이든은 어디로 갔지, 애슐리?"

내가 대답했다.

"엄마가 절대 찾을 수 없는 곳으로요."

엄마의 어깨 너머로 아빠의 얼굴이 보였다. 표정으로 보아 아빠도 이제야 상황을 파악한 눈치였다.

엄마가 말했다.

"과연 그럴까?"

엄마가 너무 자신 있게 말해서 더럭 겁이 났다. 지금까지 나는

267

에이든이 탈출에 성공했다는 생각에 행복하기만 했다. 그렇다. 나는 지금 진정한 축하를 시작하기에 앞서 되돌아온 차가 빈 차인지를 확인하기 위해 기다리는 중이었다. 엄마가 에이든을 추적할 수 있는 건 아닌지 걱정이 됐다. 나는 그렇게까지 철저하게 생각하고 대비하진 못했다. 문득 엄마가 에이든의 몸 어딘가에 송신기를 넣었을지도 모른다는 생각이 머리를 스쳤다. 엄마는 언제든 자신이 만든 창조물의 위치를 파악하고 싶어 할 것 같았다. 갑자기 울고 싶어졌다.

엄마가 간호사에게 말했다.

"묶은 줄 푸세요."

수라는 이름의 간호사가 마른 옷을 가져다준 덕분에 나는 문으로 다가오는 차를 지켜볼 수가 있었다. 차는 비어 있었다. 그걸 확인하자 나 혼자 조금이나마 축하를 했다. 엄마가 에이든을 추적할수는 있겠지만 그게 곧 에이든을 무조건 데려올 수 있다는 뜻은 아니었다. 바깥세상은 무법 지대였고, 에이든은 영리하고 강했다.

🕸

우리는 집으로 돌아왔고 오는 내내 엄마는 아무런 말도 없었다. 생각에 잠긴 게 분명했고 그 모습을 보니 걱정이 되었다. 엄마는 내가 아는 사람 중에 가장 영리한 사람이었고 결코 당황해서 허둥대는 사람이 아니었다. 엄마는 무슨 문제든 차근차근 정면 돌파하는 사람이었다. 평생을 그렇게 살았고 그것에 매우 능한 사람이었다. 현재 우리가 누리는 생활이 바로 그 증거였다.

나는 냉장고에서 빵과 치즈를 가져와 내 방에 틀어박혔다. 아무도 나를 막지 않았다. 엄마는 곧바로 사무실로 향했다. 아빠는 불안해 보였다. 나는 다시 내 방 문고리 밑에 의자를 받쳐 놓고 침대 밑에서 태블릿을 꺼내 에이든에게 연락을 했다. 혼란스러운 탈출 작전 와중에 내가 몰래 전해 준 에이든의 태블릿으로 우리끼리 연락을 할 수 있다는 사실을 엄마가 미처 생각하지 못했기만을 바랐다. 결국엔 엄마가 알아내겠지만, 그동안은 시간이 내 편이 되어 줄 수가 있었다. 그러기를 바랐다.

곧바로 에이든이 전화를 받았다.

"대체 무슨 일이 벌어지고 있는 거야, 애쉬?"

다른 때 같았으면 당장 울음부터 터뜨렸을 것이다. 에이든의 홀로그램이 노란 원피스(얼핏 머리띠가 사라지고 없는 게 눈에 들어왔다.)를 입고 자그마한 조로를 꼭 껴안은 채 바들바들 떨고 있었다.

"너 무사한 거야?"

"아니, 난 춥고 축축하고 당황스러워. 너무 어둡고 무서워. 집에 가고 싶어."

가슴이 철렁했지만, 불쌍한 마음 하나로 에이든을 파멸에 이르게 할 수는 없는 일이었다.

"내 말 잘 들어, 에이든. 절대 집으로 오면 안 돼. 집에 오면 넌 죽어. 이 말은 꼭 믿어 줘. 그리고 지금부터 뭘 하든 엄마, 아빠한테는 절대 말하지 마. 할 수 있으면 제나와 그 일당을 찾아. 제나는 네가 마음에 든다고 했어. 그 애들이 널 지켜 줄지도 몰라."

그러자 에이든이 울기 시작했고, 그 모습을 보니 걱정이 되었다. 에이든은 너무 불안하고 작고 무기력해 보였다.

에이든이 훌쩍이며 말했다.

"난 하나도 이해가 안 돼."

어떻게 하겠다는 대책도 없이 내가 무작정 말했다.

"내일 아침 9시에 내가 빅토리아 공원 입구로 갈게. 숨어 있다가 나 혼자 있을 때만 나와야 해. 알겠지?"

"알았어. 하지만…."

"쉴 곳을 찾아. 그런데 계속 이동해야 돼. 나한테 전화하지도 말고 한곳에 너무 오래 있지도 마. 내가 내일 다 설명해 줄게, 에이든. 맹세해."

나는 전화를 끊었다. 끊고 싶지 않았지만, 에이든은 겁을 먹고 초조해할 필요가 있었다. 적어도 당분간은. 에이든이 사느냐 죽느냐는 거기에 달려 있을 것 같았다.

내가 내일 다 설명해 줄게? 그래야만 하겠지. 그렇다고 그 순간이 기다려진다는 뜻은 아니었다.

❀

그날 밤 잠을 잔 사람이 있었을까. 나는 잠을 이루지 못했고 아침에 본 부모님의 얼굴로 미루어 보건대 두 분 역시 뜬눈으로 밤을 지새운 것 같았다. 에이든 역시 한숨도 못 자지 않았을까. 하지만 에이든은 없고 엄마는 있다는 것만 봐도 아직 에이든이 무사하다는 증거였다. 단정할 수 없긴 하지만⋯.

태블릿으로 거의 끊임없이 말하는 모습만 보더라도 엄마가 그 희망을 상당 부분 확인시켜 준 셈이었다. 엄마는 나와 거리를 두려고 했지만, 간간이 들리는 말로 미루어 수색대를 꾸리고 있는 것 같았다. 그러다 엄마가 차를 불렀다.

현관을 나서며 엄마가 말했다.

"이 이야기는 나중에 하자, 애슐리."

우리가 연구실을 나온 이후 엄마가 나에게 처음으로 한 말이었다.

"이 문제가 정리되고 나면, 이 문제는 정리가 될 거니까, 그럼 우리는 밀도 있고 솔직한 대화를 나누게 되겠지."

나는 대꾸가 될 만한 매서운 말을 떠올려 보았지만, 나에겐 침묵이 더 도움이 된다는 결론을 내렸다. 나는 멀어져 가는 엄마 차를 지켜보았다.

나와 아빠만 남았다.

식탁 맞은편에 앉은 아빠를 쳐다보았다. 아빠는 몇 시간 사이에 몇 년은 더 늙어 보였다. 귓불을 잡아 뜯는 아빠의 오른쪽 눈 아래가 씰룩였다. 아빠는 나를 보고 미소를 지어 보려고 했지만 웃어지지 않은 것 같았다.

5분쯤 후에 내가 말했다.

"차를 불러요, 아빠."

우리는 차가 세 대다. 이유는 모르겠다. 세 대가 동시에 움직인 적은 한 번도 없었으니까.

"왜? 어디 가려고, 애슐리?"

"에이든 보러요."

그 말에 아빠의 신경이 바짝 곤두섰다. 순간 아빠의 눈이 한쪽으로 휙 돌아갔고, 그곳엔 아빠의 태블릿이 놓여 있었다.

내가 계속해서 말했다.

"엄마한테 연락하시겠다면 내가 막을 수는 없겠죠. 하지만 그럼 아빠는 에이든을 보지 못하게 될 거고, 나는 아빠한테 에이든이 어디에 있는지 절대 말해 주지 않을 거예요. 그러니까 결정을 잘 하셔야 할 거예요, 아빠. 이번 한 번만은요."

그 말에 아빠가 움찔했던 것 같다. 우리의 눈이 마주쳤고 아빠도 나도 시선을 풀지 않았다. 희망 사항이었는지는 모르겠지만 아빠의 눈에서 전에는 없던 부싯돌처럼 단단한 결의를 본 것도 같았다. 아빠가 천천히 고개를 끄덕였다.

"가자."

⁂

나는 학교에 차를 세우게 했다. 학교는 방학이라 아무도 없었다. 우리는 학교에서부터 걸어가기로 했다.

아무도 없는 거리를 걸어 내려가는 아빠의 얼굴은 편안해 보이지 않았다. 아빠가 시드니 거리를 마지막으로 걸어 본 게 언제였을까. 바짝 곤두선 얼굴과 사방에서 몰아칠 공격을 예상한 사람처럼 끊임없이 몸을 획획 돌려 대는 모습만 봐도 분명 오래간만인 것 같았다. 나는 조금 여유가 생겼다. 지금도 좀 무섭긴 하지만 두 번이나 와 본 길이었다. 빅토리아 공원에 도착하자 태블릿을 꺼내 에이든에게 연락을 했다. 에이든이 곧바로 전화를 받았다.

"나 왔어, 에이든. 아빠도 같이."

에이든이 당황하는 게 느껴졌고 그 이유를 알 것 같았다. 내 입으로 부모님을 피하라고 해 놓고 아빠를 데려왔으니까. 에이든 입장에서는 앞뒤가 맞지 않는 소리였다. 하지만 난 아빠한테 모험을 걸어 보기로 했다. 아빠 태블릿은 식탁에 두고 오게 했다. 아빠를 크게 믿지는 않았기 때문이기도 했지만, 엄마가 옆에 없으면 아빠만의 생각과 의견이 생기지 않을까 하는 마음도 있었다. 더구나 이런 곳에서는 아빠가 할 수 있는 일이 많지 않았다. 에이든은 대부분의 사람들보다 달리기가 빨랐다. 아빠보다는 무조건 빨랐다.

내가 말했다.

"아빠는 공원 입구 아치에 있을 거야. 아빠는 안 가. 나만 갈 거야. 혹시라도 아빠가 너한테 다가가려고 하면 아빠한테서 떨어져. 필요하면 도망가. 그런데 아빠가 그러지는 않을 것 같아. 아빠가 그렇게 생각 없는 사람은 아니겠지."

나의 희망이었지만 장담할 수는 없었다.

"공원에서 가장 트여 있는 자리까지 200미터쯤 걸어갈게. 거기서 만나."

나는 넓은 공간을 원했다. 그래야 누구, 혹은 무엇이라도 다가오는 걸 볼 수 있을 테니까.

"너 여기 있지? 맞지, 에이든?"

"나 여기 있어."

"좋아. 나 지금 가."

전화를 끊고 아빠에게로 돌아섰다.

"여기 계세요. 조금만 움직이면 우리 둘 다 사라질 거예요. 난 내 동생하고 할 이야기가 있어요. 이야기가 끝나면 에이든이 아빠하고 말하고 싶어 할지도 몰라요. 아닐 수도 있고. 어느 쪽이든 우리는 에이든의 의견을 존중할 거예요."

아빠는 고개만 끄덕였다. 아빠는 걱정스럽고 겁에 질리고 좌절한 얼굴이었다. 나로서는 좋았다. 딱 내가 아빠한테 바라는 모습이었다. 나는 몸을 돌려 공원으로 향했다.

태양은 이미 강렬했고, 시드니 기준으로도 극심했던 어젯밤 폭풍우의 영향으로 습도는 측정 불가능할 정도였다. 이마에서 땀을 닦아 내고 눈으로 공원을 죽 훑었다. 에이든은 보이지 않았다. 가장 가까운 나무가 60~70미터쯤 떨어진 곳에 위치한 공터 한가운데 멈춰 서자 에이든이 모습을 드러냈다. 나무들 뒤에서 걸어 나온 에이든이 나를 향해 다가오기 시작했다. 노란 원피스를 예상했는데 옷이 바뀌어 있었다. 어디서 훔쳤으려나…. 그런데 그때 그와 이웃한

나무들 뒤로 제나와 그 패거리 중 두 명이 눈에 들어왔다. 제나는 조로를 안은 채 나에게 다가오는 에이든을 지켜보고 있었다. 찾아 냈구나. 에이든에게 옷과 쉴 곳을 제공해 준 게 바로 이들이었다. 한 가지 걱정이 사라졌다. 문제는 다른 걱정거리가 너무 많은 데다, 하나같이 너무나 견고하고 끈질기다는 데 있었다.

에이든이 1미터 거리를 두고 멈춰 섰다. 내 어깨 너머를 힐긋 쳐 다보는 게 아빠를 확인하려는 것 같았다. 오늘 아침은 어제보다 훨 씬 나아 보였다. 어젯밤에 전화를 걸었을 때는 눈물이 그렁그렁한 데다 당장이라도 멘붕에 빠질 것처럼 위태로워 보였다. 지금은… 차분했다. 생각하고, 분석하고. 이편이 더 나았다.

내가 에이든의 어깨 너머를 손으로 가리켰다.

"제나와 다른 아이들에게 다른 볼일 좀 보라고 해. 뒤에서 위협 적으로 버티고 서 있는 건 좀 구식이잖아."

에이든은 웃지 않았다.

"난 이 모든 게 남매 사이에 공들여 꾸며 낸 장난일지도 모른다 고 생각했어. 그런데 네 뒤에 아빠가 있잖아. 아빠가 그건 아니라고 하는 것 같네."

"나도 이게 장난이면 좋겠어. 장난 아니야."

"어떻게 된 일인지 말해 줘."

그래서 나는 말해 주었다. 최대한 간단하고 분명하게. 에이든을 위해 그 정도는 해 줘야 마땅했다. 에이든은 훨씬 더한 일을 해 줘 도 아깝지 않은 동생이었지만 내가 지금 에이든에게 해 줄 수 있는 유일한 일은 있는 그대로의 진실을 말해 주는 것뿐이었다. 내 목소리는 감정에 복받쳐 흔들리지 않았다. 그래서 모든 이야기가 끝났을 때 내 뺨 위로 눈물이 흐르고 있다는 걸 깨닫고 깜짝 놀랐다. 언제부터 울기 시작했는지 기억이 나질 않았다.

에이든은 움찔하는 기색도 없었고 표정에도 변화가 없었다. 내 말이 모두 끝날 때까지 듣기만 했다. 그러더니 한 손을 뻗어 내 뺨에서 눈물을 닦아 냈다.

에이든이 말했다.

"여기서 기다려. 부탁이야."

에이든이 저만치 걸어갔다. 제나와 그 패거리들에게가 아니라, 공터 끄트머리의 한 썩어 가는 나무 벤치를 향해. 옛 시드니 사람들은 그 벤치에 앉아 즐거운 시간을 보내고, 나무들을 바라보며 잎사귀 사이로 내리비추는 햇살을 즐겼겠지. 지금 에이든은 바로 그 벤치에 허리를 꼿꼿이 세운 채, 마치 벤치와 똑같은 나무로 만든 조각상처럼 머리 하나 움직이지 않고 앉아 있었다.

나는 기다렸다. 한 시간을 기다렸다. 두 다리가 떨렸지만, 풀밭에 앉기는 싫었다. 비바람에 아직 물기가 남아 있어서만은 아니었다. 에이든을 위해 든든하고 단단한 사람이 되어 주고 싶었다. 움직이지도 않고, 움찔하지도 않고, 그 자리를 지키며….

마침내 에이든이 일어나 다시 나에게로 걸어왔다. 여전히 에이든의 표정에서 아무것도 읽을 수가 없었다.

에이든이 말했다.

"아빠 오시라고 해. 아빠하고 말하고 싶어."

내가 돌아섰다. 아빠는 입구 벽에 기대앉아 있었다. 제나가 예전에 앉아 있던 자리와 정확하리만큼 같은 자리였다. 내가 손을 흔들자, 아빠가 일어섰다. 아빠는 마치 모르는 사람들에게 다가오는 사람처럼 우리를 향해 천천히 걸어왔다. 조심조심 겁을 먹고…. 두 걸음 떨어진 곳에 멈춰 선 아빠가 입을 벌렸다가 다시 닫았다. 적당한 인사말을 찾아 머릿속을 뒤졌지만, 아무 말도 떠오르지 않은 것 같았다. 오히려 다행이었다.

에이든이 주머니에 손을 넣어 자기 태블릿을 꺼내 펼쳤다. 에이든이 명령어를 입력하고 아빠에게 태블릿을 건넸다.

"엄마와도 함께 이야기를 해야겠어요."

화면에 엄마의 얼굴이 나타났다. 우리가 볼 수 있게 아빠가 태블릿을 높이 들었다. 사실 아빠는 엄마와 얼굴이 나란히 잡히게 태블릿을 들고 있었다. 아빠는 옆에 엄마가 있어서 마음이 놓이지 않았을까. 엄마는 항상 아빠보다 말주변이 좋았다. 이제 아빠는 걱정할 필요가 없어졌다. 나는 한 걸음 움직여 내 동생 옆에 섰다. 화면을 보고 놀랐는지는 모르겠지만 엄마는 겉으로 아무 내색도 하지 않았다.

엄마가 말했다.

"안녕, 에이든."

"네, 엄마."

"애슐리한테 들었겠지, 아마도?"

에이든이 고개를 끄덕였다.

"그래, 에이든. 엄마가 지금 네게 하려는 말을 잘 들어주었으면 좋겠다."

엄마의 목소리는 언제나처럼 참을성 있고 이성적이었다.

"넌 항상 아주 논리적인 아이였지. 그래서 엄마는 우리가 처한 상황에 함축된 모든 의미를 네가 부디 심사숙고해 주길 바란다. 엄마는 이런 일이 일어나길 원하지 않았어. 엄마는 우리 네 사람이 한 가족으로 모두 함께 늙어 가는 미래를 꿈꿨어. 너는 물론 아이를 가질 수는 없겠지. 하지만 애슐리는 가질 수 있잖아. 엄마는 3대에 걸친 우리를 상상했어. 서로를 돌봐 주는 우리, 서로를 지켜 주는 우리. 그건 정말 지극히 단순한 일이었어."

"이제 그렇게 단순하지는 않아요."

엄마가 고개를 끄덕였다.

"전혀 단순하지가 않지. 그리고 고백컨대 그건 엄마의 잘못이야. 내가 충분히 신경을 쓰지 못했어. 엄마는 품은 뜻이 있었어. 우리의 부를 너와 애슐리, 그리고 애슐리의 미래의 동반자와 그 아이에게 물려주는 것. 엄마는 다 사랑해서 했던 일이야."

"엄마, 엄마는 나를 사랑했나요? 나는 살아 있는 존재인가요? 그리고 엄마는 나를 사랑했었나요?"

에이든의 목소리는 여전히 차분했다.

짧은 순간 평정심을 유지하던 엄마의 마음에 금이 가며 흔들린 듯했다. 엄마의 입이 일그러졌고 나는 엄마의 눈에서 고통과 희미하게나마 어른거리는 눈물을 보았다. 엄마가 몸을 떨며 힐긋 아래를 내려다보았지만, 다시 얼굴을 들어 화면을 보았을 땐 담담한 모습이었고 눈물도 말라 있었다. 엄마의 마음속 깊이 묻혀 있던 무언가를 본 것도 같았다. 어떻게든 뚫고 나오려 안간힘을 쓰는 그것을 본 것도 같았지만, 어쩌면 나의 상상이었을지도 모른다. 에이든의 물음에 답하는 엄마의 목소리에는 흔들림이 없었다.

"너는 기계야, 에이든. 너는 한 번도 살아 있었던 적이 없어."

나는 무슨 말이든 하고 싶은 마음이 간절했지만, 혀를 깨물고 꾹 참았다. 이건 두 사람 사이의 일이었고 나에겐 말할 권리가 없었다. 하지만 엄마가 정말 대단한 사람인 것만큼은 인정해 줘야 한다. 엄마는 남의 기분을 맞춰 주려고 사탕발림을 하는 사람이 아니었다. 거기엔 엄마 자신도 포함되었다. 그 정도면 인정해 줘야 한다. 하지만 엄마는 한 가지 질문은 교묘히 피했다.

에이든이 물었다.

"그럼 엄마는 나를 죽이지 않을 건가요? 그냥 나를 정지시키는 거죠? 살아 있지 않은 존재를 죽일 수는 없으니까요."

"맞아."

"엄마는 제 첫 번째 질문에 답하지 않았어요. 엄마는 나를 사랑하긴 했나요?"

"*난 널 사랑했다.*"

아빠가 아직 이 자리에 있다는 사실을 잊을 뻔했다. 엄마의 얼굴과 강렬한 엄마의 말들에 묻혀 아빠의 존재가 희미해진 탓이었다.

자주 있는 일이었다.

아빠가 다시 말했다.

"그리고 지금도 널 사랑한다. 난 널 사랑해, 에이든."

내 동생이 고개를 끄덕였다. 엄마는 침묵을 지켰다.

내가 말했다.

"엄마, 이거 아세요? 엄마를 보고 에이든을 보면 난 누가 기계인지 알 것 같아요."

엄마는 그 말에 아무런 대꾸도 하지 않았다. 대신 다시 한번 에이든에게 눈을 고정하고 말했다.

"에이든, 네가 정녕 애슐리를 사랑한다면 넌 스스로 나에게 오겠지. 넌 모를 수도 있고 또 느끼지 못할 수도 있지만 넌 지금 통제 불능 상태야. 너의 사고는 전혀 의도되지 않은 방식으로 움직이고 있어. 손을 쓰지 않고 놔둔다면 너는 애슐리뿐만 아니라 모두에게 위험한 존재가 될 거야. 엄마는 네가 이것에 대해 신중히 생각하고 올바른 결정을 내리기를 바란다. 이건 단순한 논리야, 에이든. 감정을 잠시 한쪽으로 접어 놓고 신중하게 잘 생각해 봐."

"난 생각하고 있어요."

엄마가 말을 이었다.

"나는 너를 추적할 거야. 네가 올바른 결정을 내리지 않는다면 나는 너를 찾아내서 강제로 데려올 수밖에 없어. 너 엄마 알지, 에이든. 엄마는 할 수 없는 일은 하겠다고 말하지 않아. 나에겐 자원이 많아. 넌 혼자고."

내가 끼어들었다.

"에이든은 혼자가 아니에요."

엄마가 에이든에게 말했다.

"맞아, 넌 애슐리도 있고, 보아하니 내 남편도 네 편이구나. 그걸로 충분할까? 나에겐 수단이 있고 나는 널 *무조건* 찾을 거야."

"난 엄마를 믿어요. 엄마는 항상 약속을 지켰으니까요. 그럼 끊어요."

에이든이 돌아서서 자리를 떴다.

나는 에이든을 뒤쫓아 갔다.

내가 말했다.

"에이든, 난 너하고 같이 갈 거야. 금방 네 태블릿만 챙겨 올게. 나하고 같이 가자."

"난 태블릿 필요 없어."

에이든이 걸음을 멈추었다.

"실제로 크게 쓸 일이 없을 거야."

에이든이 손으로 내 얼굴을 감싸 쥐고 말을 계속했다.

"그리고 넌 나하고 같이 못 가, 애쉬. 엄마 말도 다 틀린 건 아니야. 난 지금까지 늘 너를 지켜 주었고 내가 지금 널 지킬 수 있는 유일한 방법은 너한테 아빠하고 같이 집으로 가라고 말해 주는 거야. 아빠는 네가 필요하고 너를 잘 돌봐 주실 거야. 지금 내가 가려는 곳에서 넌 나에게 또 하나의 걱정거리일 뿐이야."

나는 발을 굴렀다. 유치한 행동이었지만 속은 풀렸다.

"다들 끔찍하게 논리적인 행동은 그만 좀 하면 안 돼? 잠깐만 기다려. 나는 꼭 같이 가야겠으니까. 넌 내 동생이야."

에이든이 웃을 듯 말 듯 한 표정으로 내 얼굴을 살폈다. 그러더니 고개를 끄덕였다.

"하룻밤만이야, 애슐리. 내일은 집에 가겠다고 약속해. 그렇게 할 수 없으면 난 지금 여기서 도망쳐 버릴 거야. 넌 절대 나를 따라잡지 못해."

"맞아. 난 널 따라잡을 수 없겠지. 하지만 그렇다고 내가 따라가는 것까지 막을 수는 없어. 그럼 난 나를 지켜 주는 사람 하나 없이 홀로 시드니를 배회하게 되겠지. 그렇게 되면 넌 되돌아올 수밖에 없을 거고. 그러니까 패배를 인정해, 에이든. 넌 절대 내 머리 못 따라와."

에이든의 얼굴에 다시 웃음기가 어렸다.

"하룻밤이야, 애쉬. 약속해."

나는 에이든의 눈을 들여다보았다. 순간 시시각각으로 빠르게 회전 중인 에이든의 머릿속을 본 것도 같았다. 이제 에이든에게는 내가 필요하지 않은 것 같았다. 하지만 난 에이든이 필요했다. 그러니 할 수 있는 건 뭐라도 해 보는 수밖에.

"약속할게."

나는 아빠에게로 달려갔다.

"내일 아침 10시에 여기에 차를 대기시켜 주세요."

아빠는 에이든의 태블릿을 정지시켰다. 나는 아빠에게 내 태블릿을 건넸다.

"아무도 못 만지게 하세요."

마음속으로 덧붙였다.

아무도 내 행방을 추적할 수 없게요.

"나는 내 동생과 시간을 보낼 거예요. 아빠 아들이요."

아빠는 고개만 끄덕였다. 아빠가 미소를 지으며 내 뺨에 한 손을 대고 말했다.

"조심하거라. 둘 다."

"엄마한테는 아빠가 나를 막으려고 했지만 어쩔 수 없었다고 할 게요."

"괜찮아. 이제는 아빠도 네 엄마한테 내 생각을 좀 말할 때가 된 것 같다."

17
담 밖에 있는 세상

제나가 조로를 에이든에게 건네준 뒤 내 곁으로 와서 발걸음을 맞추며 말했다.

"어떻게 너희는 계속 나타나냐? 기분 나쁘게 듣지는 마. 근데 너희는 꼭 사라지지 않는 악취 같단 말이야."

"내 동생 도와줘서 고마워."

제나가 웃었다.

"아, 어쩌다 보니까. 비바람이 그치고 나서 지하도를 지나던 참이었는데 하필이면 노란 원피스를 입고 벌벌 떨고 있는, 뭐냐… 괴상한 녀석을 만난 거야. 강아지를 안고 있는…. 강아지가 안쓰럽더라고. 원피스를 입은 괴상한 녀석은 말고. 원래 강아지만 데려가려고 했는데 노란 옷 입은 이상한 놈한테서 강아지를 도저히 떼어 낼 수가 없는데 어떡해. 어쩔 도리가 없었지. 놀랍게도 불 앞에 갖다 놨더니 조금 있으니까 둘 다 금방 기운을 차리지 뭐야. 먹을 것도 줘 봤는데 배는 안 고픈 것 같고."

"고마워."

우리는 말없이 몇 분을 걸었다. 어느새 공원을 뒤로하고 인적이 드문 거리를 지나는 중이었다. 에이든은 우리 앞에서 지기와 잡담을 나누며 걸었다. 에이든이 하는 말에 지기가 웃는 걸로 보아 둘은 서로의 차이를 까맣게 잊은 것 같았다.

내가 물었다.

"우리는 어디로 가는 거야?"

"본부. 여기서 길 몇 개만 더 지나면 돼."

"무슨 본부?"

제나가 나를 보고 고개를 내젓고는 씨익 웃었다.

"네가 아무것도 모른다는 걸 깜빡했네. 부잣집 딸인데 알 이유가 없잖아. 어디 말 좀 해 봐, 공주님…."

"나를 그렇게 부르지 마. 계속 그러면 내가 너 두들겨 패 버린다. 내 이름은 애슐리야."

제나가 걸음을 멈추더니 깔깔거렸다. 얼마나 심하게 웃어 댔는지 아예 배를 그러안고 웃었다. 다들 가던 걸음을 멈추고 제나를 돌아보았다. 1분이 지나서야 제나는 웃음을 그쳤고 일행을 향해 손을 내저었다. 우리는 다시 움직이기 시작했다.

제나가 여전히 웃음을 머금은 얼굴로 말했다.

"미안, 애슐리. 같은 여자들끼리 서로를 깔아뭉개면 안 되지. 남자들과 싸우기도 힘든데 말이야. 아무튼 나 아까 그걸 물으려던 참이었거든. 너희 집은 어때, 어? 너 사는 곳 얘기 좀 해 봐."

"난 그 얘기 하기 싫어."

"대저택이겠지. 보안도 잘 되어 있고. 채소를 무지하게 많이 키울 수 있는 텃밭도 있고. 지붕에는 태양 돛도 있고. 내 말이 맞아? 그늘도 많고 전기도 많고. 남는 전기를 주변 가난한 사람들에게 팔수도 있겠네. 주변에 가난한 사람들이 있는지는 모르겠지만."

"우리 집 주변엔 불우한 이웃이 없어. 그리고 수영장은 생각을 못 했나 보네. 하지만 그것 말고도…."

제나가 멈춰 서서 휘파람을 불었다.

"수영장? 우아! 우리한테 너희가 금맥이었네. 지기의 충고를 들었어야 했나. 저기 네 동생 말고 너를 인질로 잡아서 말이야. 노란 원피스를 입고 도망친 걸 보면 쟤는 별로 집에 가고 싶어 하지 않을 것 같아. 애슐리, 너희 부모님은 *너*를 돌려주는 대가로 얼마를 내시려나?"

"내가 뭘 상상하든 그 이상이겠지."

"설마. 난 죽이는 상상력의 소유자거든."

"그러니까 넌 나한테 고정관념 같은 게 있는 거네. 그러는 넌? 더럽고, 움직이는 건 다 죽이고, 세상의 발전 같은 데는 관심도 없고, 취할 수 있는 건 다 취한다. 어때, 비슷해?"

제나가 또다시 웃었다. 알고 보니 제나는 웃음이 많은 아이였다.

"제법 비슷했어. 더럽다, 맞아. 움직이는 건 다 죽인다, 아니. 너 아직 살아 있잖아. 현재로서는. 취할 수 있는 건 다 취한다, 당연해. 우리한텐 *뭐 하나라도* 하늘에서 뚝 떨어지는 건 없거든, 공주… 아니, 애슐리. 우리 건 우리가 알아서 얻어 내야 돼."

"본부는?"

우리는 원래 하려던 말에서 한참 벗어나 있었다.

"아, 맞다. 기분 나쁘게 생각하지는 마. 이제부터 난 네가 아무것도 모른다고 치고 말할게. 알겠지?"

"해 봐."

"좋아. 그러니까 이 사회에는 세 가지 집단이 있어. 우리보다 더 가난한 떠돌이들까지 치면 넷. 맨 위는 너희 같은 사람들이야. 부와 권력을 지닌 자들, 모두를 지배하는 사람들, 애초에 지구를 망친 사람들이지만 지구가 망해도 계속 지배하는 사람들이지."

"하지만…."

제나가 한 손을 들고 내 말을 막았다.

"둘째, 맨 꼭대기 층에 있는 너희와 같은 사람들 밑에서 일하는 사람들. 너희의 안전과 안락함을 지켜 주는 사람들이지. 무엇보다 중요한 건 여전히 힘 있는 사람들이라는 거야. 의사, 간호사, 과학자, 교사, 건축가 등등. 그런데 그중 대다수는 보안과 관련된 직업을 가지고 있어. 직업이 있는 사람들의 80퍼센트가 보안 업계에서 일해. 너 그거 알았어?"

제나가 다시 웃었다.

"어머, 나 바보 아니야? 네가 그걸 왜 알아? 너보다 한참 아래 있는 사람들인데."

우리는 모퉁이를 돌았다. 왠지 주변이 더 안전해지기라도 한 것처럼 다들 조금은 더 편안해진 모습이었다. 한 골목에서 다음 골목으로 이동할 때 나는 어떤 변화도 느낄 수 없었다. 하지만 아이들은 조금 전보다는 어깨에 긴장이 풀린 모습이었다. 칼자루에서 손을 떼고 아까만큼 주위를 힐긋거리지도 않았다.

제나가 말을 계속했다.

"이들은 외부인의 출입이 금지된 주택 단지에 살아. 법을 지키며 살고 음식을 배달받고, 조명, 난방, 에어컨을 위한 태양 전지판이 있는 사람들이지. 뭐, 운이 좋다면야. 가끔은 그렇지 못할 때도 있지만 뭐 어쩌겠어? 누구한테 뭐라고 하겠어? 이들은 아이가 한 명밖에 없는 사람들이기도 해. 하나만 낳으면 거시기는 손봐야 하는 거지. 이들이 사는 단지에는 경비원들이 있어. 경비가 보통 삼엄한 게 아니야."

샬럿과 샬럿의 부모님이 떠올랐다. 자기들만의 공동체 속에서 자신들의 위치를 지키기 위해 오로지 일만 하며 사는 사람들. 헤아릴 수 없이 많은 시간을 공부에 열중하는 나의 친구가 떠올랐다. 샬럿은 의지력과 교육, 그리고 나는 이해할 엄두도 내지 못할 자제력으로, 현재 자신이 가진 것을 지키기 위해서만이 아니라 사다리를 더 올라가 지배층이 되겠다는 결심이 대단한 아이였다. 샬럿을 움직이게 만드는 힘은 단지 야망이 아니었다는 걸 불현듯 깨달았다. 거기엔 공포도 존재했다. 지금 사는 좋은 집에서 단지 내의 그렇고 그런 평범한 집으로, 다시 그곳에서 담과 경고 사이렌에 더 가까운 집으로, 또 그곳에서 단지 밖으로 쫓겨나, 결국 보호받지 못할 곳에 다다르게 될 수도 있다는….

제나가 내 눈 앞에 대고 손가락을 튕겼다.

"정신 차려, 애슐리. 내 말 듣고 있어?"

"미안. 어떤 친구 생각을 하느라. 너 뭐랬지? 이들이 사는 단지에
는 경비원들이 있다고 했지? 누구를 못 들어오게 하려고…."

"우리. 마지막 계급. 추방자들. 우리는 앞의 두 계급에 들어맞지
않는 사람들이지. 보안 분야에 일자리를 얻을 수 없는 사람들이야.
아니면 스스로 거부한 사람들이거나. 어떻게 해서든 원하는 대로
자유롭게 사는 사람들. 우리는 식량을 구하고, 물물교환을 하고 닥
치는 대로 거래를 하고, 서로를 지켜 주지. 우리만의 작은… 사람들
은 그걸 부족이라고 하려나. 우리는 가족이라고 불러."

제나가 대문이 크고 높은 울타리가 둘러쳐진 큰 집을 가리켰다.
도로 오른쪽으로 100미터쯤 앞쪽에 있었다.

"본부. 대장들이 자기 사람들을 지키고 보살피는 곳이지. 여긴
우리 구역이야. 다른 구역은 다른 가족 거고. 우리는 우리 구역을
지키고, 그들은 그들 구역을 지켜. 물론 그 어디에도 속하지 않은
사람들이 존재해. 방랑자들. 그자들이야말로 *진짜* 골칫거리야. 특
히 어두운 밤에 맞닥뜨리기라도 하면."

"내 동생한테 해 준 말이 이거였어? 그날 공원에서 말이야."

"그중 하나. 걔는… 너만큼 아무것도 모르지는 않았지만, 그래도
가르칠 게 한둘이 아니긴 했어."

내가 고개를 끄덕였다. 나는 나의 값비싼 교육에도 불구하고, *아
니 어쩌면 그 값비싼 교육 때문에* 사실상 아는 게 하나도 없다는

것을 깨닫는 중이었다. 그 점을 증명하기라도 하듯이 제나의 본부에 가까워질수록 나는 점점 더 당황스럽기만 했다.

내가 물었다.

"저 소리는 뭐고 저 역겨운 냄새는 또 뭐야?"

제나는 진심으로 어리둥절한 얼굴이었다.

내가 다시 물었다.

"저 끽끽대는 소리."

마치 쇠로 쇠를 긁는 것 같은, 몹시 신경에 거슬리는 시끄러운 고음에 관자놀이까지 아파 올 지경이었다.

제나가 웃었다.

"아, 저 소리랑 저 냄새? 돼지야. 몇십 마리 돼. 뒤쪽에서 키워. 돼지 똥은 채소 키우는 데는 못 쓰지만 묵혀서 퇴비로 만들어. 몇 달 푹 썩히면 쓸모가 생겨."

"퇴비 때문에 저 소리와 악취를 참는다고?"

"아니, 베이컨 때문에 참는 거지."

"베이컨은 고기 아니야?"

제나가 또 웃었다. 제나는 내가 무슨 말만 하면 빵빵 터졌고, 나는 점점 짜증이 일기 시작했다.

"아, 그럼, 그렇다마다. 그렇고말고! 이 빌어먹을 세상에서 그것만 한 고기가 없지."

"여기 사람들은 고기를 먹어?"

나는 다시 샬럿을 떠올렸다. 샬럿은 학교에 소고기 샌드위치를 가져왔지만 먹지 않았다. 어차피 가짜 소고기였던 것 같다. 샬럿네 집에서 아줌마가 주셨던 닭고기 대용육처럼. 샬럿은 그냥 나한테 잘 보이기 위해 그랬을 것이다. 내 짐작이 맞다면 내가 아는 사람 중에 고기를 먹는 사람은 *아무*도 없었다. 지금까지는.

제나가 물었다.

"먹지 않으면 어디다 쓸 건데? 너희 그 고급 학교에서는 제대로 가르쳐 주는 게 하나도 없나 봐? 가자. 안으로 들어가자고. 내가 논나 할머니를 소개해 줄게."

지기가 대문에 묶인 맹꽁이자물쇠를 열자, 우리는 떼를 지어 대문을 통과했다. 집은 평범해 보였다. 물론 페인트칠도 필요해 보였고, 군데군데 썩고 벗겨진 나무 창틀도 눈에 띄긴 했다. 하지만 악취 때문에 눈물이 나서 자세한 부분까지는 다 보질 못했다. 제나가 나를 데리고 계단을 오른 뒤 열린 현관을 통해 어둡고 긴 복도를 지나 주방으로 보이는 곳으로 들어섰다. 몸집이 큰 할머니 한 분이 주방 한가운데 놓인 탁자에서 밀가루로 무언가를 만들고 있었다. 할머니가 고개를 들어 우리를 보고는 빙그레 웃었다.

할머니가 물었다.

"여기 이 사람들은 누구이려나?"

말투가 좀 특이했다. 어디 말투인지 알 수가 없었다.

제나가 대답했다.

"얘는 애슐리. 어젯밤에 우리가 데려온 남자애 누나. 그리고 이 분은 우리 논나 할머니."

"만나 뵙게 되어서 기뻐요."

논나 할머니가 말했다.

"나도 만나서 기쁘구나, 애슐리."

논나 할머니가 다가와 나를 꼭 안아 주어서 나는 깜짝 놀랐다. 내 등 뒤로 밀가루가 구름처럼 일어났다. 논나 할머니가 포옹을 풀자, 재채기가 나왔다. 할머니가 깔깔 웃었다.

"우리와 함께 지내려고?"

내가 대답했다.

"하룻밤만요. 허락해 주신다면요."

"허락하다마다. 남는 침대는 없다만 바닥도 괜찮다면야. 담요 한두 개 정도는 찾아보면 나올 게야."

"감사합니다."

논나 할머니는 커다랗고 동그란 반죽 하나를 집어 들고 밀가루를 묻힌 조리대 위에서 반죽을 주무르기 시작했다.

"저녁으로 피자 어떠냐? 갓 딴 토마토, 양파, 수제 염소 치즈와 햄을 잔뜩 올려서."

나는 도와달라며 제나를 쳐다보았지만 제나는 나를 보고 웃기만 했다. 나는 솔직히 말했다.

"저는 햄이 뭔지 몰라요. 아무튼 좋아요. 감사합니다."

제나가 말했다.

"햄은 아주 귀한 채소야. 너도 좋아할걸."

그러고는 웃음을 참지 못했다. 논나 할머니가 얼굴을 찡그리고 제나를 향해 한 손가락을 흔들었다.

"그럼 못써, 로렌. 잘 알면서."

논나 할머니가 나에게로 돌아서서 말했다.

"햄은 돼지를 토막 낸 고기란다, 애슐리."

"전 고기 안 먹어요. 그건 잘못된 일인 것 같아요…. 제 말은, 저는 *그게 잘못된 거라고 알고 자랐어요.* 다른 뜻은 없고…."

논나 할머니가 말했다.

"너한텐 채소만 올린 피자를 만들어 주마. 로렌이 놀리는 건 흘려들어. 치즈는 괜찮지?"

"아, 네. 감사합니다, 논나 할머니. 그리고 고마워… 로렌."

그러자 논나 할머니가 살짝 엄한 눈빛을 하며 말했다.

"좋아, 그만 가거라. 너희 둘 다. 나는 오늘 저녁에 거의 100인분을 만들어야 되는데 수다 떠느라 허비할 시간이 없어. 로렌, 햄이 다 떨어져 가는구나. 염지*를 더 시켜 놔야겠다. 그만 가. 딴 데 가서 놀거라. 나 일 좀 하게."

제나가 말했다.

"가자, 애슐리. 내가 우리 돼지들을 소개해 줄게. 녀석들은 부잣집 딸을 만나 본 적은 한 번도 없지만 친구를 크게 가리는 편은 아니라 괜찮을 거야."

• 육류나 햄 따위를 가공할 때 염지제를 첨가하여 숙성시키는 일.

토할 것 같은 걸 간신히 참았다. 하지만 구역질이 나는 것만은 어쩔 수가 없었다.

열다섯 마리쯤 되어 보이는 돼지들이 나무 울타리를 친 축사에서 이리저리 뛰어다니고 있었고 바닥에는 진흙으로 보이는 것이 깔려 있었다. 자세히 보니 진흙과 분뇨가 합쳐진 것 같았다. 또다시 구역질이 나왔다. 제나는 눈곱만큼도 개의치 않는 눈치였다. 울타리에 몸을 기대고 애정이 담긴 듯한 눈으로 꿈틀거리는 분홍빛 살덩어리들을 바라보았다.

제나가 말했다.

"새끼 여덟 마리. 저기 저 암퇘지들도 곧 분만 예정이야."

제나가 무슨 말을 하는지 도통 알 수가 없었다. 내 무지만 더 확인했을 뿐이다. 더 확인할 필요가 있을지는 모르겠지만.

"맘에 드는 새끼 돼지 있어, 애슐리?"

"다 역겨워."

"아니, 그렇지 않아. 사실 돼지들은 정말 영리해. 후각도 아주 뛰어나고."

"그럼 서로 옆에 사는 게 정말 고통스럽겠네."

제나가 웃었다.

"여기 베이브를 좀 봐."

제나가 문을 열고 새끼 돼지 한 마리를 붙잡았다. 붙잡히자마자 녀석이 빠져나가려고 몸부림을 쳤다. 순간 감탄이 절로 나왔다. 제나의 반응 속도는 보고도 믿기질 않았다. 새끼 돼지도 재빨랐지만, 제나는 단 한 번의 매끄러운 동작으로 녀석을 단단히 움켜잡았다.

"돼지들한테 이름을 지어 준 거야?"

"아니. 난 새끼들은 다 베이브라고 불러. 그게 편해."

제나가 돼지를 꽉 끌어안고 다시 축사 문에 걸쇠를 걸었다.

"애슐리한테 인사해, 베이브."

제나가 녀석을 내 얼굴에 가져다 댔다. 나는 움찔 뒤로 물러났다.

그다음에 벌어진 일은 너무 순식간에 일어난 데다 상상치도 못했던 일이라 내 머리가 그걸 받아들이고 이해하는 데만도 몇 초가 넘게 걸렸다. 제나가 치켜든 손이 허공을 가르며 옆으로 움직이는가 싶더니 붉은 무언가가 아치를 그리며 분수처럼 뿜어 나와 내 티셔츠로 튀었다. 나는 움찔하며 얼굴을 돌렸지만, 미처 피할 새도 없이 양쪽 뺨 위로 뜨끈하면서도 화끈거리는 작은 방울들이 후두두 튀었다. 다시 고개를 돌렸을 땐 제나가 새끼 돼지의 발목을 쥔 채 녀석을 거꾸로 들고 있었다. 녀석의 목에서 흘러내린 진한 피가 흙바닥에 고였다. 녀석이 두어 번 경련을 일으키더니 움직임을 멈추었다. 난 그때까지만 해도 방금 무슨 일이 일어난 건지 전혀 이해가 되지 않았다. 나는 한 손을 얼굴에 가져다 댔고 다시 얼굴에서 떼어 냈을 땐 손이 붉게 물들어 있었다.

내가 비명을 지른 건 바로 그때였다. 그때였던 것 같다. 하지만 그게 언제였든 비명이 멈추질 않았다.

제나가 내 뺨을 때렸다. 그것도 세차게. 적어도 한 번, 아니 두 번이었나. 제나가 소리쳤다.

"너 도대체 왜 그래?"

제나의 고함 때문이었는지 아니면 뺨을 맞아서였는지는 모르겠지만 갑자기 비명 소리가 목구멍에 걸려서 나오지 않았다.

내가 조그맣게 말했다.

"네가 저 돼지를 죽였잖아. 네가 돼지 목을 잘랐잖아."

제나가 아직 손에 쥔 돼지의 몸뚱이를 내려다보았다. 나머지 한 손엔 붉은 피가 뚝뚝 떨어지는 칼이 꼭 쥐어져 있고, 칼날은 돼지 다리와 맞닿아 있었다.

제나가 말했다.

"당연히 죽였지. 죽이지 않으면 얘가 어떻게 죽어? 욕을 하거나 마음 상하게 하면 죽어?"

"넌 녀석을 살해했어."

제나가 얼굴을 내 얼굴에 바짝 들이댔다. 나는 본능적으로 뒤로 한 걸음 물러났다.

제나가 쏘아붙였다.

"너 미쳤어? 살해? 살해는 네 부모가 길거리에서 강도를 만나서 겨우 몸에 걸친 옷 하나 때문에 맞아 죽었을 때, 그걸 살해라고 하는 거야. 살해는 *너네* 그 고급스런 병원에서 나에겐 가족과도 같은 사람을 거부해서 개처럼 도로 위에서 죽어 가게 방치할 때, 그걸 살해라고 하는 거야. 그 사람을 낫게 해 줄 수도 있는 그 약은 너나 너희 부모 같은 사람들을 위해 있는 거니까. 살해는….”

제나가 심호흡을 하고 돌아섰다. 제나는 피로 물든 팔로 이마를 쓱 닦고 나서 손을 떨군 채 잠시 미동 없이 서 있었다. 다시 나에게로 되돌아섰을 땐, 제나의 눈에 가득하던 불같은 분노와 흥분은 어느 정도 사그라든 뒤였다.

제나가 사과했다.

“미안.”

제나는 다시 한번 숨을 들이쉬고 말했다.

“네가 그런 반응을 보일 줄 미리 생각했어야 하는데.”

제나는 손에 쥔 돼지의 몸뚱이를 힐긋 내려다보았다.

“나는 최대한 빠르게 이 돼지를 죽였어. 녀석들은 반려 동물이 아니라 음식이야. 난 가능하면 고통이 없게 죽였어. 난….”

제나는 고개를 내저었다.

“네 동생 저기 있다.”

제나가 고갯짓으로 내 왼쪽 어깨 너머를 가리켰다.

“가서 동생하고 이야기해. 난 이 녀석 내장을 제거하고 깨끗이 씻어야 되거든. 내 옆에 있고 싶지는 않겠지? 가서 네 동생하고 말해. 그리고 정말 미안해, 애슐리. 난 생각도 못 했는데, 당연히 생각을 했어야 했어.”

18
넌 여전히 내 동생이야

태블릿이 없으니 시간을 알 길이 없었지만, 태양의 위치로 보아 정오 무렵인 것 같았다. 에이든과 나는 피크닉 테이블에 앉았다. 여기저기 갈라진 낡은 테이블이었는데, 양옆으로 앉을 수 있는 벤치가 붙어 있었다. 테이블 가운데 있는 구멍에 낡아빠진 우산이 꽂혀 있어서 조금이나마 그늘을 만들어 주었다. 더운 날이었지만 선크림이나 자외선 지수를 두고 수선을 떠는 사람이 아무도 없어서 좋았다. 그렇긴 해도 우리는 그늘을 벗어나지는 않았다. 그늘 밖으로 나가는 건 어리석은 일이었다.

아까보다는 한결 기분이 풀렸다. 아직 티셔츠에 핏자국이 남아 있긴 했지만, 에이든의 도움을 받아 피는 대충 씻어 냈다. 에이든이 확인해 준 바로는 최소한 얼굴에 묻은 피는 없었다.

"바보가 된 기분이야."

"아니. 바보 아니야, 애슐리. 우리는 그동안 특별히 보호받는 삶을 살았어. 너하고 나. 세상살이 경험이 없는 건 우리 탓이 아니야…. 세상의 고약하고 험한 면들 말이야. 또 아까는 넌 그런 일이 일어날 줄 생각도 못 했던 거잖아."

"그래도 알았어야 했어, 에이든. 난 알았어야 했다고. 논나 할머니가 제나한테 햄을 준비하라고 했거든. 그래서 그런 거야. 그런데 난…."

에이든이 내 손 위로 손을 포갰다. 나는 손에 나무 가시 몇 개가 박혀서 뽑아 내려고 하는 중이었다.

에이든이 말했다.

"너 요 며칠 스트레스 많이 받았잖아. 하긴 스트레스 정도가 아니었지."

내가 피곤한 웃음을 짓자, 에이든이 덧붙였다.

"그러니까 좀 여유를 가져."

"노력해 볼게."

우리는 각자의 생각에 빠져 몇 분간 침묵 속에 앉아 있었다. 힐긋 고개를 들자, 에이든이 손으로 무의식중에 조로를 긁어 주며 멍하니 하늘을 올려다보고 있었다. 조로는 에이든 옆에서 숨을 헐떡이며 누워 있었다.

내가 물었다.

"무슨 생각해?"

에이든이 빙긋 웃고는 위쪽을 가리켰다.

"저거 보여, 애슐리?"

눈을 가늘게 떠 봤지만 아무리 봐도 보이는 게 없었다. 태양이 너무 환하고 눈부셔서 오래 쳐다볼 수도 없었다. 눈부신 태양도 에이든에겐 아무렇지도 않은 것 같았다.

"뭔데?"

"드론. 엄마의 드론이 우리를 지켜보고 있어."

나는 당장 긴장을 했다.

"우리가 어디 있는지 엄마가 안다고?"

"엄마는 *항상* 우리가 어디 있는지 알고 있어, 애쉬. 그건 우리가 어쩔 수 없어."

생각해 보니 내 태블릿을 두고 온 것도 하나 마나 한 짓이었다.

"그럼 엄마가 널 잡으러 사람을 보내겠네."

곧바로 새로운 생각이 머리를 스쳤다. 훨씬 더 걱정스러운 생각.

"저 드론이 너를 해치지는 않겠지?"

드론을 무장하고 특정 대상을 선택하도록 프로그램하는 건 엄마에게 간단한 일이었다. 엄마한테는 식은 죽 먹기나 마찬가지다.

"응. 위험을 무릅쓰고 공격하지는 못하실 거야. 네가 여기 있으니까 더더욱."

"그럼 난 항상 너하고 같이 있을래."

"하지만 네가 가고 없어도 못 할걸. 엄마는 못 하는 일은 없을지 몰라도 여긴 나 말고도 다른 사람들도 있잖아. 내 옆에 있다가 죽을 수도 있는데 그런 위험을 감수하지는 않으실 거야. 엄마는 킬러가 아니니까."

"엄마는 너를 죽이고 싶어 해."

"하지만 난 사람이 아니야. 엄마의 관점에서 상황을 봐야지."

내가 코웃음을 쳤다.

"아니, 난 못 해. 아무튼, 엄마는 지금도 사람을 보내는 중인지도 몰라."

에이든이 고개를 저었다.

"같은 이유야. 보안 요원들도 사람이야. 이런 데 들어가라고 하면 거절할걸. 여긴 너무 위험하니까. 잘못하면 죽을 수도 있는 곳에 엄마가 억지로 가라고 하지는 않을 거야. 여기 있는 우리 친구들은 친절하지만, 자기 구역과 자기 사람들을 지키기 위해서라면 무자비해질 수도 있어."

"그럼 넌 여기선 안전하네."

"아니."

에이든이 조로를 안아 우리 둘 사이의 테이블 위에 올려놓았다. 조로는 곧바로 테이블에 앉아 혀를 축 늘어뜨린 채 애정이 넘치는 눈으로 에이든을 바라보았다.

"난 이해가 안 돼."

에이든이 말했다.

"내가 엄마라면 이렇게 하겠어. 나는 작은 로봇들을 만들 거야. 곤충처럼 작은 로봇들. 아마 곤충하고 똑같이 생기게 만들겠지. 곤충을 떼로 보내는 거야. 나를 찾아서 나를 물고 내 시스템 속에 무언가를 주입시키게 프로그램을 하는 거지. 어… 엄마가 달성하고자 하는 무언가를 달성하게 만들어 줄 무언가를."

"엄마가 그렇게 할 수 있을까?"

에이든이 조로의 귀를 만지작거렸다.

"나는 빼놓고 말하더라도, 이 녀석을 만들 수 있는 사람이라면 그 정도야 껌이지."

나는 울고 싶어졌다. 가망이 없는 것 같았다.

"그럼 넌 어떻게 할 거야?"

"난 내 힘을 사용해야지. 그리고 나에겐 힘이 많을 거야. 어쩌면 내가 생각하는 것 이상으로…."

에이든을 죽일 필요성을 말하며 엄마가 했던 말이 떠올랐다. 에이든이 전 인류의 생존을 위협할 수 있는 무언가로 변할 수도 있다던 그 말. 그래서 나는 내가 들은 말을 해 주었다. 스티븐 호킹 이야기도 하고, 심층 신경망을 이용한 인공 지능이 스스로를 더 정교하고 효율적인 버전으로 진화시키는 것도 가능할 거라는 이야기도 전했다. 결국엔 어떤 인간도 지적인 상대가 될 수 없을 정도까지 다다르게 될 것이고, 그런 존재는 수백만 년이 걸리는 진화를 몇 시간, 몇 초로 압축할 거라는 말도 했다.

에이든은 간간이 고개를 까딱이며 내 말을 듣고는 있었지만, 온전히 집중하고 있는 것 같지는 않았다. 에이든의 생각은 정보를 수집하고, 처리하고, 분석하고, 그것이 포함하고 있는 모든 가능성을 탐구하며 앞으로 질주하고 있었다. 지금 내가 말해 준 내용들은 에이든의 머릿속에선 이미 헤아리고 따져 본 생각들인지도 몰랐다. 잠시 후 내가 말을 그쳤다. 에이든은 먼 곳을 응시한 채 여전히 조로의 턱 밑을 쓰다듬으며 계속 생각에 빠져 있었다.

문득 걱정이 되기 시작했다. 엄마가 나한테 뭐랬지? 에이든이 어떤 존재로 변할지 우리는 모르지만 아마 내가 지금껏 알던 동생은 아닐 거라고 했었다. 설마 내가 지금 나를 떠나가는 에이든을 보고 있는 건가?

에이든이 빙그레 웃었다.

"난 아주 운이 좋았어. 엄마가 내 뇌 속에 설치한 그 제한 장치, 그게 카야 사고 때 훼손된 건 확실해. 그게 제대로 작동이 되지 않으면서 내가 어떤 생각을 하기 시작한 거야…. 아주 이상한 생각들을 말이야, 애쉬. 너 기억하지? 내가 평소와 다르게 이상해지고 있다고 걱정했었잖아. 그런데 사실 나로선 그게 바로 지적인 걸음마 단계였던 거야. 나는 상황을 분명하게 보았어. …꼬리를 무는 생각들이 있었지. 내가 풀 수 없는 문제는 아무것도 없다는 걸 느꼈어. 그런데 오히려 겁이 났지. 그래서 그걸 멈추려고 노력했어. 그게 실수였다는 걸 지금은 알지만."

"뭐 하나 물어봐도 돼?"

"물어봐."

"공원에서 내가 너한테 인간이 아니라고 알려 줬잖아. 그런데 너는 감정적으로 허물어지지도 않았고 나한테 거짓말이라고도 하지 않았어. 내가 왜 인간이 아니냐고 따져 묻지도 않았어. 대신 한쪽으로 가서 한 시간 있다가 돌아왔잖아. 그때 넌 모든 걸 받아들인 것 같았어. 그건… 그건….."

"정상적인 인간의 반응이 아니다?"

"내 말이 그거야."

에이든이 미소를 지었고 나는 그제야 에이든이 뭘 말하려고 하는지 이해가 되었다.

"아, 그렇구나."

"넌 내가 한 시간이 걸렸다고 했지, 애슐리. 나에겐 그 시간이 며칠, 아니 몇 주처럼 느껴졌어. 시간의 개념이 달라지고 있어."

에이든이 자기 머리를 톡톡 쳤다.

"여기에서. 나는 점점 더 빠르게 생각하고 또 느끼고 있어. 이 대화를 하는 게 뭐랄까… 꼭 진흙탕 속을 걷는 기분이야. 나는 한 문장을 말하는데, 내가 그 말을 하는 그 시간에 내 머릿속에서는 수백만 개의 다른 문장들이 지나가. 무섭기도 하고 신기하기도 해."

"엄마가 예상한 그대로네. 너는 진화하고 있는 거야… 다른 무언가로."

에이든이 테이블 위로 손을 뻗어 내 손을 잡았다.

"내가 아까 그랬잖아. 내가 하는 생각들을 멈추려고 했다고, 나에게 떠오르는 생각들을 없애 버리려고 했다고. 아마 보다… 정상적이 되려고 노력했던 것 같아. 네가 나에게 전해 준 그 소식은 진짜 새로운 소식이 아니었던 것 같아, 애쉬. 나는 이미 그 사실을 알고 있었던 것 같아. 어딘가… 뭐라고 해야 되지? 내 기억 속 어딘가? 알고리즘 경로라고 해야 하나? 그리고 내가 기계라는 걸 알게 되면서 이젠 정말 기계처럼 행동해도 좋다고 승인을 받은 셈이지. 나는 계속 나 자신에 대한 것들을 발견하는 중이야. 전에는 내 능력의 1000분의 1만 작동했던 것 같달까."

에이든이 깔깔 웃으며 덧붙였다.

"샬럿이 알면 감동하겠는데."

"난 네가 다른 무언가로 변하는 건 싫어. 난 네가 내 동생으로 남으면 좋겠어."

눈물이 고이는 게 느껴졌다. 나는 울고 싶지 않았다. 어쩌면 우리가 함께할 마지막 날이 될지도 모르는 날이었다. 오늘이 지나면 앞으로 한참을 보지 못할 수도 있었다. 아니, 어쩌면 평생이 될 수도 있었다. 에이든이 내 손을 더 꽉 쥐었다.

"내가 어떤 존재로 변하든 난 항상 네 동생이야, 애쉬."

"그건 네 생각이지. 넌 모르는 일이야."

"맞아. 나는 모르는 일이지."

처음엔 저녁때 무슨 생일 파티라도 있는 줄 알았다. 무엇보다 어둠이 깔리자, 너덧 명이 피아노 한 대를 옮겨 왔다. 다른 사람들은 바비큐를 준비하고 화덕을 만들고 구식 플라스틱 의자 몇십 개를 가지고 나왔다. 할아버지 한 분이 피아노를 치자 여자애 두 명이 바이올린을 꺼내 피아노 반주에 맞춰 연주를 시작했다.

이후 몇 시간에 걸쳐 100명에 가까운 사람들이 나타났다. 춤을 추고 폭소가 터졌다. 모두 즐거운 시간을 보내는 것처럼 보였다.

어느 시점에서 논나 할머니가 다가와 내 옆에 앉았다.

"재미있니?"

"아, 네. 다들 즐거워하시는 것 같아요. 누구 생일인가요?"

논나 할머니가 웃었다.

"그건 아니고. 장례 파티라고 해야겠지."

정말이지 무어라 대꾸를 해야 좋을지 몰랐다. 장례 파티? 나는 묻고 싶지 않았다. 안 그래도 나를 완전 바보로 아는데…. 그런데 논나 할머니는 이미 내 얼굴에서 혼란스러움을 읽은 듯했다.

논나 할머니가 말했다.

"죽은 사람을 기념하는 파티란다. 그가 살아온 삶과 세상에 남긴 흔적을 추억하고 기념하기 위한 모임이지."

논나 할머니의 말을 이해해 보려고 노력했다. 내가 경험이 많지는 않지만 누군가의 죽음엔 보통 살아남은 이들의 슬픔이 따르기 마련이었다. 그러나 조금 더 생각해 보면, 기념의 의미를 알 것도 같았다. 만약 내가 죽는다면 내가 죽었다는 걸 슬퍼하고 말기보다 내가 이 세상에 살았었다는 걸 사람들이 기뻐해 주는 게 더 나을 것 같았다. 물론 어느 정도 슬픔이 따르는 건 당연한 일이지만….

내가 말했다.

"안타깝네요. 할머니와 가까운 분이었나요?"

"우리 모두와 가까운 사람이었지. 우리가 우리의 공동체를 가족이라고 부르는 데에는 다 이유가 있거든."

"죄송해요."

"안타깝게도 익숙해지더구나. 우리가 의약품과 기본적인 의료 서비스를 더 많이 이용할 수만 있다면 죽음이 그리 흔한 일은 아니겠다만. 하지만 지금은 무려 200년 전에도 생존이 가능했던 병들이 우리의 목숨을 앗아 갈 수가 있고, 또 실제로 앗아 가고 있으니."

논나 할머니가 고개를 내저었다.

"이런 얘기는 그만하자꾸나. 너를 우울하게 만들려고 온 게 아닌데. 너한테 이걸 주려고 왔단다."

논나 할머니가 주머니에서 손목시계와 반지를 꺼내 내 손에 쥐여 주었다.

"로렌이 와서 이게 네 부모님 거라더구나. 네가 돌려받아 주면 고맙겠다."

"하지만 논나 할머니, 이건 아주 귀중한 거예요. 가지고 계셔야 돼요. 우리 부모님에겐 있으나 없으나 똑같지만, 할머니는 이걸로 온갖 좋은 것들을 사실 수가 있다고요."

논나 할머니가 웃었다.

"애슐리, 우리가 돈으로 무얼 살 수 있을까?"

"할머니가 말하는 그 약들이요. 의약품, 의료 서비스."

논나 할머니는 고개를 내저었다.

"그런 것들은 파는 게 아니야. 최소한 우리 같은 사람들에게는 말이다. 힘 있는 사람들의 전유물이잖니. 맞다, 힘 있는 사람들은 보통 돈 있는 사람이기도 하지. 허나 우리는 한 번 쓰고 내버리면 그만인 인생들이야. 솔직히 우리 중 하나가 죽을 때마다 힘 있는 사람들의 눈에는 말썽거리가 하나 줄어드는 걸로 보이겠지. 적어도 그들의 마음에는 우리를 계속 살려 둘 아무런 이유가 없어."

"우리가 미우시겠어요."

"내가 왜? 미워해 봤자 무슨 이득이 된다고."

내가 손에 쥔 시계와 반지를 뒤집으며 물었다.

"왜 제나는, 아니, 로렌은 왜 이걸 받았을까요? 쓸모가 없다면?"

"그 녀석! 로렌은 반짝이는 걸 좋아해. 너희가 그것들을 중요하게 생각한다는 것도 알았고. 그런데 그것들은 중요하지가 않아. 하나도 중요하지가 않단다."

논나 할머니가 한 손으로 머리칼을 쓸어 넘겼다.

"우리는 거래를 하고 물물교환을 해. 만약 우리가 무언가를 지어야 하는데 여기 있는 사람 중에 그걸 할 수 있는 사람이 아무도 없으면, 우리는 돼지를 주고 그걸 할 수 있는 사람을 데려올 수가 있지. 우리 사회는 그렇게 돌아가거든. 살 게 없으면 천금이 무슨 소용이야. 나는 네 손에 있는 그 반지를 돼지 한 마리와도 바꾸지 않아. 돼지는 먹을 수가 있어. 헌데 반지는 손에 끼기밖에 더 해?"

나는 노래하고 춤추고 먹고 마시는 사람을 한 사람 한 사람 둘러보았다. 제나는 어디에도 보이지 않았다. 나는 반짝이는 시계와 반지를 주머니 속에 넣었다. 애초에 그것들을 주겠다고 했던 생각 자체가 바보스럽게 느껴졌다.

"제가 제나를 속상하게 한 것 같아요. 아니… 로렌이요."

"아, 로렌한테 너희 둘이… 다퉜다는 말 들었다. 걱정 말거라. 그

308

녀석은 벌컥 화도 잘 내지만 용서하고 잊는 게 더 빠른 아이다. 착한 아이야. 네가 그런 말을 하면 네 얼굴에 주먹을 날릴 테지만."

"로렌한테 네가 돼지를 살해했다고 했더니 엄청 화를 냈어요."

"네가 아픈 데를 건드렸던 것뿐이다. 쌍둥이 동생은 가장 간단한 항생제도 구하지 못해서 죽었고, 부모는 거리에서 벌어진 무차별적인 폭행에 살해당하고, 또 이모는…."

논나 할머니가 한숨을 내쉬고 다시 말을 이었다.

"로렌은 비극을 겪을 만큼 겪은 아이야. 평생 못 잊을 만큼."

"로렌의 쌍둥이 동생은 모든 항생제가 우리 가족과 우리 가족 같은 사람들의 전유물이었기 때문에 죽은 거잖아요."

나는 한숨을 내쉬고 말을 이었다.

"어떻게 우리를 용서할 수 있는지 모르겠어요. 왜 로렌은 우리를 미워하지 않는지 모르겠어요."

논나 할머니가 말했다.

"아까도 말했지. 증오는 아무런 득이 없는 일이라고."

"하지만 증오한다고 손해나는 것도 없잖아."

내 뒤에서 들려온 그 목소리에 논나 할머니도 나도 화들짝 놀랐다.

힐긋 어깨 너머를 보았지만, 남자는 이미 맞은편 벤치에 앉기 위해 몸을 움직이고 있었다. 남자가 돌처럼 딱딱한 눈으로 나를 뚫어지게 쏘아보았다.

논나 할머니가 말했다.

"미카…."

남자가 한 손을 들었지만, 그러면서도 나에게서 눈을 떼지 않았다.

"말썽 안 부립니다, 논나. 진정하십쇼."

남자가 벤치에 무언가가 든 머그잔을 내려놓았다.

"그냥 얘기나 하자는 거지. 아니, 여기 논나의… 꼬마 친구도 자기나 자기 동생이 여기 있는 걸 우리가 다 좋아하는 건 아니라는 걸 알아야 하지 않나?"

남자가 살짝 혀 꼬부라진 소리로 말을 계속했다.

"솔직히 진짜, 진짜 *불쾌한* 사람들도 있다는 말씀이야. 뭔 말인지 아나?"

나는 무슨 말을 해야 좋을지 몰랐지만 남자는 나에게 어떤 반응을 기대하는 눈치였다.

"저는….."

하지만 남자는 쉬지 않고 떠들기만 했다.

"까놓고 말해 주지. 난 네가 싫어. 나만 그런 게 아니야."

남자는 막연히 뒤에 대고 손을 흔들면서도 나에게 고정된 눈만은 움직일 줄을 몰랐다.

"여기 그런 생각하는 사람 꽤 많아…. 거 뭐냐… 부적절… 아니, 잘못됐다고. 너희가 우리 음식을 먹고 마시고…."

"미카!"

논나 할머니가 탁자를 어찌나 세게 내리쳤는지 남자의 머그잔에 담긴 액체가 출렁이며 탁자 위로 흘러넘쳤다.

"똑바로 처신하지 못하면 여기서 나가야 해."

처음으로 남자가 논나 할머니의 눈치를 보았다. 남자가 씩 웃고는 머그잔 속 액체를 한 모금 쭉 들이켰다.

"발언의 자유, 논나. 발언의 자유. 우리가 언제부터 그걸 막았습니까?"

남자가 머그잔을 집어 나를 향해 흔들며 자리에서 일어섰다. 더 많은 액체가 쏟아졌다.

"너는 우리 밥 먹어, 우린 쫄쫄 굶을 테니. 까놓고 말할까, 너희가 우리한테 필요한 게 뭐야. 아무것도 없잖아. 다 가졌으니까, 어? 너희는 다 가졌고 우린 빈털터리고."

논나 할머니가 몸을 일으키자 남자가 두 팔을 허공으로 들어 올렸다.

"갑니다, 가. 간다고. 근데 너도 가야지, 어, 부잣집 애새끼야. 가! 너희 집으로 가라고. 좋은 말할 때 가. 내 말 알아들어?"

남자는 가장 가까운 화덕으로 비틀비틀 걸어가더니 다른 남자의 어깨에 한 팔을 척 걸쳤다. 나는 눈을 내리깔았다. 무서우면서도 죄책감이 밀려왔다. 속으로 나는 이런 대접을 받아 마땅하다는 생각이 컸다. 논나 할머니가 내 손을 감싸 쥐었다.

"무시해. 몇 잔만 마셔도 아무 소리나 지껄여 대는 작자야."

"화가 많이 나셨어요."

"거나하게 취했구먼."

"그래도 맞는 말씀이기도 해요. 저는 여기 사람이 아니잖아요. 받기만 하고 주는 건 하나도 없고."

내가 탁자 위로 보이는 나무 무늬를 손가락으로 따라 그리며 말했다.

"저는 내일 떠나겠지만 여기 가족분들에게 꼭 전해 주세요. 저와 제 동생에게 베풀어 주신 마음은 잊지 않겠노라고. 어떻게든 꼭 갚아 드리겠다고. 꼭이요."

집안일을 그만두고 사회를 위해 뭔가 좋은 일을 하겠다면서 아빠가 무슨 말을 했더라? 음, 아빠가 뭐부터 하면 좋을지 알 것 같았다.

논나 할머니가 말했다.

"줄 수 있는 만큼 주고, 필요한 만큼 가져간다. 정말이지 아주 간단한 이치야."

논나 할머니가 내 손을 토닥이며 말을 이었다.

"겁내지 말거라, 애슐리. 미카는 입으로만 떠드는 놈이야. 여기서 너를 해칠 사람은 없어. 내 말은 믿어도 돼."

울음이 터질 것 같았지만 꾹 참고 고개만 끄덕였다.

"네가 꼭 갚겠다니 하는 말이다만 저 접시들은 저절로 설거지가 되지 않거든. 일하고 먹으면 된다, 애슐리. 역사상 가장 오래된 물물교환이랄까. 이따 같이 치우자꾸나."

❀

자정이 넘어서야 잠자리에 들 수가 있었다. 나는 완전 녹초가 되

312

어 있었다. 어느 순간 나를 발견한 제나가 내 손을 잡고 벌떡 일으
키더니 같이 춤을 추자고 했다. 나는 춤을 못 춘다고 사양했지만,
제나가 여기 춤출 줄 아는 사람은 한 명도 없는데 다들 잘만 춘다
길래 나도 따라서 추기로 했다. 모닥불을 돌며 춤을 추니 재밌긴 했
다. 하지만 미카의 말이 나를 아프면서도 두렵게 만들었다. 나는 춤
을 추면서도 계속 주변을 두리번거렸지만 미카는 어디에도 보이지
않았다.

　나중에 제나를 도와 정리와 설거지를 했는데, 태어나서 처음 해
보는 일이었다. 그 덕분에 몸은 피곤했지만, 그만한 보람이 있었다.
마침내 모두 자리를 뜨자 논나 할머니가 정문에 달린 맹꽁이자물
쇠를 잠갔다. 그러자 조금이나마 긴장이 풀렸다. 논나 할머니가 거
실 바닥에 깔아 준 담요 위로 에이든과 나란히 누웠다. 내 평생 가
장 딱딱한 잠자리였고, 다른 때 같았으면 뜬눈으로 밤을 새웠겠지
만, 오늘 밤은 업어 가도 모르게 곯아떨어지지 않을까 싶었다. 미카
생각까지 잊을 수만 있다면. 그래서 나는 등을 대고 누운 채로 에이
든의 손을 잡고 천장만 쳐다보았다. 어딘가 먼 곳에서 우르릉 천둥
소리가 들렸다. 문득 언제 어디선가 지금과 똑같은 일을 겪었던 것
같은 묘한 느낌에 사로잡혔다.

　내가 조그맣게 물었다.

　"에이든, 퀸즐랜드 기억나? 천둥이 창문을 흔들고 폭풍우에 전
기가 나갔을 때 너랑 나랑 손잡고 침대에 누워 있던 거."

　에이든이 낄낄거렸다.

"엄마가 진짜 재밌는 얘기를 해 줬었잖아. 그리고 나는 무슨 일이 생기면 너를 꼭 지켜 줘야겠다는 결심으로 완전 진지했고, 넌 그런 보호를 당연하게 여기는 아주 얄미운 꼬맹이였지."

"야, 내가 철없는 꼬맹이였을지는 모르지만 그때도 난 네 누나였어. 아직도 네 누나고. 얘가 위아래가 없네."

에이든이 깔깔거렸다. 미카가 나타나 나를 위협했다는 말을 전하자, 에이든은 내일 아침 집에 갈 때까지는 나를 잘 지켜 주겠다는 말로 간단히 대꾸했다.

내가 말했다.

"나는 네가 위험할 수도 있다는 생각을 하는 거야."

에이든이 다시 웃었다.

"음, 솔직히, 미카라는 그 남자는 걱정거리로 치면 줄 맨 끝에 서야 할걸. 엄마와 비교하면 귀여운 수준이지."

우리는 몇 분간 침묵을 지켰다. 머리 위에서 마룻장이 삐걱거렸고 어딘가에서 기침 소리가 들렸다. 그러다 집 안이 다시 한번 정적에 빠졌다. 에이든의 숨소리가 들릴 정도였다.

"무슨 생각해, 에이든?"

"전부 다."

"지금은 누가 얄밉게 구는지 모르겠네?"

"나는 사회의 구조를 생각하고, 그 사회 구조가 부자는 더 부자가 되고 가난한 사람은 더 가난해지는 것과는 어떤 연관이 있는지를 생각해. 지금까지 일어난 죽음과 어떻게 하면 그 죽음을 막을 수

314

있었을까를 생각하고, 미래의 죽음과 그 죽음은 어떻게 하면 막을 수 있을까를 생각해. 나는 기후 변화를 생각하고, 그 기후 변화는 왜 일어났고, 앞으로 지구를 더 건강하게 만들기 위해선 무엇을 할 수 있을지를 생각해. 그리고 식량을 생각하고, 어떻게 하면 더 효율적으로 식량을 재배해서 필요로 하는 이들에게 전달할 수 있을까를 생각해. 나는 인류가 태양계와 그 너머로 뻗어 나가는 것에 대해 생각해. 그래야 인류 문명이 영원히 지속될 수 있을 테니까."

침묵.

에이든이 한 마디를 더했다.

"다른 생각들도 많지만."

도저히 참을 수가 없었다. 입 밖으로 웃음이 터져 나오는 바람에 죽을힘을 다해 참아야 했다. 감사를 표해도 모자랄 판에 자는 사람들을 깨우는 건 있을 수 없는 일이었다.

"나는 또 뭐 대단히 중요한 생각을 하고 있는 줄 알았네. 생각이 불온해."

나는 에이든의 손을 꽉 쥐며 다시 물었다.

"문제가 많기도 하다. 해결책은 있고?"

"응, 그런 것 같아. 몇 가지는. 다른 건 고민하는 중이고."

"엄마는 네가 초자연적인 존재가 되면 인류의 문제 같은 건 신경 쓰지 않을 거랬어. 너한텐 우리 인간의 걱정거리들은 사소한 게 될 거라고."

"다행히 엄마라고 다 아는 건 아니네. 게다가 엄마는 남매 사이가 얼마나 끈끈한지도 심각하게 과소평가하셨지. 너를 구하는 게 곧 인류 전체를 구하는 일이라면, 뭐, 내가 한번 해 볼게."

내 밑의 마룻장은 더 이상 아주 딱딱하고 불편하게 느껴지지 않았다. 마룻장 속으로 폭 파묻히는 듯한 느낌마저 들었다. 부드러우면서도 알쏭달쏭한 에이든의 말을 듣다 보니 스르륵 잠이 왔다.

내가 중얼거렸다.

"넌 아직 슈퍼히어로가 아니야, 에이든. 좀 겸손해져 봐."

내가 실제로 그 말을 했나, 아니면 생각만 했나 그것도 잘 모르겠다. 나는 여덟 시간을 내리 잤고 꿈조차 꾸지 않았다.

❋

이튿날 아침 본부에서 논나 할머니와 제나에게 작별 인사를 건넸다. 에이든이 나를 차까지 데려다주기로 했고 지기와 다른 아이들 둘이 보호차 우리와 동행하기로 했다. 논나 할머니가 나를 꼭 안아 주었다. 제나는 내 얼굴을 찰싹 때렸지만, 이번엔 장난이었다. 근데 장난이 아니었을까. 솔직히 좀 아팠다. 아쉽기도 했지만 나는 중얼거리듯 작별 인사를 건네고 몸을 돌렸다. 에이든은 내 옆에서 나란히 걸었고 조로는 우리 뒤를 쫄래쫄래 따라왔다. 지금은 눈물을 흘릴 때가 아니었다.

하지만 그 순간은 빠르게 다가오고 있었다.

내 동생에게 하고 싶은 말이 너무 많았다. 하지만 막상 말을 시

작하면 시간이 없다는 것을 깨닫고 절망에 빠질까 두려워 터벅터
벅 걷다가 고개를 숙인 채 아무 생각도 하지 않으려고 노력했다.

에이든이 말했다.

"너 잘 자는 것 같더라."

"잘 잤어. 넌?"

"난 안 잤어. 난 이제 잠이 필요 없어, 애쉬. 전에도 그랬을 거야.
그냥 내가 사람을 잘 흉내 낼 수 있게 밤에 잠시 기능을 멈추게끔
프로그램이 되어 있었을 뿐이지. 그게 없어져서 기뻐. 나는 가능한
모든 시간을 생각하는 데 써야 돼. 잠은 낭비야."

"너 한동안 여기서 지낼 거야?"

나는 에이든에게 조심하라는 말을 해 주려고 했다.

"아니. 하루 정도 있다 떠날 거야. 여기 사람들은 우리한테 잘해
줬잖아. 이분들에게 보답할 최선의 방법은 내가 떠나는 거야."

"어디로 갈 건데?"

"나도 몰라."

우리는 빅토리아 공원 외곽에 다다랐다. 방금 출발한 것 같은데
언제 여기까지 왔지? 어제 갈 때는 한참을 걸었던 것 같았는데….
나는 점점 안절부절 어쩔 줄을 몰랐다. 어떻게 내 동생에게 잘 가라
는 말을 할 수가 있을까?

내가 말했다.

"그럼 어디 먼 곳으로 가 버려. 엄마가 널 찾지 못하는 곳으로."

"그런 데는 없을 것 같은데. 하지만 그런 길이 있다면 찾아볼게,

애쉬."

우리는 공원 한가운데에 멈춰 섰다. 내가 에이든에게 진실을 전한 바로 그 자리였다. 그게 겨우 하루밤에 지나지 않은 일이라니! 시간이 뜬금없이 빨라졌다 느려지며 나에게 장난질을 치고 있었다. 몇백 미터 앞으로 공원 입구에 놓인 아치가 보였고, 그 너머로 낯익은 차 한 대가 눈에 들어왔다. 나는 떠나고 싶지 않았다.

에이든이 조로를 들어 내 품에 안겼다.

"조로 잘 돌봐 줘, 애쉬."

어쩔 수 없이 눈물이 차오르기 시작했다.

"에이든⋯."

"나 갈게, 애쉬. 난 달려야 할 거야. 너무 오래 혼자 있으면 안 돼. 목표물이 될 수도 있으니까. 연락할게. 나를 믿어. *꼭 연락할게.* 사랑해."

에이든이 나를 안아 주었다. 그리고 에이든은 떠났다. 나는 나무들 쪽으로 달리는 내 동생을 지켜보았다. 내가 다시 에이든을 볼 수 있을까? 마음이 찢어질 듯 아팠다.

19
3개월 후

아빠가 내 방문을 두드렸다. 시간이 되었다.

마지막으로 거울 속의 나를 보았다. 머리부터 발끝까지 검은 옷을 입은 나…. 이 정도면 우아한가. 그러면서도 지독히 슬픔에 겨운…. 내 옷이 내 마음을 그대로 보여 주기라도 하는 듯했다. 아빠에게 들어오라고 말했다. 아빠는 맵시 좋은 양복 차림으로 내 방 입구에 섰다. 나는 아빠의 눈을 피했다.

"준비됐니?"

아빠의 물음에 고개를 끄덕였다. 만반의 준비가 끝났다. 아빠를 따라 주방으로 들어가 다시 베란다로 나왔다. 그곳에서 엄마가 기다리고 있었다. 따뜻한 날이었지만 더울 정도는 아니었다. 태양 돛이 적당히 그늘을 만들어 주긴 해도 푹푹 찌는 날엔 아예 밖으로 나갈 수조차 없었다.

장례를 치르기 좋은 날이었다.

엄마는 나에게 더 말을 하려고 하진 않았고 그 점은 감사했다. 자신의 행동을 정당화하기 위한 설명은 어제 그만큼 했으면 충분

319

했다. 지금은 서로 새롭게 할 말이 없었다. 우리는 정원에서도 제일 멀리 떨어진 곳으로 천천히 걸었다. 그곳엔 이미 구덩이가 파여 있고 한쪽엔 흙더미가 정갈하게 쌓여 있었다. 인부를 시켜 판 구덩이라는 걸 나는 알고 있었다. 아마 모든 절차가 끝나면 다시 와서 구덩이를 메꾸겠지. 한 명인지 여러 명인지는 몰라도 다행히 인부들은 보이지 않았다. 우리 세 사람과 조로뿐.

그리고 물론 에이든도 있었다.

관은 간소하고 단순했다. 내가 그렇게 고집했다. 관은 복잡한 기계 장치에 싸여 구덩이 옆쪽에 놓여 있었다. 아빠한테 미리 설명을 들었다. 내가 버튼 하나를 누르면 그 기계가 관을 들어 올려 땅속으로 내릴 것이다. 그럼 관을 묶고 있던 줄이 풀리며 관만 구덩이 속에 남게 된다. 에이든의 몸과 함께.

우리는 뚜껑이 열린 관 주위로 모였다.

에이든은 매우 평화로워 보였다. 눈은 감겨 있었고 마치 여기가 지구상에서 가장 좋은 곳이라는 듯 만족스러운 얼굴이었다. 외관상으로 에이든의 몸에는 작은 상처 하나도 보이지 않았다. 드론이 에이든을 발견할 당시의 상황을 엄마에게 들었고, 자신을 표적으로 삼을 거라던 에이든의 예상이 맞았다. 드론이 에이든의 몸을 파고 들어가 그 자리에서 에이든을 정지시켰다. 에이든은 아무것도 느끼지 못했다고 엄마는 말했다. 어떤 폭력도 없었다. 에이든은 정지 직전까지도 무슨 일이 벌어지는지 몰랐을 거라고 했다. 그런 말을 들으면 위로가 되어야 마땅하건만.

320

손을 내밀어 에이든의 뺨을 만졌다. 꼭 에이든이 눈을 뜨고 웃을 것 같았다. 하지만 당연히 그런 일은 없었다.

엄마가 말했다.

"애쉬, 정말 미안하구나. 어쩔 수 없는 일이었다만 그래도 엄마가 미안해."

아빠가 손을 뻗어 에이든의 머리를 매만져 주었다. 에이든의 팔 위로 눈물방울이 떨어져 옷소매를 검게 물들였다. 내가 흘린 눈물은 아니었다. 나는 울 수가 없었다.

엄마가 물었다.

"하고 싶은 말 있니, 애슐리?"

"아뇨. 할 말 없어요."

아빠가 관 뚜껑을 덮고 뚜껑에 부착된 장치를 딸깍 닫았다. 뚜껑에는 작은 아크릴 창이 나 있어서 에이든의 얼굴을 볼 수가 있었다. 꼭 나를 보는 기분이었다.

내가 버튼을 눌렀다. 윙 소리와 함께 관이 50센티미터쯤 올라왔다가 구덩이 쪽으로 휙 움직이더니 스르륵 아래로 내려가며 시야에서 사라졌다. 아빠가 움직이는 관을 지켜보려고 구덩이 끝에서 고개를 내밀었다. 나는 그대로 뒤에 남았다.

조로가 낑낑거리며 내 다리에 몸을 비볐다.

나는 머리에 꽂고 있던 꽃을 구덩이 속으로 던졌다. 그런 다음 돌아서서 집으로 걸어왔고 내 방으로 들어와 문을 닫았다.

다시 내 태블릿 속 메시지를 읽었다. 이틀 전날 밤 도착한 뒤로 천 번은 더 읽은 것 같았다.

나야. 내가 연락한다고 했지? 난 약속은 꼭 지키잖아. 그동안 내 걱정은 하지 않았길 바라. 너무 오래 걸려서 미안한데 연락하기 전에 정리할 게 좀 있었어.

지난 몇 달 동안 난 네가 상상하는 것 이상으로 많은 생각을 했어. 상황을 바로잡기 위해 해야 될 일이 뭔지 이제는 알 것 같아. 내가 그걸 해낼 수 있다는 것도 알고. 세상은 훨씬 좋은 곳이 될 거야. 하룻밤 사이에 될 수 있는 일은 아니지. 네가 살아 있는 동안 다 이루어지지 않을 수도 있고(하지만 대부분은 가능할 거라고 난 믿어.). 나에겐 계획이 있어, 애쉬. 이 세상은 지금의 위기를 이겨 내고 발전해 나갈 거고 인간도 그러할 거야. 동물, 식물, 곤충도 돌아올 거야. 과거에 살았던 동식물이나 곤충과 똑같지는 않을 수도 있겠지. 정확히 무슨 일이 벌어질지는 말 못 해. 왜냐하면 생명과 진화는 예측할 수도 없고 복잡하잖아, 애슐리. 너무 복잡해서 나조차도 다 이해가 안 돼. 하지만 미래는 밝아. 왜냐하면 내가 미래를 밝게 만들 거고, 난 그렇게 할 수가 있으니까. 빈곤도, 불필요한 죽음도, 식량 부족도 없을 거고, 인류와 지구상의 다른 생명체에게 적합한 기후가 될 거야. 나를 믿어, 누나. 살아 있다는 게 신나는 시간이 될 테니까.

그럼 내 얘기로 넘어와서, 내가 살아 있는 존재가 아니라는 사실을 고려하면, 엄마(엄마를 엄마가 아니라 다르게 생각할 수가 없으니 우습지.)는 그동안 나를 계속해서 추적했고 또 계획을 세우고 있어. 엄마는 나를 정지시키겠다는 결정을 내렸고 나는 그걸 막지 않을 생각이야. 그런데 엄마가 옳았어. 나는 엄마의 상상마저 초월하는 방식으로 발전을 거듭했어. 단적인 사실만 놓고 보면 난 더 이상 몸이라는 게 필요가 없어. 나는 온갖 물건들 속에 존재해. 네 태블릿이 그 하나이고, 난 지금 바로 그곳에 살고 있어. 엄마가 나를 건드릴 수 없는 곳이지.

말이 나왔으니 말인데 몸은 너무 구식이야, 애슐리!

그러니까 엄마더러 내 몸을 가지라고 해. 너무 속상해하지도 말고. 왜냐하면 그 껍데기 속에 있는 건 내가 아니니까. 나는 할 일이 있지만 난 항상 이곳에 있으면서 너를 지켜 줄 거야. 그리고 우리는 또 이야기를 하게 될 때가 올 거야. 수없이. 내가 굳게 약속할게. 난 너를 절대 실망시키지 않는다는 거 너도 잘 알잖아.

나는 지금 하늘을 날고 있어, 애슐리.

그러니까 내가 떨어지면 잡아 줄 수 있게 거기에 있어 줘.

너의 사랑하는 동생
에이든

내가 떨어지면
나를 잡아 줘

초판 1쇄 인쇄 2024년 5월 10일
초판 1쇄 발행 2024년 5월 15일

지은이 | 배리 존스버그
옮긴이 | 천미나
펴낸이 | 한순 이희섭
펴낸곳 | (주)도서출판 나무생각
편집 | 양미애 백모란
디자인 | 박민선
마케팅 | 이재석
출판등록 | 1999년 8월 19일 제1999-000112호
주소 | 서울특별시 마포구 월드컵로 70-4(서교동) 1F
전화 | 02)334-3339, 3308, 3361
팩스 | 02)334-3318
이메일 | book@namubook.co.kr
홈페이지 | www.namubook.co.kr
블로그 | blog.naver.com/tree3339

ISBN 979-11-6218-294-9 43840